光文社文庫

山よ奔《はし》れ

矢野　隆

JN030979

光　文　社

目次

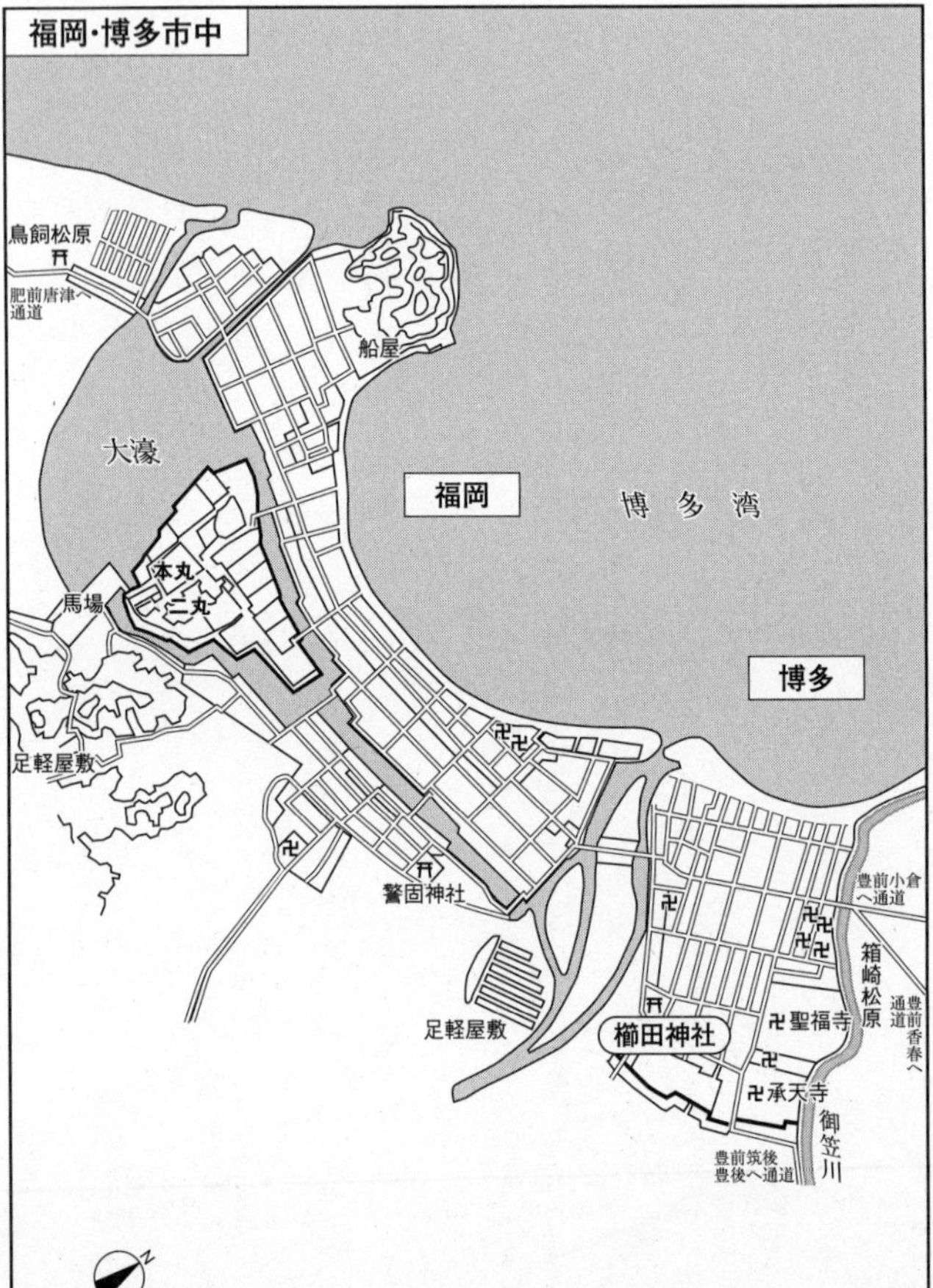
福岡・博多市中
鳥飼松原
肥前唐津へ通道
船屋
大濠
福岡
博多湾
本丸
二丸
馬場
博多
足軽屋敷
警固神社
豊前小倉へ通道
箱崎松原
足軽屋敷
櫛田神社
聖福寺
豊前香春へ通道
承天寺
御笠川
豊前筑後豊後へ通道
0
250
500m

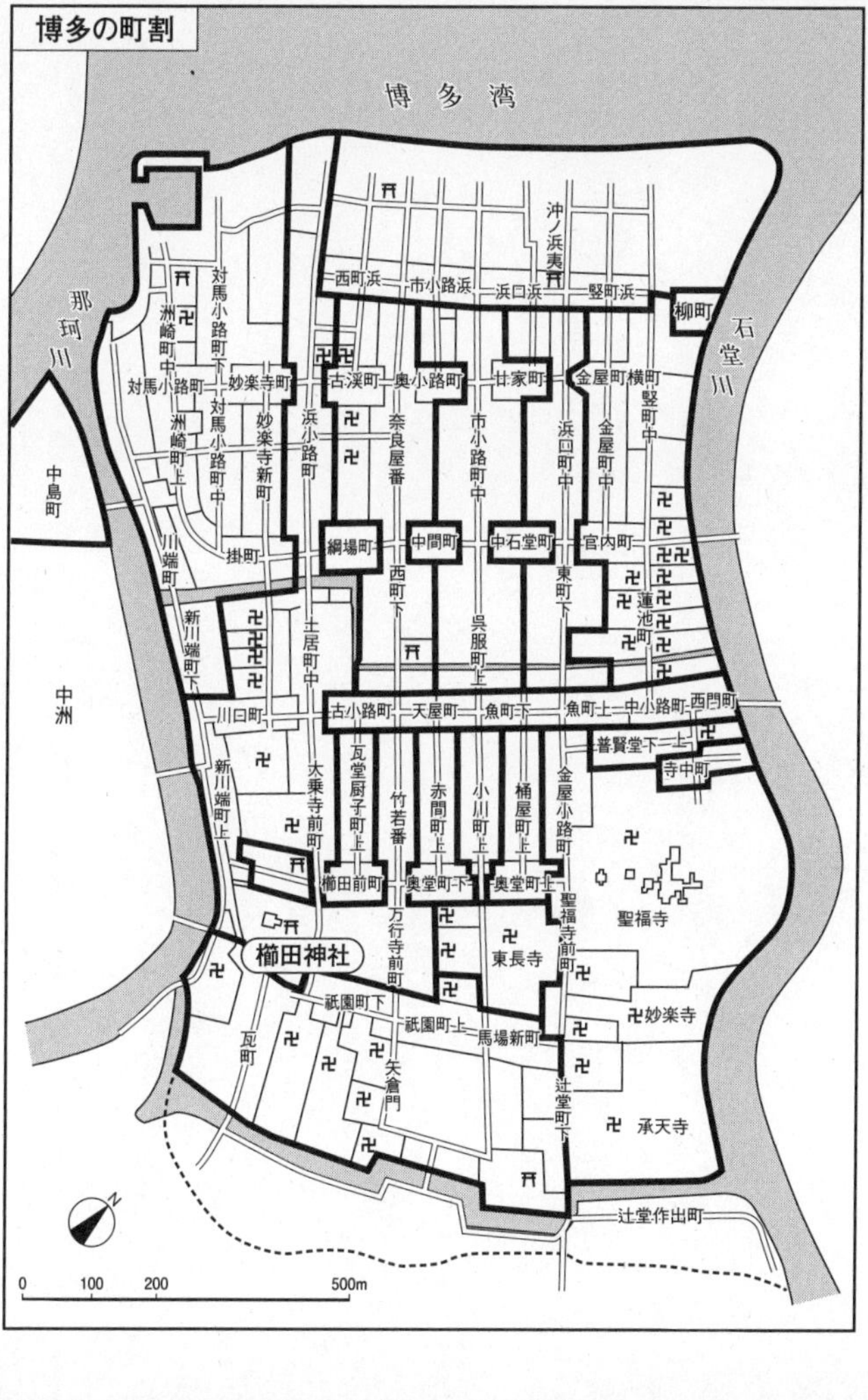
博多湾
那珂川
石堂川
中島町
中洲
西町浜
市小路浜
浜口浜
竪町浜
沖ノ浜夷
柳町
対馬小路町下
洲崎町中
対馬小路町
妙楽寺町
古渓町
奥小路町
廿家町
金屋町横町
竪町中
対馬小路町中
洲崎町上
妙楽寺新町
浜小路町
奈良屋番
市小路町中
浜口町中
金屋町中
網場町
中間町
中石堂町
官内町
掛町
川端町
西町下
東町下
蓮池町
新川端町下
土居町中
呉服町上
川口町
古小路町
天屋町
魚町下
魚町上
中小路町
西門町
普賢堂下
上
寺中町
新川端町上
大乗寺前町
瓦堂厨子町上
竹若番
赤間町上
小川町上
桶屋町上
金屋小路町
櫛田前町
奥堂町下
奥堂町上
聖福寺前町
聖福寺
万行寺前町
東長寺
櫛田神社
祇園町下
祇園町上
馬場新町
妙楽寺
瓦町
矢倉門
辻堂町下
承天寺
辻堂作出町
N
0
100
200
500m

博多の町割

一

箱崎《はこざき》の浜から、爽やかな風が吹いてくる。

頬《ほお》に触れた海の匂いに、杉下風馬《すぎしたふうま》は夏の気配を感じた。目の前に広がる外つ国《とつくに》へとつづいている海は眩《まぶ》しいほどに青く、視線の彼方《かなた》で晴れわたった空と繋がっている。

紺碧《こんぺき》の空と海の間に横たわっているのは、志賀島《しかのしま》であった。

島の輪郭を描きだすように、青々と茂った木々から入道雲が湧きあがっている。神が天にむかって拳を突きあげているかのごときその雲は、長い間つづいた梅雨《つゆ》の終焉《しゅうえん》を知った空の歓喜であった。

夏を意識すると同時に、不思議と暑さが厳しくなったように感じる。

風馬は長旅で解《ほつ》れだらけの着物の襟をわずかに開いて、掌《てのひら》で風を送りこんだ。それから己の頭に触れ、乾いて纏《まと》まらない髷《まげ》をゆっくりと撫でた。潮風の湿り気で、油が抜けた髷を整えようとするが、その程度ではうまくゆくはずもない。自嘲気味に一度小さく笑ってから、座っている緋毛氈《ひもうせん》へと手を伸ばす。ごつごつとした湯呑をつかんでから、ゆっくりと口許《くちもと》へ持ってゆく。

熱くも無く温《ぬる》くも無い丁度いい加減の茶が、喉を下ってゆく。口中を通るさいに鼻から抜ける豊かな香りが、万緑《ばんりよく》の季節を思わせる。神社の門前の茶店で飲む茶とは思えない風味に驚き、風馬は顔を店へとむけた。

「美味《おい》しいですっ」

快活な声を屋内に投げる。

「そらぁよかった」

照りつける陽光のせいで薄暗い店のなかから、独特な抑揚《よくよう》を持った翁《おきな》の声が返ってきた。

「こん店は、俺《おい》の祖父《じい》さんの祖父さんの頃からやりよっちゃが、その頃から茶の淹《い》れ方は変わっとらん」

空《から》の盆を腕に抱えながら店から出てきた翁は、まるで自分自身で見てきたかのように四代前の祖先のことを語る。

「こん国でお茶がはじめて飲まれた場所は何処《どこ》か知っとるね」

「いいえ」

「博多ばい」

「そうなんですか」

歯切れのいい相槌《あいづち》を返す風馬に機嫌をよくした翁が、客が去った後の空になった茶碗と皿を盆に載せ、緋毛氈の上に置き、立ったまま語りはじめた。

「唐《から》の国にわたった栄西《えいさい》さんが帰ってきんしゃった時に、一緒にお茶も持って帰ってきたと。その種ば、こっから南の方にある脊振山《せふりさん》っちゅう所に蒔《ま》いたったい。栄西さんは聖福寺《しょうふくじ》ば建てらしゃってから、しばらく博多に住んどったとよ。そいけん博多が日ノ本《ひのもと》で一番はじめにお茶ば飲んだ町っちゅうことになるったい」

これまた見てきたように翁が語る。少し強引な口ぶりであるくせに不思議と腹が立たないのは、その独特な口調と方言のなせる業《わざ》のような気がした。

「聖福寺ですか……」

「あんた何処ん人ね」

翁が顔を傾けて問う。その人懐《ひとなつ》こい様子に、風馬は思わず微笑する。

「上方《かみがた》の方から来ました」

「にしては訛《なま》っとらんね」

「元々は江戸にいたんですが、数年前に父の都合で上方へと移り住んだんです」

「そいけん垢抜《あかぬ》けとるとやね」

衣は埃《ほこり》と解れでよれよれ、髷はぼさぼさ。この格好の何処が垢抜けているのか。どちらかというと垢まみれである。あからさまな世辞に、風馬の微笑が強張《こわば》った。しかし翁は、そんな客の細かな変化になど気づかずに語りつづける。

「上方から来んしゃったんなら、今日がなんの日か知らんやろ」

六月十五日。

なにも思い浮かばない。

「知りません。なんの日なんですか」

風馬は素直に問い返した。

「さっきからあそこに見えようとに、気づいとらんとね」

そう言って翁は、枯れた指で浜の左方を指さした。風馬がいる箱崎から海岸線を伝って南へと下ったあたりに、黒々とした瓦屋根の町並が浜に沿うようにしてつづいている。その町並をへだてるようにして流れる河筋から西に広がるあたりに、異様な物が突きだしているのが見えた。

「さっきから気にはなっていたんですが」

「山笠《やまかさ》たい」

「はぁ」

相槌を打ちながらも風馬の目は町並に注がれている。

突きだしているのは全部で六つ。最初にそれを見た時、風馬は火の見櫓《やぐら》を想起した。二階建て家屋の二倍ほどの高さを持つ建物といえば、火の見櫓の他は城くらいしか思い浮かばないからだ。しかし、いま見えているのは、派手に飾りつけられた櫓であった。櫓ならば梯子《はしご》があるはずなのだが、彼方のそれにはなかった。骨組も見えず、火の見櫓ならばあるはずの、小屋もなければ半鐘《はんしょう》もない。ただただ飾りつけられた長大な建物が、開けた町並に六つ並び立っている。飾りつけられているのは、唐風の屋敷に色とりどりの草花。中央を滝のように流れる河に架かる橋は、朱に塗られている。まるで仙界《せんかい》を映しだしたかのごとき細工物たちのなかに、煌《きら》びやかな衣装を着けた人形がそれぞれ数体ずつ配されていた。

「あれは豊太閤《ほうたいこう》……。あっちは猿？　あの鎧武者《よろいむしゃ》は誰だろう」

「山《やま》にはそれぞれ歌舞伎や浄瑠璃の演目やらから採った題材が飾られとるけん、ひとつひとつ趣が違って、よかろうが」

「山ですか」

「あれのこったい」

極彩色の建物を見ながら翁が言った。

「あの神輿《みこし》のことば、博多では〝山〟って言うったい」

「あれ神輿なんですか」

「そうたい。あんたそげなことも知らんで、博多にいくつもりやったとね」

たしかに言われてみれば〝山〟は動いていた。ゆさゆさと左右に揺れながら、前進している。あれを見た瞬間から、建物だと考えていた風馬には、山の動きが見えなかった。翁に神興だと言われてはじめて、山がゆっくりと動きだした。そして一度動きはじめると、山は息吹を取り戻し、激しく活動しはじめた。すると今度は博多から流れてくる波動を耳が捉えはじめた。

男たちの声が聞こえてくる。

何十人などという声ではない。

百人、二百人……。

いや。

もっとだ。

「今日は年に一度の追《お》い山《やま》の日たい。博多の〝のぼせもん〟たちは、今日んために生きとる」

「山のためにですか」

「なんばしよっても山笠のことしか頭に無か男のことば、のぼせもんって言うったい」

得意気に翁は解説をつづける。風馬は素直にそれを聞く。しかし目だけは依然として博多の町に注がれたままだ。

「この声も、のぼせもんと呼ばれる人たちが出しているものですか」

海面を伝って町から流れてくる猛々《たけだけ》しい声に耳を澄ましながら問う。翁は肯定の言葉を吐いたようだったが、風馬は気もそぞろにうなずくのが精いっぱいだった。山から目が離せなくなっている自分に、戸惑っている。気を逸《そ》らそうとすればするほど、余計に山に引きこまれてしまうのだ。青く澄んだ玄海《げんかい》のむこうに見える漆黒の瓦の波。黒い海を突き破り天にむかって屹立《きつりつ》する六つの山塊。その頂《いただき》に揺れる純白の旗が、風に流れて海原《うなばら》へと流れてゆく。一見すると煌びやかな桃源郷である。しかしそれはあくまで外見のみ。本当は荒々しい男たちに支えられた巨大な神の剣《つるぎ》なのだ。

あの巨軀《きょく》を支える男たちがいる……。

身震いした。

次第に明瞭になってくるのぼせもんたちの声は、おっしょいおっしょいという響きを波のように繰り返している。

「おっしょいっていうとは舁《か》いとらん時の掛け声たい。山ば舁いとる者《もん》はおいさおいさっち言いよる」

唐突に聞こえてきた翁の言葉で、想いが口から漏れていたことを悟った。幾分頬に熱を感じながら、それが照れからなのか、山笠の気に当てられてのものなのか、冷静に考える。おそらく、両方に原因があるはずであった。

「おう、洲崎《すざき》が土居《どい》ば追いたくりよるばい」

山を眺めながら翁がつぶやいた。小首を傾《かし》げる風馬を認めると、仕方が無いといった様子で語りはじめる。

「あそこの山ば見てんね」

言った翁の指が、並んだ六つの山の四番目を指した。その山には豊太閤の人形が大きく飾られていた。

「あれが洲崎流《ながれ》ん山たい。前の山にどんどん近くなりよるやろ。あの追いたくられよる山が土居流の山たい」

「流っていうのは」

「あんたもいちいちしぇからしかね。そげん興味があるんやったら、早《はよ》う博多にいけばよかろうもん」

解説をはじめたのは翁の方だろうという言葉をぐっと呑みこみながら、小さく頭をさげる。すると皺《しわ》くちゃな顔を歪めながら、老いた店主はふたたび語りはじめた。

「今日は追い山で客がこんけん、あんたに付き合ってやれるけんよかばってん。いつもはこげんいかんとばい」

そう前振りをして、翁はつづける。

「流っちゅうんは、博多ん町を七つに分けたそれぞれの場所のことば言うったい。いくつかの町が集まってひとつの流になるっちゅう寸法たい。そして各流でひとつ山を出すったい」

「山は六つですよ」

「追い山が終わってから御櫛田《おくしだ》さんで能ばやることになっとるとばってん、そん当番がひとつある。そいけん、そん流を抜いた六つの流で、山は六つたい」

「御櫛田さん」

翁が呆《あき》れたように溜息を吐《つ》く。

「山笠は御櫛田さんの祇園会《ぎおんえ》の行事のひとつたい」

「なるほど」

神輿であるからには、神事と繋がっているのは当たり前である。が、あまりにも神輿の範《はん》疇《ちゅう》から逸脱している眼前の威容のせいで、風馬はそんな単純なことにさえ気づけずにいた。

「あげんして前の山に迫ろうっちする。迫られた方は負けるかっち気持ちで張りあう。そうやって六つの山が競いあいながら進むとが、追い山たい」

「要は山同士が抜きあいをするってことですか」

「前の山ば抜いちゃいけんっちゅう決まりはあるばってん、抜いちゃろうっち気持ちで、舁き手ん者たちはやりよる。そげなのぼせもんたちの気が、山笠ば他ん祭の神輿と違うもんにさせとるっち俺は思うちょる」

そう言って店主は照れ笑いを浮かべる。その時、背後の毛氈に夫婦連れが座って翁に声をかけた。

「客がきたけん。ここら辺で」

右手を立てて、ぺこりと頭をさげると、翁は夫婦連れの方へと歩み去った。その背に礼を述べると、風馬はふたたび博多の町へと目をむけた。

「山笠か……」

最初に見た時よりも、山はずいぶん先へと進んでいた。六つの山が不規則に揺れながら、前へ前へと進んでゆく。いまにも屋根にぶつからんとする勢いと、男たちの雄々しい声が風馬の心を掻《か》き立てる。

胸の奥で脈打つ心の臓が、身体《からだ》の変調を訴えていた。

高鳴る鼓動を抑えるように、長旅の陽光に照らされてもなお青白い掌を胸に添えた。主《あるじ》の抑制を拒むかのように、心の臓はなおも激しく脈動をつづける。

眼は山から離れない。

耳は男たちの声だけを捉えつづけている。

家屋の倍以上もある異様な神輿を、あの町の男たちは競いあいながら担いでいるのだ。その光景を夢想しようとしてみるが、明確な像を結べなかった。

あんな神輿を担げる者たちが本当にいるのかと、心が疑っている。いるわけが無いと、理性が拒んでいる。しかし目の前で現実に、山は動いているのだ。風馬の浅薄《せんぱく》な知識を嘲笑《あざわら》うようにして、山は悠然と博多の町を駆け抜けている。

あの町に近づいてはならない……。

心の奥底でもう一人の自分がささやいていた。山を拒もうとしている自分を、風馬ははっきりと自覚している。言い様のない不安だった。

短い呼気をひとつ吐いてから、立ちあがる。懐に伸ばした掌には銭が握られていた。

「いろいろと有難うございました」

「今日は追い山やけん、博多ん宿はどこも一杯かもしれん。商売しよる者らが御得意さんば招いたりしとるけん、町が人で溢れかえっとる。もし宿が見つからんやったら、このまま街道を下って石堂橋口《いしどうばしぐち》を抜けるやろ、そしたら竪町《たてちょう》がある。そこば抜けてからくさ、官内町《かんないちょう》ちゅうところに出たら北にむかいんしゃい。そうするとすぐに金屋町上《かなやちょうかみ》っちゅうところん出る。ここら辺で、笠屋《かさや》っちゅう宿ば訪ねたらよか。主人と男衆《おとこし》は山ば舁きよるやろうけん、女ん人に箱崎の茶店の六兵衛《ろくべえ》に紹介されたって言うてみんね。贅沢ば言わんかったら、寝るくらいの部屋は用意してくれるやろ」

「いろいろと申し訳ありません。金屋町上の笠屋さんですね」

「爺ぃの話ば気持ちよう聞いてくれた御礼たい。気をつけていかんね」

「有難うございます」

風馬は深々と頭を下げると、小倉《こくら》から唐津《からつ》へとつづく唐津街道の方へと足をむけた。

北にむかえば退《ひ》き返す道。

南にむかえば博多へと至る。

北に顔をむけた。

しかし足は自然と南へ進んでゆく。

彼方に揺れる六つの頂が、風馬を呼んでいた。抗《あらが》いきれぬ力に吸いこまれるようにして、身体が博多へとむかう。

山を舁く男たちが住まう博多に……。

*

「ほんなこと、あんたは山の終わるとそげんなるとやねっ」

甲高《かんだか》い母の声に、心太《しんた》は小さな溜息を吐いた。

「ここに嫁いできた時に、隣のお春《はる》さんが言いよったことは本当やったんやね」

眉間《みけん》に深い皺を刻んだ母が、とげとげしい口調で広い背中に怒鳴っている。

「もう山は終わったっちゃけん、仕事にいってくれんね」

框《かまち》に腰をかけ、開きっぱなしの障子戸の方を見つめたまま固まっている男が、溜息を吐いた。

「そげな所におられると、邪魔でしょんなかとやけどっ」

母が毛羽だつ箒《ほうき》で、男の尻を叩いた。しかし固そうな尻は微動だにせず、巨大な身体は巌《いわお》のようにびくともしない。その姿を、心太は驚きながら見つめている。普段のこの男ならば、こんな態度を取られればただでは済まさない。箒が尻に触れた途端に立ちあがり、怒鳴り返しているはずだった。しかし今日は違う。どれだけ母に怒鳴られようと、箒で叩かれようと、まったく動じない。暖簾《のれん》に腕押し。朝日に照らされた長屋の路地を眺めながら、溜息ばかり吐いている。

「あんたもぼけっとしとらんで、外で遊んでこんねっ」

一向に刃向かってこない男に見切りをつけた母が、心太に矛先をむけた。小さな肩を一度だけ激しく上下させると、心太は一間《ひとま》きりの長屋を土間の方へと駆けだす。細い足が巨岩のごとき男の横をすり抜ける。そして飛び降りるようにして土間に立つと、すばやく草履《ぞうり》の鼻緒に指をかけた。

振り返るようにして男の顔を覗きこむ。

目が合った。

「ところてん……」

掌《たなごころ》に顎を載せて自分の頭の重さを支えている男が、心太に言った。

どうやら〝心太〟という漢字は、ところてんと読むらしい。半年前、この男と初めて会った時に知った。それ以来、男は心太のことを〝ところてん〟と呼ぶようになった。

心が太い男に育って欲しいと、二年前に死んだ父がつけてくれた名前だ。父も母も、別の読み方があることを知らなかったのだろう。男がところてんと呼んだ時、母は驚き、その後、申し訳なさそうに心太を見た。そのなんともいえぬ母の目を、今でもはっきりと覚えている。

「どこにいくとや」

ぼんやりとした目つきで心太を見おろしながら、男が問う。

「そこらへん」

ぶっきらぼうに答えた。

「ふぅん」

力の無い相槌を返した男が、おもむろに立ちあがると土間にある自分の草履に足の指を通した。

「俺《おい》もいく」

「えっ」

「そげん嫌がらんでよかろうもん。たまにはおいちゃんと散歩でもしようや」

言った男が心太の頭に掌を置いた。瓦のように巨大でごつごつとした手で、まだ前髪のある頭をぐりぐりと撫でる。この男のこういう乱暴な所が、心太は嫌いだった。

まだ十一歳。

感情を隠せはしない。怒りが目の色となって顕《あらわ》れ、刺すような視線で男を見た。

「さぁ、いくばい」

心太の情動など関心がないといったように、男は飄々《ひょうひょう》とした口調で言うと、土間を歩いて敷居をまたぐ。

「どこにいくとね」

諦《あきら》めるような口調で母が問う。

「ちょっと散歩してくる」

それだけ言うと、男は長屋の路地を木戸にむかって歩きだした。ついてゆくべきか迷った心太は、母を見る。

「いってき」

優しい笑顔を浮かべながら母は言った。

「うん」

うつむきながら答えて路地に出た。

「置いてくぞぉ」

木戸前に立つ男の方へと走りだす。どうして自分が急いでいるのか、わからない。男に言われるがまま走っている自分が情けなく、腹立たしかった。

着流しに締めた博多帯に両の親指だけを差しこみながら、男が往来を歩く。その横を心太は付いてゆく。別段なにを話すというわけでもない。ただなんとなく二人で歩いた。

往来をゆくと町の人が男に声をかける。そのひとつひとつに、男が気さくな言葉を返してゆく。そのやり取りを見ながら、この男は町の人たちに気に入られているのだと幼心《おさなごころ》にも感じた。

「昨日はどうやったや」

唐突に男が問うてきた。

どうやったと問われても答えようがない。

たしかに昨日は忘れられない日となったし、なにもかもが新鮮だったのは間違いない。だが、まだ博多の町に住んで半年。仲のよい同年の子供がいない心太にとっては、ただただ戸惑うばかりの一日であった。いや、この町に来てからの半年、ずっと戸惑ってばかりである。それを的確に伝えられるだけの言葉を、心太はまだ知らなかった。

「なんか言え」

視線を往来にむけたまま男が言う。

「お前はも少し、しゃんとせんとよか舁き手になられんぞ」

そんな者になる気はない。

気持ちが言葉になりかけたが、喉の奥でそれを留めた。べつに男をおそれたわけでも遠慮したわけでもない。自分がこの男と反目すれば、母が悲しむ。それをおそれた。

この男は母の亭主だ。

つまり心太の父である。

義理であっても父は父である。

わかっているが、どうしてもそんな気になれない。

男の方でもその辺は弁《わきま》えているようで、自分のことを〝父〟ではなく〝おいちゃん〟と呼ばせている。

山笠の間、男に付き合ってやったのも、母を悲しませたくない一心だった。別に男に気に入られようとしてやったわけではないのだ。母のためでなければ褌《ふんどし》一丁で往来を走り回るようなことなどしはしない。だから、いい舁き手などになるつもりもさらさらなかった。

この町の男たちは、山笠に取り憑《つ》かれていると、心太は思う。隣を歩く〝おいちゃん〟がよい例だ。山笠がはじまると目の色が変わり、他のことは一切考えられなくなる。仕事のことなど二の次。別火《べっか》といって女の人と同じ火を使うことを拒み、男衆だけで食事を作り、寝る時以外は極力家には近づかない。最終日の追い山が終わるまでは、すべてにおいて山笠が優先するのだ。そして追い山が終わると今度は憑き物が落ちたように、抜け殻になる。

「九蔵《きゅうぞう》っ」

やけに圧の強い声が、二人の背中を押した。男がのっそりと振り返るのにつられ、心太も振り返る。

五十がらみの男が立っていた。腹掛けにたっつけ袴《ばかま》を着込み、背筋の伸びた初老の男に、九蔵と呼ばれた〝おいちゃん〟が、ぺこりと頭をさげる。

「散歩や」

「はい」

九蔵が素直に答えた。

「今日はお前は勘定に入っとらんけん、心配せんでよか。山の終わるとお前が四五日使えんごとなるとは、皆知っとる」

言って初老の男は大声で笑った。その勢いのまま九蔵の肩を力一杯叩く。

「昨日はご苦労やったな。お前のあと押しのおかげで魚町《うおまち》ん山ば追いたくってやれたっち言うて、竪町ん者らも喜んどった」

「来年はうちが当番町《とうばんちょう》やけん、今度は竪町ん者らに助けてもらわんといけん立場になるとです。同じ流にある仲間同士、助けあうのは当たり前でっしょうもん」

「そんとおりたい」

男がふたたび肩を叩いた。

「心ちゃんも、よか男ば父ちゃんに持ったたい」

しゃがんだ膝に自分の手を置き、中腰になりながら、初老の男が心太の顔を覗きこんだ。

「俺ん親方の伊兵衛《いへえ》さんたい。山笠ん時も紹介したろうが。ちゃんと覚えとかんか」

九蔵が言いながら心太の頭を押さえて辞儀をさせた。それを伊兵衛は笑って止める。

「まだ金屋に来て日が浅かっちゃけん、よかよか」

「すんません」

九蔵が頭から手を離す。それを待ってから、ふたたび伊兵衛が心太の顔を覗きこんで話しはじめた。

「心ちゃんも先走りご苦労さんやったね」

〝先走り〟というのは、流や町名を書いた招き板と呼ばれる板を持って、山の先を走ることで、主《おも》に子供たちが務める。

山笠は上下関係が厳しい。男の子が町に生まれると、すぐに帳簿に名前を記す。その名前が古ければ古いほど序列が上位となる。心太も金屋町に来ると同時に、九蔵の指示によって帳簿に名を記された。しかし十一歳であるにも拘《かか》わらず、この町に生まれてすぐに名前を記された年下の子供たちよりも、心太の序列は下ということになる。そのため先走りでも招き板を持つことは許されず、古株の子供たちが走る後ろをただ駆けていただけだ。

「他ん土地から来て初めての山笠やったけん、いろいろとびっくりしたやろうけど、父ちゃんば見習ってよか舁き手になるとばい」

「そげん、おだてんでくれんですか」

九蔵が嬉しそうに言うと、伊兵衛も笑って肩を叩く。

本当にこの町の男たちは理解できない。

義父を見習ってよい大工になれというのが、本来親方が言うべき言葉であろう。それが大工仕事は二の次で、よい舁き手になれと言う。しかもこの親方は、自分の手下が仕事を休んでいることを別段気にも留めていないようである。追い山で頑張ったからという理由で、朝っぱらから散歩をしているのを笑って許しているのだ。

伊兵衛だけではない。

他の町の者もそうだ。

九蔵はただの大工である。一本立ちもしていない、親方持ちの職人だ。しかし人々はそんな九蔵に、まるで町の顔役のような態度で接している。尊敬の眼差《まなざ》しをむけながら声をかけてくる女の人までいるくらいだ。

たしかに昨日の九蔵は凄《すご》かった。子供の目から見ても、並み居る舁き手のなかで一際《ひときわ》目立っていたと思う。なにがどうということではない。力が強いとか声が大きいとか、そんな表面的なものではないなにかが九蔵にはあった。褌姿の舁き手たちのなか、気づけば自然と九蔵に目がゆく。男たちの身体が混ざり合ってひとつの塊《かたまり》となっていても、なぜか九蔵だけは一人輝いて見えたのだ。

それがなぜなのか心太にはわからない。とにかくそう見えたのだから仕方がない。しかしそれは祭の場でのこと。どれだけ祭で輝いていようと、社会での立場がなければ生活は成り立たない。心太が育った村では、祭の余興で目立つ男であっても、小作人であれば日頃は見向きもされなかった。目立ちたがりだなんだと言われて、どちらかというと肩身が狭い思いをしていた。

しかしこの町は違う。

山笠が日々の暮らしにも生きている。

「まぁ、腹に気合が戻ったら、現場にくりゃよか。それまでは儂《わし》らでどげんかするけん」

「すんません」

「そんじゃ心ちゃん。今度、儂ん家に遊びにこんね。婆さんに汁粉でも作らせるけん」

「頭ばさげんか」

言った九蔵から頭を押さえられるよりも早く、心太は伊兵衛に辞儀をした。すかされた掌を収める九蔵を、伊兵衛が笑う。

「よか動きばしとる。心ちゃんは鍛えれば物になるばい」

「まだわからんです」

言った九蔵が、荒い鼻息をひとつ吐いた。それを穏やかに見つめながら、伊兵衛は歩きだした。

伊兵衛と別れてから九蔵は北へと足をむけ、竪町《たてちょう》浜《はま》を進んで浜辺へと出た。四半刻《しはんとき》ほど砂浜に座りこんで「今年も終わったばい……」などと、まだ六月なのに寂しげにつぶやいたと思ったら、ふたたび金屋町へと戻ってくる。

その間も、心太はただなんとなく後を追った。他愛もないことをたまに聞かれ、当たり障りのない答えを返しながら、二人でぼんやりと時を過ごした。

「あいつは店に出とるかいな」

九蔵がそう言ったのは、ある宿屋の前でのことだ。御世辞にも立派とは呼べない、間口が一間《いっけん》半ほどの小さな建物である。言われなければ宿屋だということすらわからない。ただ木戸が開けられ色の抜けた紺地の暖簾がかかっているから、店だということは辛うじてわかる。それに注意深く見てみると、壁に看板がかかっている。

長年の風雨で煤《すす》けた看板には、掠《かす》れた文字で〝宿　笠屋〟と書いてあった。

九蔵が暖簾を潜った。

「おっ、追い山の次の日にお前の顔ば見るとか、明日は雨が降るっちゃなかとや」

猫の額ほどの帳場に座った細面《ほそおもて》の男が、眉根を寄せながら九蔵に言った。笠屋の主人、蓑次《みのじ》である。この男は九蔵の親友らしく、山笠の間も常に一緒にいたからさすがに心太も覚えていた。九蔵と同じ年、たしか三十二だったはずである。

「かみさんに追いだされたったい」

「女房ば持つとお前でも変わるっちゃね。おっ」

言って蓑次が九蔵の後ろに控える心太に目をむけた。

「坊主もきたとか」

心太はぺこりと頭を下げた。

「で、その人はなんね」

九蔵が帳場からつづく上がり框に座る男を見て、蓑次に問うた。

帳場で蓑次が腕を組んだ。その視線が框に座る男を睨《にら》んでいる。

九蔵たちよりも大分若い。

荒っぽい気性が顔に出ている九蔵や蓑次とは違う類《たぐい》の人である。羽織も袴もぼろぼろで埃《ほこり》にまみれているが、顔は青白い。一見して旅の人だとわかるのに、日焼けをしていないのが奇妙だった。

男が心太の視線に気づいて微笑《ほほえ》んだ。

「なんば、へらへら笑いよっとや」

「すみません」

棘《とげ》のある蓑次の声に、男が肩をすくめた。

「なんばしたとか、この人は」

「箱崎の六兵衛さんの名前ば出して泊めてくれっち言うてきたけん、わざわざお客さんに相部屋ば頼んで泊まらせたっちゃけど、朝んなって、金ば持っとらんとか言いよるったい」

「あんた文無《もん》しね」

「お恥ずかしい話ですが」

そう言って男は笑った。その人懐こそうな笑みを見て、九蔵が高笑いをする。

「なんがおかしかとや」

蓑次が不機嫌に問う。しかし九蔵はお構い無しに笑う。

「へへへ」

男もつられて笑う。

「舐《な》めとっとかっ」

蓑次が立ちあがった。

「そげん唸《うな》りんしゃんな」

九蔵が止める。真っ青になる男の顔を一度見てから、九蔵は蓑次に視線をむけた。

「逃げるつもりならもう逃げとるばい。こげんしてへらへらできるだけの腹積もりがあるっちゃけん、話ぐらいは聞いてやればよかろうもん」

「話ば聞くより、組頭《くみがしら》ん所に言いにいってから」

「組頭ん所に言いにいって話ば大きゅうするこたなかろうもん。まずはどうして金が無かか聞くのが先たい」

「ここは親父ん代からやりよっとぞ。そげんことお前に言われんでもわかっとる」

荒い鼻息を吐きながら、蓑次が腰をおろした。蓑次が落ち着くのを確かめてから、九蔵は框に腰をかけ男へ言葉を投げはじめた。

「あんた名前は」

「杉下風馬と申します」

「お侍さんね」

「いえいえ、家は医者をやっております」

「たしかにお侍には見えんもんね。刀も差しとらんし」

「はい」

屈託のない風馬の笑顔を見た心太には、この人が悪人だとはとても思えなかった。が、この男を見ていると、訳もなく胸がざわつく。

「どっから来たとね」

「大坂です」

どうりで衣がくたびれている。そんなことを思いながら、心太は黙って二人のやり取りを眺めていた。

「なんしに大坂からわざわざ博多まできんしゃったとね」

「いやいや」

風馬はそう言って掌を顔の前でひらひらと振ってみせた。

「本当は長崎にいく予定だったんです。というか、いまでも長崎を目指しているんですけどね」

己の言葉を耳で聞いてから、それが可笑《おか》しかったのか風馬は笑った。その飄々《ひょうひょう》とした態度に、蓑次は機嫌が悪そうである。一方、九蔵はというと、目の前の医者の息子を面白そうに観察していた。二人のやり取りに割って入るようにして、蓑次が憮然《ぶぜん》とした態度で口を開いた。

「医者の息子で長崎ば目指すっちゅうたら、大方《おおかた》、医者ん修業にでもいくっちゃろうもん。そげな客なら、何人か泊めたことんある」

「そのとおりです」

風馬がぱちんと手を叩く。その態度に蓑次が、一度落ち着けていた腰を上げかける。

「いちいち腹ん立つ奴《や》っちゃね」

「そげん喧嘩《けんか》腰になってやんな。怯《おび》えとるやろうが」

口許に微笑を浮かべながら九蔵が間に立つ。額にうっすらと青筋を立てる蓑次をよそに、九蔵が言葉を継ぐ。

「こっから長崎って言うたら、長崎街道ばずうっといってから肥前《ひぜん》ば抜けて、まだ大分《だいぶ》あるやろうもん。こげな所で金ば使いきったら、しょんなかろうもん」

「しょんなか、とは」

「仕様が無いっ」

目を丸くした風馬に、長年宿屋商いをしている蓑次が説明した。

「なるほど」

小さくうなずく風馬の顔を、九蔵が下からうかがう。

「あんたさっきから、俺達の言葉が、わかっとって答えよるっちゃろうね」

「大方の所はわかりますよ。しかし抑揚や独特な言葉遣いはやはり理解できません」

「そういう時はどげんすっと」

「前後の言葉から察して答えます」

言いきった風馬に、蓑次が口を挟む。

「ちゅうことは適当に答えよったっていうことやろうもん」

「いえいえ、八割方はちゃんと答えられました」

「後の二割は」

「適当と言われても仕方がありませんね」

「そうやろうがっ」

床を叩いて蓑次が叫ぶ。風馬は店主の怒りにすっかり慣れてしまったのか、悪びれもせずに框に座ったまま一向に動じない。やはり間に入ってなだめるのは九蔵の役目だった。

「ほんなこと、ぐらぐらこく奴っちゃね」

「ぐらぐらこく、とは」

蓑次のつぶやきを聞きつけた風馬が問う。

「もうよか」

怒ることに疲れたのか蓑次は言うと、勝手にしてくれというように帳場に戻って九蔵たちから目を逸らした。

「こげんところで金ば使いきったら、長崎まではいけんやろうもん」

「盗まれたんですよ。小倉で」

「金ば盗まれて、小倉からはどげんやってここまできたとや」

それが面白いんですけどね、と前置きしてから風馬が語りだす。

「下関《しものせき》から小倉までの道中で、商いで出雲《いずも》の方まで出向いていたという行商人と意気投合しましてね。宿を一緒にということになったのですが、この男が盗人《ぬすっと》だったんです。どうやら下関から私に目をつけていたみたいで、朝起きてみると、有り金をそっくりやられていまして」

「やけん金が無くて小倉からここまでどげんしてきたかば聞いとるったい」

「そうでした、そうでした」

手を叩いて風馬が笑う。金もなく宿に泊まったという事実を忘れてしまっているような風馬の態度に、蓑次は怒りを通り越してすっかり呆れている。

「衣の襟の所に小銭を入れていたんですよ。それを使って博多まではこられたんですが、さすがに長崎までは無理でした」

「奉行所には届けんかったとね」

「一応いったんですが、あの辺りでは有名な盗人だったらしく」

「諦《あきら》めろって言われたとね」

「はい。あはははは」

朗らかな笑顔を浮かべ、風馬が首の後ろを掻く。

「やっぱり組頭ん所に」

言いながら立ちあがろうとする蓑次を九蔵が制し、風馬に問う。

「で、あんたここの払いはどげんするつもりやったとね。昨日ここに泊まるっちゅう時点で払えんっちゅうことがわかっとったとやろうもん」

「だからご主人に説明してたんですよ。大坂の父に文《ふみ》を出して、金を送ってもらうから、その間泊めてもらえませんかって、でもここのご主人が」

恨めしそうな目で風馬が、蓑次を見る。片方の眉を思いっきり吊りあげて蓑次が風馬を睨む。

「どうやっても組頭っていう人の所に連れてゆくって言って聞かないんですよ。というか組頭っていうのは博多の町ではどういう人のことを言うのですか」

「本当に反省せん人やね、あんたは」

呆れ顔の九蔵が風馬を見つめる。

「組頭っちゅうのは奉行様から博多ん町の差配ば任されとる年行司《ねんぎょうじ》の下で、町々の纏《まと》め役ばしよる人たちのことたい」

「ということは組頭に話がいって、それでも事が丸く収まらなかった場合は」

「年行司を通して奉行所っちゅうことになるやろうね」

「それは困りましたね」

腕を組んで風馬が荒い鼻息を吐く。ここに至って事態の深刻さを痛感したようである。

「どうにかなりませんかね」

この人は話せると見たのか、すでに風馬は蓑次には目もくれず、九蔵へと話しかける。

「大坂に文ば送れば、絶対に金は届くっちゃろうね」

「はい」

「どんくらいで届く」

「ひと月もあれば必ず」

風馬が断言した。旅姿の若者の肩越しに、九蔵が帳場の蓑次を見る。

「こげん言いよっちゃけん、ひと月泊めてやればよかろうもん」

「お前が話ばつけるっちゃろうもん。俺は知らん。お前が駄目やっち言うんやったら、俺はすぐに組頭んところに連れてゆく」

蓑次は断固として譲らない。九蔵が諦めれば、この男は組頭のもとへと連れてゆかれる。

「困ったねぇ」

膝に手を置き、九蔵が風馬の顔をじっと見つめた。

「あんた、本当に医者ん息子や」

「い、いきなりなんですか。そうですよ大坂天満《てんま》の杉下木庵《もくあん》と言えば、近所では少しは知られた名前なんです」

「ここは大坂やなか」

蓑次が皮肉たっぷりに言うのを無視して、九蔵が眉間に皺を寄せながらつづける。

「本当に金は届くんやな」

「本当ですって」

さっきまで味方だと思っていた九蔵の変貌ぶりに、風馬が少し泣き顔になる。そんなことには構いもせずに、九蔵はじりじりと間合いを詰めながら問いつづけた。

「金が入ったらしっかりと義理ば果たすって、俺と約束できるとや」

「約束します」

うなずいた風馬の喉がごくりと鳴った。

「よし、わかった」

勢いよく己の膝を叩くと、巨体が立ちあがった。

「ついてこんね」

「どこにですか」

茫然《ぼうぜん》と見あげる風馬の背中を、天狗の団扇《うちわ》のような掌が叩いて立ちあがらせる。

「うちの長屋にちょうど空きがあるったい。大家はけちばってん、話のわかる人やけん。あんたが真剣に話ばすれば貸してくれるやろ」

「有難うございますっ」

「痛《い》た」

勢いこんでさげた風馬の頭が、九蔵の背中を打った。

「ちょ、ちょ、ちょっ」

蓑次が帳場で中腰になる。

「こん人は俺が預かるけん、心配せんでよか」

「心配とかしとらんっ。うちの払いはどげんなるとかっ」

「大坂から金が届いてからに決まっとろうもん」

口をあんぐりと開けた蓑次が、同年の朋友《ほうゆう》を見つめる。

「俺が預かるっちゃけんが、心配なかろうもん」

「そげんかお荷物ば持って帰ったら、あん嫁さんにどやされるばい」

「大丈夫や、どげんかなる」

立ちあがった蓑次が腰に手をあて、溜息を吐いた。

「俺ぁ、知らんけんね」

「じゃあ、連れてくばい」

言いながら九蔵が暖簾を潜《くぐ》った。

「お世話になりました」

風馬が蓑次に頭をさげて出てゆく。

「置いてくぞ、ところてんっ」

往来から大声で九蔵が言う。

「心太、またの」

笑いながら右手を振る蓑次に、心太は小さく辞儀をすると、額で暖簾の先を撫でながら往来へと飛びだした。

はるか前をゆく二人は、まるで昔からの友人であるかのように、楽しそうに話しながら並んで歩いている。

「少しくらい待ってくれてもよかろうもん」

九蔵の広い背中にむかって、心太は届かない言葉を吐いた。

〝大正三年　博多　沈香堂《ちんこうどう》書店　書庫内〟

そういう風な経緯で、あては一度目の博多ん町への逗留《とうりゅう》ばはじめたったい。

どげんしたとね、そげん怖か顔ばして。

「だからですねっ、その後はどうなったんですかっ」

もう今年で七十になるけん、耳が遠なってからくさ、そんくらい大きい声で言ってもらわんと、全然聞こえんと。で、この後っちゆうのはなんね。

「だからぁ、金屋町の大工の九蔵さんのおかげで、笠屋という宿屋から出ることができたという所までは聞きましたけど」

そうやった、そうやった。

そいで、あては九蔵さんに連れられて、それから一年ばかり留まることになる長屋に行くことになったったい。まぁ、あん時はあてば連れて帰った九蔵さんに、自分たちの家に住まわせるって勘違いした奥方が怒った怒った。

ぬはははは。

「あ、あの笑ってないで、つづきを聞かせてくださいませんか。まだ出だしという所ですし、もう少し聞かないと私も社には戻れませんので」

こげんか爺さんの話ば聞いて、仕事になるとかいね。大体あんたは、昔の山笠ん話ば聞きにきたとやろうもん。どうしてあてが博多ん町に住みついた時のことば聞かないかんとね。

「そう言わずに聞かせてくれませんか。謝礼ははずみますから」

あては金んために話すわけじゃなかとばい。

「す、すみません」

で、どれくらい貰《もら》えるとね。

「やっぱり要るんですかっ」

当たり前やろうもん。くれるち言いよるもんば貰わんようじゃ、博多者とは呼べん。

「だったら、早速つづきを聞かせてくださいよ」

そげん焦らんだってよか。時間はあるっちゃけん。まぁ、お茶ば飲まんね。話はそれからでもよかろうもん。

「いただきます」

あてが初めて博多ん来た元治《げんじ》元年っちゅう年は……。

「話すんですか」

兄ちゃんは、お茶ば飲みながら聞けばよか。つまらん相槌ば打たれるよりも、あてもその方がよかけんね。

「お願いします」

元治元年っちゅう年は、大変な年やった。

前年八月に尊王攘夷《そんのうじょうい》派の公卿七人が朝廷の実権を奪われて長州《ちょうしゅう》に逃れ、それまで都で幅を利かせとった攘夷派の志士たちが行き場ば失ったとは知っとるやろ。そげなことがあったけん、都は会津《あいづ》と薩摩《さつま》を中心とした公武合体派の天下んなって、長州の侍たちは苦境に立たさるっことになったったい。

その流れは年が改まってからも変わらんかった。

あてが見た追い山の十日前、都ではもう一度朝廷内での力を取り戻そうっち考える長州の藩士たちを中心に、京の町を燃やそうって企《たくら》んだ者《もん》たちが池田屋《いけだや》っちゅう旅籠《はたご》で、新撰組《しんせんぐみ》に斬られるっちゅう事件が起こったっちゃが、有名な話やけんもちろん兄ちゃんも知っとるやろもん。

「な、なんだか話が堅苦しくなってきたんですが、それと山笠にどういう関係があるんでしょうか」

関係があるけん話しよるったい、黙って聞かんね。

とにかくそん頃のこん国は、尊王攘夷だ公武合体《こうぶがったい》だ、討幕だ佐幕《さばく》だと、侍たちがいがみあっちょる物騒な世の中やったったい。そげな流れに、もちろん黒田《くろだ》藩も無関係ではおれんかったとよ。

「加藤司書《かとうししょ》ですね」

さすが新聞記者やね。そうたい。加藤司書を筆頭に筑前勤王党《ちくぜんきんのうとう》が、藩内で台頭してきよったったい。

加藤たち筑前勤王党は、長州に逃れちょった七人の公卿のうち五人ば太宰府《だざいふ》に匿《かくま》っちゃろうて考えて、長州の上の者らに接触ば試みたり、薩摩から養子に来たそん時の黒田の藩主、長溥《ながひろ》公に取りいって、藩の実権を握ろうと画策したり、ずいぶん活発な動きば見せよったったい。

「博多もまた維新の動乱の只中《ただなか》にあったということですか」

そういうこったい。

「で、そんななか、やはり山笠も無事では済まないんじゃないですか」

なんで、山笠が無事じゃ済まんとね。

「だって藩がそうして揺れ動いている時に、町人連中が神輿を担いで騒ぐなんて」

山笠はなんも変わらんばい。

「だって世の中は」

そげんこた博多ん男たちゃあ、なんも思うとらん。山笠んためやったら命ば懸ける。そいが博多ん男ばい。

そうたいっ、そいがよか。

「いま膝痛くありませんでしたか。自分で思いっきり叩きましたけど」

博多ん男たちが、どげんか者かっちゅうことば兄ちゃんにわからせるために、慶応元年の山笠のことばじっくり話しちゃろ。

「でも、馬《うま》さんは博多の生まれじゃないんですよね」

しぇからしかっ、黙って聞かんね。

二

月形洗蔵《つきがたせんぞう》は盃を傾け、一気に酒を呷《あお》った。駆け降りてゆく熱き流れが腹中に留まり、身体を心《しん》から温めてゆく。甘く澄んだ香りが鼻から抜けると、その頃には新たな酒が盃に満たされていた。

「外で呑む酒は、美味《うま》かろうが」

目の前に胡坐《あぐら》をかく男の声に、微笑を浮かべてうなずく。

「やっと殿の許しを得て外に出ることができたとやから、これからは存分に働いてもらわないけんぜぇ」

「司書様のため、尊王攘夷のため、我が身ば存分に使《つこ》うてつかぁさい」

頭を下げる洗蔵の肩を、男の分厚い掌が叩いた。

加藤司書。

男の名である。

「そげんに畏《かしこ》まらんでよか。今日は存分に楽しんでいきない」

そう言って快活に笑う司書の背後で、大勢の男たちが酒を喰らいながら語らいあっている。

洗蔵の同志たちだ。

筑前勤王党。

目の前に座る加藤司書を筆頭に、尊王攘夷の志《こころざし》を抱く士たちで構成された集まりである。

月形家は禄高百石あまり。家格は低い。だが祖父そして父と藩儒《はんじゅ》を務め、洗蔵自身も学者であった父から朱子学を学び、藩校修猷館《しゅうゆうかん》で経学《けいがく》を修めた。尊王の志は、祖父の代から受け継がれ、洗蔵自身の血肉となっている。

「三年の間、目を曇らせちゃおらんやろな」

司書が問う。

無礼な、と心につぶやく。しかし面《おもて》には出さない。目の色に若干の殺気が籠《こも》ったが、それは返答の代わりである。

「愚問じゃった、許せ」

視線の変化を機敏に察した司書が、そう言って洗蔵が握る盃に満ちた酒を見た。顔をあげ、太い眉の下の大きな目を見開き、顎をしゃくる。呑めという合図だ。

「では」

一気に腹中に納める。

「いつ見てもよか呑みっぷりぜ」

司書は上機嫌だ。己は呑まず、かれこれ半刻ほど洗蔵に酒を注いでばかりいる。

今年三十七になる洗蔵の二つ下のこの男は、黒田藩の中老《ちゅうろう》という地位にあった。加藤家といえば、信長《のぶなが》に反旗を翻した荒木村重《あらきむらしげ》によって有岡城《ありおかじょう》に黒田如水《じょすい》が幽閉された時、祖先がその牢番をしていたという由来を持つ。この時、司書の祖先にあたる重徳《しげのり》は、如水を決してぞんざいに扱わなかった。それにとどまらず、有岡城が落ちる時、黒田家の忠臣である栗山利安《くりやまとしやす》とともに、如水を城から助けだしたのである。

この時のことを如水は恩義に感じ、重徳の次男である玉松《たまつ》をみずからの養子として貰い受けた。玉松は成長すると黒田の名を与えられ、数々の戦《いくさ》に参陣。その知行地である三奈木《みなぎ》を冠した三奈木黒田家を興し、筆頭家老を務める家柄としていまもつづいている。

司書が出た加藤家は、如水を助けた重徳の長子である吉成《よししげ》の流れを汲《く》む。重徳と吉成は、荒木家が滅んだ後、宇喜多《うきた》、小西《こにし》と主君を変える。しかし関ヶ原《せきがはら》で小西行長《ゆきなが》が敗走の末に斬首となると、玉松の縁を頼って黒田家に仕官した。

加藤家の知行は二千八百石。一万六千二百石の三奈木黒田家と比べれば見劣りするが、家格は国老、三奈木黒田家に次ぐ中老であり、黒田の侍では最上級の地位にある。

黒田での中老という立場は職ではない。この中老から家老が選ばれることになっており、司書で十一代を数える加藤家の惣領《そうりょう》のなかでは、これまで三人が家老になっていた。つまり、本来ならば司書は洗蔵がこうして直接酒を酌み交わせるような立場の人間ではないのである。

筑前勤王党が洗蔵をこの場に在らしめていた。同一の志が、二人を結びつけている。尊王攘夷の火を絶やしてはならないという熱烈な想いが、互いの心に根差している限り、旧態依然とした身分など取るに足らないものであった。

「洗蔵よ」

にこやかだった司書の丸い目が、急に細くなった。こういう時は決まって、国の話をはじめる。洗蔵は幾分酔って浮ついている心を、丹田《たんでん》に気を注ぎこんで締め直した。

「昨年八月の政変以来、長州は京に居場所ば無くしとる」

文久《ぶんきゅう》三年（一八六三）八月十八日。尊王攘夷に積極的だった宮中の公卿たちを抱えこみ、朝廷への影響力を強めていた長州藩にとって、信じられない事が起こった。宮中でもとりわけ過激な攘夷派であった三条実美《さんじょうさねとみ》ら七人の公卿が、突如として官位を剝奪され都を追放されたのである。みずからの後ろ盾となっていた公卿たちが根こそぎ放逐されたことによって、長州は京での影響力を失い、町に蟠踞《ばんきょ》していた藩士たちは彼等とともに国へと戻った。

この政変を主導したのは、討幕を企む長州に異を唱える薩摩と会津である。両藩が画策したのはあくまで公武合体。幕府と朝廷がともに手を携えて国難に当たるという、討幕とは異なる政策である。

長州斡旋《あっせん》という形で、尊王攘夷へと踏みだそうとしていた洗蔵たち筑前勤王党にとって、この一件は大きな衝撃であった。

「こんまま尊王攘夷の火ば消しちゃいかんぜ」

司書の目がぬらりと光る。眼球にうっすらと涙の膜が張っていた。この男は熱くなるとすぐに目に涙を生じさせる。流しはしない。ただ瞳が激しく濡れるだけだ。

「平野《ひらの》はいまも捕えられたままぜ」

怒りに声を震わせながら司書がつぶやいた。

平野國臣《くにおみ》。

洗蔵と同い年のこの男は、安政《あんせい》五年（一八五八）に脱藩し、諸国を巡って尊王攘夷の実現に奔走。しかし昨年の政変に際し、但馬生野《たじまいくの》で討幕の兵を挙げ捕縛された。

「平野の気持ち、儂は痛いほどわかる」

「司書様は中老。のって迂闊《うかつ》に動けんことは……」

「そげんことはわかっとるっ」

怒号。

周囲の喧噪《けんそう》が収まる。みなの目が司書と洗蔵に集まった。

「なんでもなかぜ。貴公らは呑まっしゃい」

穏やかでありながら怒気を孕《はら》んだ司書の声に、みなが渋々といった様子でふたたび呑み始めた。それを横目で確認してから、志に燃える中老はふたたび洗蔵へと視線をむける。

「今日は貴公と語りあいたか」

「のって……」

「四の五の言うな」

ふたたび司書が盃を急《せ》かす。洗蔵は一気に呷った。

すぐに酒が満ちる。

「上様が貴公を許すっち仰《おつしや》った時、儂は本当に嬉しかったとぜ……」

司書の目がいよいよ潤《うる》む。しかし不思議なことに頬には一筋も流れない。どこで留まっているのか、涙は目玉に貼りついて落ちなかった。

「桜田門外《さくらだもんがい》で掃部守《かもんのかみ》が討たれた時、真っ先に動いたのは貴公やった」

万延《まんえん》元年（一八六〇）三月、江戸城桜田門の門前で大老、井伊《いい》掃部守直弼《なおすけ》が水戸脱藩浪士たちによって殺されるという事件が起こった。それを知った洗蔵は意見書を認《したた》めて、五月、藩主黒田長溥に提出する。

政情不安な折、参勤交代で浪費などせず、国に留まり兵と力を蓄えるべきであるという趣旨の書状であった。いよいよ参勤の時期という八月には、同志たちとともに長溥と二度の面《めん》謁《えつ》。この時も強硬に参勤の反対を訴えた。

一度は洗蔵たちの熱意に押されるように、参勤の延期を幕府に申しでた長溥であったが、再三の公儀からの要請に抗しきれなくなり十月には江戸出府を決定。下級武士でありながら藩主へ直言とは無礼千万であるとして、洗蔵たちは謹慎・幽閉を命じられる。洗蔵が幽閉されたのは、福岡の南部、御笠郡古賀村《みかさごおりこがむら》であった。

「儂はあん時のお前たちの姿がいまも忘れられん」

そう言って目を閉じた司書であるが、なぜかそれでも涙が流れない。

司書には大恩があった。

長溥と藩政の中枢にある家老連中の怒りを買った洗蔵が、こうして家を出てふたたび国難と戦えるようになったのは、この男のおかげなのである。

このまま狭い所に押しこめられて一生を終えるくらいなら、いっそ脱藩しようかとまで思っていた。同志であった中村円太《なかむらえんた》という男は国を出ていまは都を追われた三条実美の傍《そば》に仕えている。己も黒田を捨て思う存分、国事のために奔走しようかという想いが強くなってゆくのを抑えられなかった。そんな洗蔵に司書は熱心に説いたのである。黒田には貴公のような国を憂《うれ》う男が必要だ、絶対に黒田を捨てるなと、幾度となく訪れては語ってゆく。そしてその熱意は、洗蔵だけではなく、長溥や藩の上役たちにもむけられた。洗蔵たちはきっとこの先、黒田に無くてはならぬ存在となる、このまま飼い殺しにしているのは、損失であると説き、赦免《しやめん》を請うたのである。

司書の努力が実を結んだのは三年後、文久三年（一八六三）のことであった。洗蔵は古賀村から我が家へと帰宅する。しかしそれでも罪は完全に許されず、蟄居《ちつきよ》を命じられた。その蟄居も許され、完全に解放されたのは、ふた月ほど前のことである。それもまた、司書の熱心な説得のおかげであった。

「長州で不穏な動きがあると、円太が報《しら》せてきた」

司書が急に声を潜めた。円太は三条実美に仕えて長州にいる。彼《か》の国の情勢を調べては、こうして司書に報せていた。

「不穏な動きっちゃ、どういう事です」

「久留米《くるめ》藩の真木和泉《まきいずみ》に同調する若か者らが、兵ば挙げようとしよるらしかぜ」

「そいは……」

洗蔵は声を失った。

長州が兵を挙げる。

敵は何処《いずこ》にありや。

薩摩と会津だ。

「都が戦場になるっちゅうことですか」

「そうなるかもしれんぜ」

「そげんことしたら、ますます長州は孤立することんなる」

「円太もどうしようも無かち書いてきとる。桂《かつら》さんが説得しよるらしかけど、もう挙兵は止められん所まできとるらしかぜ」

盃を持つ手が震えている。揺らめく酒に灯明《とうみょう》が反射して、小さな光が散らばった。その無数の光点を数えるように、洗蔵は眼を盃に落とす。

「洗蔵、貴公はどう思うな」

司書の問いが洗蔵の頭を駆け巡った。長州が兵を挙げ都に殺到する。相手は薩摩と会津だ。円太が報せて来たことから類推すると、長州は国を挙げての戦は望んでいないらしい。ならば敗北は目に見えていた。このままいけば、長州は朝敵となる。幕府にとっては取り潰しの格好の材料だ。

「如何《いか》にして長州と幕府の仲を取り持つかが、こん先最も重要なことになりまっしょう」

「うむ」

嬉しそうに司書が膝を叩いた。

「やっぱり貴公に国を捨てさせんでよかったぜ」

ふたたび酒を急かすかと思った司書が、いきなり立ちあがった。そして諸肌脱《もろはだぬ》ぎになる。

「立たっしゃい」

洗蔵を見おろしながら言う。

「どげんしたとですか司書様」

「こっちん方が鈍《なま》っとらんのはわかったぜ。のって……」

司書が人差し指で己の頭をさした。

「今度はこっちの腕ば見てやろうぜ」

言った司書の太い両腕が、刀の柄《つか》に見立てて虚空をつかんだ。それを大上段に構え、前後に振ってみせる。

「木太刀《きだち》ば二つ、持ってこんね」

傍らで呑んでいた若者に司書が告げる。まだ青年と少年の狭間にある赤ら顔が、立ちあがって廊下の方へと走ってゆく。

「立たっしゃい」

司書がしつこく言う。

久方振りのみなと呑む酒で、洗蔵は酔っていた。しかしそんなことはお構いなしと、司書は満面に笑みを浮かべている。気づけばあれほど目玉を潤していた涙は、いつの間にか乾いていた。

「さぁ洗蔵」

分厚い胸板を露《あら》わにしたまま司書が急かす。

この男の悪い癖である。

国の行く末に想いを馳せ、同志と熱く語らい合い心が満ちると、今度は肉の充足を得ようとする。それは女では満ち足りないらしく、決まってこうして誰かを相手にして木剣を交えるのだ。文武両道だと司書は言うのだが、それは大きな間違いである。文と武を修めるのはいいが、時と場所というものがあるではないか。酒宴の席で木剣は、あまりにも無粋すぎる。

これ以上急かされるのも面倒だから、洗蔵はおもむろに立ちあがった。すると頃合いもよく、青年が戻ってきて木剣を差しだしてくる。小さな辞儀とともに、それを手に取った。衣は脱がず、そのまま素振りもせずに正眼《せいがん》に構えた。酒気が回った掌に木剣がやけに冷たい。柄を擦《こす》るようにして温もりを伝える。その頃には間合いを保って立つ司書も、木剣を構えていた。顔の右に柄を掲げる八双《はっそう》である。正眼から真っ直ぐに打ちこむ軌道に相対《あいたい》するための構えだ。司書の目が爛々《らんらん》と輝いている。落ちている枝で遊ぶ子供と同じだ。

「さぁ、がっしゃい」

播磨《はりま》から筑前へと至った黒田の侍たちは、博多の者とは異なる言葉遣いをする。それを町人たちは〝がっしゃい言葉〟などと言って、区別をしていた。がっしゃいとは、いらっしゃいとか、こいという意である。播磨の色が色濃く残る言葉であった。

洗蔵は踏みだしている左足の親指に力を籠めて、摺《す》り足で少しだけ間合いを詰める。酔っているからと言って、剣尖《けんせん》が鈍るということはない。酩酊《めいてい》するほど呑むなというのは、祖父や父からの教えだった。数年振りの仲間たちとの酒宴だ。それでもやはり酔っている。間合いを測り間違うことのないよう、瀬踏みしながら前に進む。

司書のいつもの癖がはじまったと、仲間たちが座り直して遠巻きに二人を見守る。酒の席の座興であると、みな割りきっていた。

するすると間合いを詰めてゆく。

「そげなこたぁ無用ぜっ」

司書の声が部屋を跳ねまわる。

床が大きく踏み鳴らされた。

間合いが一気に詰まる。

たがいの木剣が触れるほど近づく。

八双の構えを崩さず、司書が鋭い右袈裟《みぎけさ》を放った。

間合いを保つために後退する。

洗蔵の眼前を木剣が唸《うな》りをあげていきすぎた。

露わになった司書の半身。洗蔵は踏みこまずに、二歩さがった。するとそれまで立っていた場所を、木剣が凄《すさ》まじい速さで下から斬りあげる。

惚れ惚れするほどの連撃。これで止まるような司書ではない。振りあげた刀を、そのまま刃《は》を反転させ、もう一度右袈裟で襲いかかってくる。背後には、酒を呑む仲間が座っていた。あと半歩でも退けば、彼等にぶつかる。洗蔵は司書の右側面を回りこむようにして、体《たい》を捌《さば》く。

半開半向《はんかいはんこう》。避《よ》けると同時に、攻勢に転じる体捌きである。

正眼に構えた木剣を振りあげ、袈裟斬りで露わになった司書の首にむかって真っ直ぐに振りおろした。

「やらせっかっ」

司書が振りおろした体勢のまま左手を柄から離し、右腕一本で木剣を振りあげた。刃筋や型など関係ない乱暴な動きだ。

打ちこみが弾かれる。

とっさに洗蔵は後方に退く。振りあげた勢いのまま、司書が正対した。

「楽しかなぁ」

司書が木剣を正眼に構え直し、洗蔵を見つめたまましみじみとつぶやく。

酔いが醒めていた。三年もの間、己自身を見つめる日々を過ごしてきた洗蔵の鬱屈を、司書の鮮烈な覇気が洗い流してゆく。身体中がぴちぴちと音を立て、血が熱く滾《たぎ》っている。その時になってはじめて、熱き魂を持つこの中老の真意を悟ることができた。同志たちと呑む酒、そして激しく打ち合う木剣によって、司書は洗蔵を俗世へと引き摺りだそうとしているのだ。

「まだ終わっちょらんぜ」

嬉々《きき》として司書が言う。

それはこの立ち合いのことか。それとも尊王攘夷の志のことなのか。

どちらでもいい。

「ゆきまする」

「がっしゃい」

今度は洗蔵の方から間合いを詰めた。

小細工など無用、真っ直ぐに踏みこむ。

迎える司書は動かない。

正眼のまま二人の剣先が触れあう。

先に動いたのは洗蔵の方だった。振りあげる動作すらまどろっこしい。そのまま突く。狙いは水月《すいげつ》。司書の木剣が、円の挙動で虚空を掻く。その物打ちが、洗蔵の木剣を捉えた。

突けない。司書の木剣に牙が生え、洗蔵の突きに噛《か》みついたようだった。微動だにしない木剣が、円の動きにつられてくるりと回転する。

手首に激痛が走った。掌から柄が離れる。天高く舞う己の木剣を、洗蔵は熱を帯びた瞳で見つめた。

首筋に冷たい物が触れる。司書の木剣だ。

「ここまでぜ」

「参りました」

悔しさも気負いもなく、ただ素直に言った。頭が自然と垂れる。それでも心は、気持ちいいくらいに清々《すがすが》しい。

司書は木剣を左手に握って腰に当て、右手で洗蔵の肩に触れた。

「貴公が戻ってきてくれて、儂ぁ本当に嬉しかとぜ」

熱い言葉が心に染みる。

司書の目に、零《こぼ》れぬ涙が満ちていた。

＊

「もうすぐ約束のひと月になるばってんが……」

框に座りながらつぶやく九蔵を、風馬は微笑を浮かべながら見つめていた。ひとつひとつの毛が太く、それ自体もまた驚くほどに太い眉を顰《ひそ》めて、九蔵が溜息を吐く。

「手紙は出したっちゃろうね」

「はい」

風馬の答えを聞いた九蔵が、傍らに立っている心太を見た。視線に気づいた少年は、ちらと義父の方に目をやってから、風馬へと顔をむける。笑って首を傾げてやると、戸惑うようにして俯《うつむ》いた。悪びれない風馬の姿に、九蔵が鼻息を荒くする。

「ひと月もすれば大坂の父親から金が来るっち言いよったけんが、蓑次や大家に無理ば言《ゆ》うてここに住まわせとるとばい」

「九蔵さんには本当に感謝してます」

ささくれだらけの畳に両手をついて、深々と頭を下げる。

「なんで俺《おい》が、大家のごたる真似ばせないかんとや」

「すみません」

「本当、反省せん人やね」

「へへへ」

下げていた頭をあげ、首の後ろに手をやる。

九蔵がふたたび溜息を吐いた。

こうしていながらも、この大工は怒っていない。呆れてはいるかも知れないが、心の底から責めていないことはわかる。

人がいいのだ。

好ましい。

「九蔵さん」

「なんね」

「あなたは本当にいい人ですね」

ついつい頭のなかの言葉が、口からこぼれでた。九蔵は片方の眉を思いっきり吊りあげて、こちらを見つめる。

「あんた、そげんぼぉっとしとるけんが、金ば盗まれるったい」

「そうですね」

相槌代わりの声を吐き、会話の流れを変えようと言葉を繋ぐ。

「仕事はどうしたんですか」

「今日はもう終わったと」

すでに陽《ひ》は西に傾き、空は朱色に染まっている。夕暮れではあるのだが、大工が仕事を終わらせるには一刻《いっとき》ほど早い気がする。

「今日は頭《かしら》が挨拶回りばするけん、仕事は早《はよ》うに切りあげたったい」

「挨拶回りとは」

「来年はうちが当番やけん、町内の商家に挨拶に行って機嫌ば取らないかんったい」

「当番ですか」

「山笠たい」

得心がゆかぬという口調で相槌を入れた風馬を察して、九蔵が言った。

「山は当番町が出すのが決まりやけん、金がいるったい。それば工面《くめん》するとが頭のような年寄の役目たい」

「自分の親方を年寄りなんて、そんな失礼な」

「子供組、若者組、中年、年寄っちゅうのがどこの流《ながれ》にもあるったい。別に頭が爺さんって言いよるわけじゃなか」

どうやら序列があるらしい。年寄である人々が、町内から金を集めるのが山笠のしきたりであると九蔵は説明しているようだ。

「だってまだ七月ですよ。山笠が終わったのは先月でしょう」

「追い山が終わった時から、次の山笠ははじまるったい。早いも遅いもなか。もうはじまっとる」

風馬を責めていた時よりも、激しい口調で九蔵が語る。

ひと月この男と接してみて、わかったことがあった。どうやら九蔵の頭のなかには、山笠以外はないらしい。風馬のことも、仕事のことも、暇潰し以外の何物でもない。

九蔵だけではなく、蓑次も頭も、この町の男たちは山笠のために生きているようだった。すべては山笠のため。それが〝のぼせもん〟と呼ばれる男たちに共通した思考である。

「とにかく」

そう言って話を変えようとした九蔵の身体を、開け放たれた障子戸から吹いてきた風が撫でた。七月の熱気が風馬に届く。九蔵の汗の臭いが微《かす》かにした。

「お風呂入ってますか」

「いきなりなんば言いよっとか、あんたは」

「いえ、なんでもありません」

夕焼けを背負い黒ずんだ九蔵の険しい視線に、風馬は思わず黙りこんだ。

「金がこんと、どうにもならんやろうけん。蓑次や大家には俺が頼んどっちゃるたい。あんたも一緒にこんね」

「はい」

「ところてん」

九蔵が心太を見た。あどけない面差《おもざ》しをした少年は、義理の父の視線を正面から受け止めている。

「少し遅うなるって母ちゃんに言うとけ」

「うん」

少し陰のある声で、心太が答える。風馬はその丸い顔にむかって彼の名を呼んだ。

「今度、一人で遊びにきなさい。読み書きを教えてあげよう」

九蔵が風馬の顔を覗きこむ。

「あんた読み書きができるとね」

当たり前でしょう、と強い口調で言ってから、わずかに胸を反らす。

「これでも大坂では少しは名の知れた医者の息子ですよ。読み書きができなくて、長崎でなにを学ぶんですか」

「そうやった。あんた医者の息子やったね。そげなぼろぼろの衣と伸び放題の頭ば見とったら、食いつめ浪人にしか見えんもんね」

そう言って九蔵が屈託なく笑う。この男に皮肉を言われても、なぜか腹が立たない。それは九蔵が持つ一種独特な雰囲気の所為《せい》であろう。人には必ずあるはずの陰が無い。どこまでいっても陽ばかり。陽の光だけを浴びて育ったのではないかと思うほど、九蔵は底抜けの明るさを持っている。それが心地よく、なぜかなにを言われても腹が立たない。

「じゃあいくばい」

九蔵が立ちあがったその時、開け放たれたままの障子戸の前で、走ってきた男が足を止めた。あまりにも急な勢いで動きを止めた所為で、身体が前のめりになりそうになる。それをなんとか壁に手を突いて支えながら、顔だけを風馬の部屋へと突っこんだ。

「こげな所におったとかっ」

血相を変えて叫んでいるのは、博多にきた最初の夜、世話になった宿屋の主人、蓑次だ。

「なんや」

肩で息をする蓑次の方に振り返り、鷹揚《おうよう》な様子で九蔵が問う。そんな親友の態度を、宿屋の主人は血走《ち》った眼で睨む。

「お前ん家にいったら留守や言いよるけん、捜しよったとぞ」

「そやけん、なんや言いよるったい」

「柳町《やなぎまち》で古渓町《こけいまち》の者《もん》が、わ、わ、わくろうどんと揉めよるらしかったい」

「わくろうどんとは」

風馬は思わず蓑次に問う。

「あんたもおったとね」

この時になって初めて風馬に気づいた蓑次の耳に、言葉は届いていない。

「わくろうどんっちゅうのは、黒田の足軽《あしがる》のこったい」

九蔵が助け舟を出す。それを聞き流しながら、蓑次がつづける。

「とにかく柳町にきてくれっち、峰吉《みねきち》が言いよるらしかったい」

初めて耳にする名前だったが、これ以上話の腰を折るのは憚《はばか》られると思い、風馬は口をつぐんだ。

「なんでや。古渓は西町《にしまち》やろうもん。なんで俺がいかないかんとや」

西町……。

どうやら九蔵たちと流が違うらしい。

「そいが、相手のわくろうどんば止めよる侍が、お前ば呼べって言いよるらしかったい。そいで峰吉も、それやったら呼んでこいって言いよるらしかけん。使いの者が俺の店にきたったい」

「峰吉も言いよるとか」

「早うせんかっ」

蓑次が急かす。

「お前は帰っとけ」

義父の言葉に心太が頷き、風馬の方に眼をむけた。そして一度、ちょこんと辞儀をすると、そのまま長屋の路地へと出る。それを確認すると、九蔵が溜息を吐きながら風馬を見おろす。

「大家への挨拶はまた今度にすっかね。宿賃の方は、ここにきたばってん」

「宿賃ちゃなんね」

蓑次が鼻の穴を膨らませる。

「柳町にいっちゃるけん、こん人の払いばもう少し待っちゃれ」

「なんで、そげんことになるとや。別に俺はお前が柳町にいこうがいかんめぇが、どっちでもよかとぞ。なんで、こん人の宿賃ば……」

「使いば頼まれたっちゃけん、俺がいかんかったらお前の顔も立たんめぇもん」

言って九蔵が障子戸の方へと足をむけ、敷居をまたぐ瞬間、蓑次の肩に手を置いた。

「待ってやらんね」

蓑次の嫌悪の眼差しが、風馬を射た。喰いしばった黄色い歯の隙間から、荒い息が漏れている。風馬は、ただただ苦笑いしかできない……。

「逃げたら承知せんばい」

普段から低い蓑次の声が、いっそう重くきついものになる。すでに全力で責めるのは諦めているのか、口調に幾分愛嬌《あいきょう》が感じられた。蓑次の九蔵に対する信頼が、風馬への態度の変化として表れているようである。

「逃げません。というか……」

立ちあがった。九蔵は駆けだそうとしている。蓑次も後を追うため、振り返ってすでに風馬の方を見ていない。

「私もいきます」

地面を思いっきり蹴って景気よく最初の一歩を踏みだそうとしていた九蔵が、風馬の声を聞いた途端、踵《かかと》から滑って上体を大きく仰《の》け反《ぞ》らせた。付いていこうとしていた蓑次の額に、九蔵の頭がぶつかり、黄昏時《たそがれどき》の長屋に鈍い音が響く。両手で額を押さえてうずくまる蓑次を手で押し退《の》けながら、九蔵がふたたび障子戸から顔を出す。すでに風馬は草履を履いて土間に立っている。

「なんば言いよるとね、あんた」

「私も連れていってください」

蓑次が両手の指の間から風馬を見あげ、呻《うめ》くような声をあげる。

「柳町っち言うても遊びにいくっちゃなかとばい」

柳町といえば博多随一の色町である。

「わかってますよ」

答えた時には、啞然《あぜん》とする九蔵の脇をすり抜け路地に出ていた。

走りだす。

「さぁ、二人ともいきますよ」

「ちょ、ちょっと待たんね」

焦った九蔵の声を背中に受けつつ、長屋の路地を木戸にむかって走る。

「待てっち言いよるやろうがっ」

今度は蓑次だ。二人は追ってきている。声が徐々に近づいてきた。

一向に止まらない風馬に、九蔵が声を浴びせてくる。

「あんたがきたっちゃ、なんの役にも立たんって」

「私だって医者の息子です。怪我人の手当ならばできますっ」

「怪我人が出らんように、九蔵がいくっちゃろうもん」

蓑次の言葉を聞き流す。

わくろうどん……。

黒田の下級藩士たちと、博多の〝のぼせもん〟の喧嘩を、見てみたかった。

あれほど荒事が苦手だったのにと、風馬は走りながら自嘲する。喧嘩を見たいなどと、これまで一度も思ったことがなかった。なのに、いてもたってもいられない気持ちに駆られるようにして、風馬はいま走っている。九蔵の所為だと勝手に理由をつけた。

「早くしないと置いてゆきますよっ」

往来に出て左に足をむける。

「反対やっ」

蓑次の声。折りかえそうとして草履の裏で地面を嚙んだ瞬間、不意に身体が軽くなった。宙を舞う心地と共に、視界がくるりと反転する。

「柳町はこっちや……」

九蔵の声が頭上から降ってくると思ったのと同時に、身体がふたたび重さを取りもどす。その時、自分が抱えられて反転させられたのだと気づいた。

「もたもたしとっと置いてくばい」

肩越しに風馬を見ながら九蔵が言った。

「付いてくるっちゃろうもん」

蓑次の声が右耳の傍で聞こえる。次の瞬間には、宿屋の主人も風馬を追い越し、九蔵の背についた。

走る二人との差が、ぐんぐんと開いてゆく。

「ま、待ってくださいよぉ……」

などと弱音を吐いてみた。

「後から来りゃよかっ」

九蔵は振りむきもせずに風馬に告げると、蓑次とともに走りつづける。しなやかに躍動するのぼせもん達の背中を、風馬は眺めながら走った。

柳町は風馬の住む金屋町の長屋からさほど離れてはいない。博多の町の東端を流れる石堂川。ここに架かる石堂橋は東の玄関口とも呼べる場所で、ここを入った北方に柳町はある。博多の町の北東に位置し、もともとこのあたりに点在していた色町を、慶長《けいちょう》の頃に一ヶ所に集め、京の万里小路《までのこうじ》の色町、柳町の名にあやかり柳町と称したのがはじめである。

石堂川と那珂《なか》川によって東西を陸地から隔絶《かくぜつ》している博多の町には、橋をわたって入る必要があった。東に架かる唯一の橋が石堂橋で、唐津街道と篠栗《ささぐり》街道がこの橋の前で合流している。石堂橋をわたった場所は石堂口と名付けられ、高札場《こうさつば》があった。風馬もここから博多に入った。

九蔵や風馬が住む金屋町は石堂橋をわたって北に行き竪町を西に折れてすぐの所にある。柳町までは、竪町を抜ければすぐという場所であった。距離にすれば二町にも満たない。

その程度の距離であるはずなのに、風馬は大路《おおじ》を出るとすぐに九蔵たちを見失っていた。夕刻、柳町にいこうという男たちや、勤めを終えた町人連中で往来は賑わっている。その中を九蔵たちは勢いこんで突き進むから、とてもではないが追いつけない。どうにかこうにか柳町に着いた時には、二人の姿はどこにもなかった。

それでも、すぐに二人の居場所には見当がついた。

「他所《よそ》から来た者は黙っとらんかっ」

荒々しい声が、明かりが灯《とも》りはじめた色町に響いている。両側に見世が立ち並ぶ道のど真ん中に、人が群れて漆黒の壁を作っていた。そのかむこうから、男たちの怒鳴り声が聞こえてくるのだ。

「こいっち言われたけん、きたったいっ。なんや、俺に喧嘩ば売りよっとか」

九蔵の声が群衆の奥から聞こえてきた。

「ちょっと、すみません」

風馬は野次馬たちの背中を掻きわけるようにして、細い身体を滑りこませようとした。しかしひしめきあっている男たちは、中々思うようには場を譲ってくれない。なんとか一人二人やり過ごしはしても、それだけではとても九蔵のもとまで辿り着けはしなかった。

相変わらず怒号が聞こえてきている。早くいかねばと心が急く。そんな自分に驚いている。なぜ、こんな気持ちになるのか。本当にわからない。

「畜生……」

自然と口からこぼれ出した言葉に、みずから戸惑いながら、着物の裾を帯に挟んで尻端《しりっぱし》折《よ》りになった。そのまま四つん這いになって、野次馬たちの足と足の間へと顔を突っこんだ。

「ちょっ、なんばしよっとかっ」

頭上から股を潜られた男の声がする。答えている暇などない。というかその頃にはすでに新たな男の股を潜っている。

「はい、はい、すみませんね」

誰にともなく謝りながら、ひたすら地面を這った。男たちの股下のくぐもった熱で、むせ返るほどに暑い。なおも尻端折りで這いつくばりながら、男たちの股を潜る。そこまでして見にいこうとしているのが喧嘩だということが、風馬自身滑稽《こっけい》でならない。大坂に居た頃には考えられない放埓《ほうらつ》ぶりに、みずから驚愕《きょうがく》している。しかしそんな状況に、言い様のない清々しさを得ているのも確かだった。

一心不乱に股下を潜っていると、突如として熱気が去った。涼やかな風が頬を撫でたと思うと、そこは新たな熱気の渦中であった。

着流しの腕を捲《まく》りあげた男たちの背中が、風馬の目に飛びこんできた。十数人はいようかという彼等のむこうに、袴を着たひと目で侍とわかる男たちが、これまた十数名立っている。町人と侍が綺麗に二手に分かれ、睨みあっていた。

両者の間に九蔵が立っている。蓑次の方はというと、町人の群れに馴染《なじ》んで必死に気配を殺していた。自分はここに居ないのだと、全身で周囲に訴えている。

睨みあう男たちを避けるようにして、するすると両者の中間に立つ。そのまま野次馬の最前列に陣取り、事の成りゆきを見守る。

「お前がどこん者かは知らんが、首ば突っこむと痛い目ば見るぜ」

抑揚も言葉遣いも博多の町人たちとは違う、どこか大坂の人々の口調を思わせるような響きで、侍が九蔵に凄んだ。しかし生粋《きっすい》ののぼせもんは、まったく動じることなく侍を見つめている。六尺はあろうかという大男の九蔵を、頭ひとつ低い侍が見あげるような形である。鼻筋に細かい皺を幾重にも刻み侍は睨むが、九蔵の方は別段気負った様子もなく、ただ淡々と男を見おろしていた。

「痛い目っちゅうとは、どげんかことや。あんた、町人相手に刀ば抜こうって言うとね」

「そげん斬って欲しかなら、ここで無礼打ちにしてもよかとぜ」

「できるとね、あんたのごたるわくろうどんに」

九蔵の、わくろうどんという言葉を聞いた侍たちの怒声が響く。町人が侍に言ってはならない侮蔑《ぶべつ》の言葉であったのだと、風馬は理解した。町人たちが裏で囁きあうだけならば聞き逃しもするだろうが、こうも平然と鼻先で言われては武士の面目は丸潰れである。

無事では済まない。

柳町は色町である。侍だろうと斬りあいは御法度のはず。人の境を無くし、ただの男として遊ぶ。それが色町のしきたりである。だからといって、立場が逆転するわけではない。町人は町人、侍は侍である。町人が侍に不遜な態度を取って無事で済むはずがない。

「お前だけでも斬り殺しちゃる」

「俺が相手ばすれば、こいつ等は見逃しちゃるって言うとね」

「そいでもよかぜ」

「よっしゃ」

九蔵が手を叩いて振りむいた。後ろに居並ぶ、おそらく古渓町の者であろう町人たちへと口を開く。

「こんわくろうどんが許しちゃるって言いなさったけん、お前らは帰らんか」

九蔵の言葉を聞いた町人たちの中から、一際恰幅《かっぷく》のよい男が一歩踏みだした。

「喧嘩ば売ってきたとは、こいつらやけん……」

九蔵が男の胸を掌で押した。言葉を途中で切られ、太った顔が余計に膨れる。

「しぇからしかけん、もう混ぜっ返すな峰吉」

「ばってんっ」

峰吉と呼ばれた太った男が、九蔵に詰め寄る。年は峰吉の方が少し下のように思えた。九蔵に迫るその顔にも、慕うような気配が滲《にじ》んでいる。

「これ以上、城下の侍どんと揉めってっちゃ、なんの得にも無らんめいもん。あんまり騒ぎが大きゅうなると、山笠だっちゃどげんなるかわからんとぞ。大体くさ、お前だっちゃ俺が来るとば認めたっちゃろうもん。そやったら、黙ってここは退《ひ》いとかんか」

「ばってん、それじゃあ九蔵さんが」

「俺んことは気にせんでよか。どげんだっちゃなるけん、早ういかんか」

「なんば四の五の話しよるとかっ」

さっきから九蔵と睨みあっていた侍が動いた。

背中を見せている九蔵の頭にむかって拳を突きあげる。

「九っ……」

峰吉が叫ぶよりも早く、九蔵が振り返った。その右腕が顔の前に掲げられる。ちょうど掌の辺りで乾いた音が鳴ったのは、振り返りきる寸前のことであった。

「後でちゃんと相手ばするけん、少しぐらい待ってくれてもよかろうもん」

笑う九蔵の右手に、侍の拳が包まれている。

不思議な光景だった。

九蔵は自然な笑みを浮かべているのに、相対している男は苦痛に耐えるように顔を歪めている。あまりにも違いすぎる二人の表情が、滑稽ですらあった。

「早《は》よいかんかっ」

笑ったまま背後の峰吉たちに告げる。わずかな逡巡《しゅんじゅん》を見せた後、古渓町の面々はそれぞれに野次馬にむかって走りだした。謝辞を述べる者、ただひたすらに群衆を押し退け走る者。それぞれにその場を去ってゆく。気づけば蓑次も居なくなっていた。九蔵はそんなことなど構いはしない。侍たちもはや目の前の生意気な町人のことしか頭に無いらしく、逃げた者たちを追うような者は一人もいなかった。

「大体、俺ば呼べ言うたんは、あんた達の方やろうもん」

笑みを浮かべたまま、九蔵が男の手を押す。完全に力負けをしている侍は、拳を握ったまま腕をくの字に曲げてゆく。

「どげんするとね、ここでやっとね。そいとも、あんたたちもこげん所で斬りあいばするわけにはいかんやろうけん、町ば出てからやるね。俺はどっちでんよかばい」

さっきからまったく変わらない笑みであるはずなのに、なにかが変質している。

初めて九蔵をおそろしいと思った。

これがこの男の本性なのだろうか。多勢に無勢というのに、まったく動じないどころかむしろ喜んでいるように思える。争いが好きで好きで仕方が無い。笑みの形のまま固まっている目の真ん中に浮かぶ瞳が、殺意と歓喜を同時に孕んで異様な輝きを放っている。

「こ、こんだけの人数を相手にして、勝てる思うちょるんか」

侍の言葉が強がりにしか聞こえない。大勢の侍よりも、一人の九蔵の方が風馬には何倍もおそろしかった。

「やってみりゃよかろうもん。さぁ、ここでやるとか、外にいくとか。さっさと決めんね」

九蔵の掌が侍の頬のあたりまでくる。己《おの》が拳を頬に受けたまま、わくろうどんが歯を喰いしばっていた。

「どうなったっちゃ知らんぜぇ」

「よかけん、早う決めんね」

「町ば出ろ。お前は絶対に斬り刻んじゃる」

「刻めるもんなら、刻んでみらんね」

なおも九蔵は拳を押しこむのを止めない。いつの間にか九蔵の周囲を侍たちが取りかこんでいる。

「いい加減にせんか貴公等っ」

野次馬の最前列辺りから、誰かが叫んだ。風馬はつられるようにして、九蔵から目を逸らして声のした方へと目をむけた。この場にいた皆が同じ反応を示したようで、すべての視線が叫んだ男に集中している。それほど絶妙な間で声は発せられた。九蔵と侍たちのやり取りが、わずかに収まった刹那《せつな》の間隙を突いた鋭い声は、野次馬も侍たちも、そして九蔵までも虜《とりこ》にしたのである。

「あっ」

最初に動いたのは九蔵だった。叫んだ男の顔を見た途端、侍の拳を離して不意に走りだしたのである。押し退けられたわくろうどんが、あまりにも急激な動きについてゆけずに、為されるがままといった様子でよろめきながら道を開ける。

叫んだ侍の前に立つと、九蔵は男の肩を両手でつかんだ。

「月形さんやなかですかっ」

「久しぶりやな九蔵」

つかまれた侍が嬉々とした表情で、目の前の胸板に拳を叩きこんだ。やられた九蔵も、嬉しそうにそれを受け止めている。

「いつ家ば出られるようになったとですか」

「ひと月ほど前のことじゃ」

「よかったですなぁ」

「久しぶりに若い者らと柳町に出てから呑もうっちなったとやが、古渓の若者組と揉めてしもうて、俺が九蔵を呼べち言うたとぜ」

「やったら、なんでおらんかったとですか」

「小便がしとうなった」

「そりゃ酷《ひど》かぁ。月形さんの所為で俺ぁ、殺されそうになったとですよ」

「そらすまんかった」

「会いたいとならもっとよかやり方がありまっしょうもんっ」

「お前は喧嘩が山笠の次に好きやろうが」

凄まじい速さで会話の応酬を終えると、二人はいきなり天を見あげて大声で笑いあった。

あまりにも突然な場の変調に、激昂《げっこう》していた侍たちが呆気《あっけ》に取られている。

「つ、月形さん……」

先刻《さっき》まで九蔵と睨みあっていた男が、たまらずといった様子で声をかけた。洗蔵はにこやかな表情のまま、男へ目をむける。

「まだ俺が御咎《おとが》めば受ける前に、こうやって町人らと揉めたことがあってな。そん時に一番威勢のよかったつがこの九蔵ぜ」

なぁ、と洗蔵が九蔵の肩を叩く。それまで殺伐としていた場の空気が、洗蔵の登場とともに一気に緩和した。騒動の落着を悟ったように野次馬が方々へと散りだす。

「のって、こん男は俺が町人の中でも特に見こんどる男ぜ」

どうやら侍たちの中で、洗蔵が一番格上であると見えて、すでに他の侍たちは戦う気を無くしている。激しく言いあっていた男ですら、心底までは納得がいかぬといった様子だが、それでももはや九蔵を斬るつもりはないらしい。全体としては斬りあいにならずに安堵《あんど》しているといった顔色の者が多かった。いや、九蔵とやらずに済んでほっとしているというのが、正直な所だろう。それほど先刻の九蔵の殺気は凄まじかった。

「おっ、風さん」

洗蔵と語らいあっていた九蔵の目が、風馬を見た。気づけば野次馬は綺麗さっぱり消え失せて、風馬だけが取り残されている。

「逃げんで見とったとね」

「なんや、知り合いな」

洗蔵が風馬に目をむける。四十にわずかに足らないといった風情である。細めの眉と切れ長な目に、思慮深そうな意志の色が浮かんでいた。

「うちん長屋に住んどるとです。なんや大坂の医者の息子らしかばってん、長崎に修業にむかう路銀ば小倉で盗まれんしゃったらしかとです」

「そら大変やな」

風馬は口角をあげて微笑む。

「貴公もがっしゃい」

「がっしゃい……」

洗蔵の言葉が理解できず、風馬が小首を傾げると九蔵が助け舟を出すように口を開いた。

「がっしゃいっちゅうんは、わくろうどんの……」

そこまで言って九蔵はしまったというような顔で洗蔵を見た。

「よか、よか。そげん気ば遣わんで」

笑う洗蔵に小さく頷くと、九蔵はふたたび語りはじめた。

「黒田の御侍さんらが使う言葉たい。がっしゃいっちゅうんは、こいっちゅうことたい」

「どこにいくんですか」

二人の間に割って入るように洗蔵が答える。

「これから俺らと呑みにいがっしゃい」

「いいんですか」

風馬は九蔵を見る。周囲の侍たちは、明らかに戸惑っていた。どう見ても洗蔵一人が思いつきで口走っているようだ。

「こん人は侍や町人やち分ける人やなかけん。くりゃよかろうもん。ねぇ月形さん」

「おぉ、久しぶりに呑もうぜ。なぁ九蔵」

そうやって二人して豪快に笑う。

「そ、それならば私もお供しますっ」

言った風馬に、二人が笑いながら頷いた。

三

〝沈香堂書店　通称馬さんの述懐　二日目〟

あんたもほんなごと物好きやねぇ。こげん爺ぃの話ば聞きに、わざわざきてからくさ。

「有難うございます」

褒めとらん。

「で、今日もいろいろと話を聞かせてくれるんですよね」

そげんやって、ちゃっちゃと話ば進めようとするところは、まるで若い時分のあてば見よるごたる。

「それはけなされてるんですか」

褒めとるったい。

「なるほど。だったら、こうやって話を聞きにきている私のことを、馬さんは認めてくれてるってことですね。口では物好きだとか言っておきながら、心のなかでは密かに喜んでるんでしょ」

……………。

「なんで黙るんですか」

で、どこまで話したとやったっけね。

「はぐらかさないでくださいよ」

誰もはぐらかしとらん。こげんしとる時間が勿体無《もったいな》かと思うたけん、そろそろ話しちゃろうか思うただけたい。

「そんなにまくしたてなくてもいいでしょ」

あんたが生意気なことば言うけんやろうもん。悪かとはどっちね。

「私……。ですか」

やろうもん。で、話ば聞くとね、それとも止《や》めるね。

「お願いします」

やったらもうちっと神妙にならんね。ほんと気の抜けた所とか、若い時分のあて……。

「わかりましたから、はじめてくださいよ」

あんたこっちの人じゃなかごたるね。

「あの馬さん……。話の方は」

全然、訛《なま》っとらんもんね。

「転勤してきたんですよ。東京生まれの東京育ちで、他の土地に来たのはこれがはじめてなんです」

そいけんたい。東京にしかおらんかったんなら、訛っとるわけがなかね。ほんとに若い頃の……。

「馬さん」

わかったけん、そげん怖い顔ばせんでくれんね。はじめればよかっちゃろうもん。

「お願いします」

で、どこまで話したとやったかね。

「九蔵さんが喧嘩の仲裁に入って、そのままわくろうどんたちと一緒に呑みにいったという話まで聞きました」

そうやったそうやった。近頃、物忘れがひどくなってからくさ。昨日、娘ん家《うち》におった時にくさ、晩飯ば食ったとに腹が減って堪《たま》らんで、飯はまだかって聞いたら、もう食べましたよって言われて、あては食っとらんって怒ったったい。そしたら、義理ん息子まで出てきてからあてがとうとう惚《ぼ》けた惚けたって家中大騒ぎたい。ほんと年は取りたくなかね。

で、なんの話やったかいな。

「だから、九蔵さんが月形洗蔵と一緒に呑みにいったという話ですよ」

そうたい。

あん時はあても巻きこまれるようにして月形っちゅう侍と呑みにいったとばってん、そらよか男やった。もともとが学者の家に生まれとるけん頭も回るし、そのうえ剣を使わせても達者やったらしかしね。あの頃の若か侍たちは、みな月形さんば慕っとった。そげな男やったけん、加藤司書のごたる藩の重役にも可愛がられとったとやろうけど、それが月形さんの運命ば決めたって思うと、なんとも言えん気持ちんなる。

「そういえば月形さんはその後……」

そん話はあとでじっくりしてやるけん待たんね。そうやって話ば急ぐと、面白うなかろうもん。物事には順序っちゅうもんがあるとやけん、あんたは黙って聞いとればよかと。

「お願いします」

だいぶん素直になったやんね。よかこったい。そげな態度やったら、こっちも話ばつづけちゃろうっち気持ちんなる。会話っちゅうもんは、話す者《もん》と聞く者の信頼が一番大事とばい。

「覚えておきます」

よし、じゃあつづけちゃる。

月形さんたち黒田藩の侍たちは、それからすぐにえらい騒ぎに巻きこまれることになったたい。

「禁門の変ですか」

察しがよかね。

あんたの言うとおり、前年の八月に御所内で起こった政変で、長州が肩入れしとった攘夷派の公家たちが都から追われ、それに不満を持った長州の志士たちが、元治元年の七月に兵ば挙げた。そいが禁門の変て呼ばれる戦たい。長州の過激な攘夷派の面々は、迎え撃つ薩摩と会津の連合軍に完膚《かんぷ》なきまでにやられてからくさ、幕府による討伐軍の編制っちゅう事態ば招いてしもうた。

「たしかその時、討伐軍の中枢を任されたのは、長州の近隣諸国でしたよね。もちろん黒田藩もその任に当たったはずです」

少しは勉強しとるようやね。話が早くてよか。

あんたが言うとおり、黒田藩も長州討伐軍に編制された。海路下関より山口へ攻め寄せる面々の二番手っちゅうのを、黒田藩は任されることとんなった。

「馬さんはずいぶんと、そっちのことにも詳しいんですね」

好事家《こうずか》の酔狂で調べただけのこったい。別になんちゅうこともなか。あてのことはよかと、そいより長州討伐たい。

「はい」

黒田藩は討伐軍の命を受けると、さっそく領民たちに触《ふ》れば出した。民一人につき筵《むしろ》一枚、薦《こも》一枚、縄八束、草鞋《わらじ》十八足を負担せよっちゅう触れで、民は総出で草鞋ば編んだらしか。また浦々には水夫《かこ》の負担が命じられ、領内から集められた水夫は千二百人あまりになったそうたい。

「そりゃまた、大層な負担ですね」

戦っちゅうのは侍だけでするもんじゃなかと。民もそれ相応の負担ばする。あの頃のことば話す時に攘夷や開国やと騒ぐばってん、そいは全部侍たちのことやろうもん。そこには戦や志とは無縁の民がおって、明日も無事に暮らせるようにと願っとったとばい。

「九蔵さんたちもそうですよね」

あん人ぁ、死ぬまでずっと山笠んことしか考えとらんかった。侍がどうとか、日々の暮らしがどうとか、そげんことはどげんでもよかと。とにかく山笠があれば、それでよかったとが九蔵っちゅう人であり、博多ののぼせもんたい。そしてあてぁ、そげな男たちのことが誰よりも好きやった。

「ちょっと無責任すぎやしませんかね」

　なんでや。

「山笠なんて所詮、祭でしょ？　祭があれば世の中の流れや日々の暮らしなんてどうでもいいなんて、無責任にもほどがあるでしょ」

　あてもはじめはそう思うとった。ばってん、あん人たちに触れあってゆくなかで、そげな思いは無《の》うなった。だって考えてもみらんね、人は誰だっちゃ無責任やろうもん。人の前では世の中がどうとか、暮らしがどうとか言いよったっちゃ、結局は自分のことが一番大事っちゅうことは変わらん。

「そうでしょうか。家族のことを大事に想う。この国の行く末が自分の命よりも尊いものだと思う。そんな人々がいたのも事実です」

　そいはそん人たちの中で、一番大事なもんがなんかっちゅう話やろうもん。国のことを思う人にとって一番大事やったとが、尊王攘夷の志やった。家族のことば真剣に想う人にとってなによりも掛け替えのないもんが嫁や子供やった。そして九蔵さんたちにとってなによりも譲れないもんが山笠やった。そいだけのこったい。

「うぅん、私にはよくわかりません」

　別に理解してもらおうって思うて話しよるわけやないけん安心せんね。ただ、この世にはそういう人間もおるっちゅうことだけは、頭ん片隅に置いておいてくれんね。

形さんも同様やった。

「はい」

とにかく黒田の侍たちも、長州を中心とした動乱に巻きこまれていったったい。それは月形さんも同様やった。

＊

十一月の厳しい風が、障子を揺らす。

火鉢の端に横たわる炭に、小さな火が灯っている。いまにも燃え尽きそうな弱い光が、壁の隙間から漏れてくる風に撫でられ、わずかに勢いを増した。一瞬の閃光では当然温もりは得られず、月形洗蔵は身体の心《しん》から湧き起こる震えを気取《けど》られまいと全身の肉を強張らせる。

「ひとまずここに腰を落ち着けていただきたい」

深々と頭《こうべ》を垂れた。目の前に座る面長《おもなが》の男は、そんな洗蔵の言葉に感激の声をあげる。

男の名は高杉晋作《たかすぎしんさく》。

長州藩尊攘派の急先鋒《きゅうせんぽう》である。若い頃に吉田松陰《よしだしょういん》の松下村塾《しょうかそんじゅく》で学び、攘夷思想に目覚め、西欧列強に食い物にされる清国の惨状をその目で見、攘夷の思いを一層強くした。建設途中であった英国公使館を焼き打ちするなどという過激な行いもあり、若い志士たちから熱烈な支持を受けている。

そのため狙われることも多い。

「この度《たび》の君の尽力、この高杉、終生忘れぬ」

穏やかな口調に覇気が横溢《おういつ》している。洗蔵はゆるゆると頭をあげて、晋作の顔を正視した。えらが張った顎の上に、真一文字に引き結ばれた口が乗っている。太く長い鼻の両脇にある細い目。その真ん中に浮かぶ瞳は、小さいながらも眼光凄まじい。強固な意志が人の容《かたち》を成してそこにある。そう思わせるだけの気迫と熱量が、晋作にはあった。

齢《よわい》二十六。十一も下である。そんな年の差など感じさせない貫禄が晋作にはあった。天下に名を轟《とどろ》かせる者とはこういうものかと、この男を見ているとしみじみと思う。

洗蔵の傍らに座る熟年の女性《にょしょう》が、張りつめた場には似つかわしくないほど穏やかな声を吐いた。

「筑前勤王党の皆様が、昼夜を分かたず出むいてくれることになっておりまする故《ゆえ》、ここにいる間は安心してお過ごしください」

野村望東尼《のむらぼうとうに》。城下の南に位置する平尾村《ひらおむら》に山荘を持つ尼《あま》である。望東尼は尼でありながら憂国の志篤く、勤王党の熱烈な支持者であった。そのため洗蔵たち勤王党の面々は、この平尾の山荘を事あるごとに訪れている。そして望東尼を交え、尊王攘夷の志を遂げるためには、如何なる行いをすべきかと夜な夜な語りあっていた。その縁を頼り、晋作の潜伏先としてこの山荘を選んだのだ。ここならば安心だと洗蔵も確信している。

土間を上がると六畳の広間がひとつ。その左右に襖《ふすま》で仕切られた三畳と四畳の小部屋があるだけの、尼一人が住む簡素な山荘である。不審な影があれば、すぐに目立つ。それもよかった。

ふたたび障子がかたことと鳴った。周囲を田畑に囲まれている山荘を、風から守る物は庭木以外にない。わずかな樹木では冬の寒風を防ぎきることはできず、木々たちはみずからの力の無さを嘆くように、葉を触れあわせ乾いた音色を奏でていた。

「御世話になります」

晋作が頭を垂れる。年老いた尼は、ふくよかな頬を緩めて小さく頷いた。

「斯様《かよう》な時に国許《くにもと》を離れねばならぬこと、さぞ御心苦しきことでしょう」

母のような穏やかさで望東尼が語りかけると、晋作は眉間に小さな皺を寄せた。そしてみずからの想いを口に乗せる。

「いま我が藩は幕軍の包囲の渦中にあり、味方は無く、孤立しております。先の夷狄《いてき》との戦によって国が疲弊している所にこれでは、流石《さすが》にこのままでは」

晋作が口籠《くちご》る。彼の苦悩を思うと、洗蔵も胸を締めつけられる思いだった。

すべては前年の八月十八日に京で起きた政変からはじまる。

「京に潜伏していた者たちが新撰組に殺され、久坂《くさか》も立たざるを得なかった」

政変以降も密かに京に留まりつづけたわずかな長州の侍たちは、復権を願い暗躍。都に火をかけ、その混乱の最中《さなか》に帝《みかど》を奪おうとした。が、池田屋に集合している所を新撰組によって討ち取られてしまう。

この閉塞した状況を打破しようとした長州の志士たちは、藩主毛利敬親《もうりたかちか》の罪が冤罪《えんざい》であることを帝に訴えんとして挙兵。京蛤御門《はまぐりごもん》で会津藩士らと衝突した。薩摩の兵も敵となり、あえなく長州は潰走《かいそう》。首謀者であった久坂玄瑞《げんずい》も自刃して果てた。蛤御門での戦は元治元年(一八六四)の七月十九日。それから四日後の二十三日には、幕府は朝旨《ちようし》を奉じて長州征伐の大令を諸藩に出す。そして八月三日、将軍家茂《いえもち》みずからが陣頭に立つと声明。

「そこに夷狄までもが」

己《おの》が拳を見つめ晋作がつぶやく。

前年、長州は強硬に攘夷を決行せんと下関の馬関《ばかん》海峡を封鎖し、外国船の通行を阻《はば》み砲撃。アメリカ、フランスからの砲撃を受けるという事件を起こした。それでも封鎖をつづける長州に対し、イギリスを筆頭にアメリカ、フランス、オランダの四ヶ国の軍艦が連合し、八月五日より砲撃を開始。長州は蛤御門での戦に兵を割いていたため、晋作の結成した奇兵隊《きへいたい》ら少数で防戦することとなった。当然、満足に戦えるはずもなく、長州はここでも大打撃を受ける。

すでに長州には幕軍と満足に戦える力はなかった。

「幕府の強硬な態度をおそれ、我が藩は今や俗論派の天下」

憎悪に満ちた晋作の言葉が、洗蔵の耳朶《じだ》を打った。

萩《はぎ》の門閥《もんばつ》の家柄の面々で構成された幕府へ恭順するべきだという俗論派と、身分の低い者たちによって結成された正義派の対立が激しさを増していた。藩論が俗論派に傾き、正義派が藩の中枢から遠ざけられる現状に身の危険を察した晋作は、長州から離れることを決意。都落ちした公卿の一人である三条実美の執事となっていた、黒田脱藩の中村円太を伴い、十月博多へと辿り着いた。これを洗蔵が匿《かくま》い、いま望東尼の山荘に居る。

「高杉殿」

長い沈黙を破るように洗蔵は晋作の名を呼んだ。落胆の最中にあって未だ覇気漲《みなぎ》る壮士は、細い目に光をたたえたまま洗蔵を見た。

「我が黒田家は、幕府と毛利家との和睦を画策しておりまする。いま長藩《ちようはん》を滅すれば、それこそ夷狄の思う壺にござる。戦乱に乗じ、奴等は必ず牙を剝《む》きましょう。そのような愚だけは決して犯してはなりませぬ」

「そんなことは君に言われなくてもわかっている」

晋作が声を荒らげた。

「我等とて幕軍との戦など望んではおらぬ。だが、俗論派どものように何事を犠牲にしてでも恭順の意を示し幕府の許しを得ようなどという弱気な態度では、毛利家は骨抜きにされてしまうのだ。それを手をこまねいて見ているだけしかできぬいまの自分が情けない」

面長の頬を涙が伝う。迸《ほとばし》る熱情を隠しもせず、みずからを曝《さら》けだす晋作を、長州の若い藩士の多くが慕っている。

「このまま俗論派の思うようにさせていては、たとえ幕府の許しを得たとしても、毛利家はふたたび立ちあがることができぬ。抗う牙を抜かれてしまっては、攻め滅ぼされたのと同じではないか。それが何故、奴等にはわからんのだ」

枯れた畳を熱い拳が打つ。洗蔵はこみあげる想いを胸に留め、言葉を選ぶようにしてゆっくりと語りかけた。

「高杉殿の申し分、尤《もっと》もにござる。いま毛利家に倒れられては、尊王攘夷の志を完遂《かんすい》せしめる道は閉ざされたも同然。そは俗論派による恭順も同義にござる」

「わかってくれるか」

熱い眼差しをむける晋作に、洗蔵は穏やかに頷いた。気付けば目から涙が溢れだしていた。毛利家が置かれた現状と、尊王攘夷の志がだぶって、たまらない気持ちになった。このまま毛利家とともに晋作の志までも破れてしまうのではといういたたまれない想いが、涙となって止めどなく溢れだす。

いつの間にか寒さを忘れてしまっていた。それどころか洗蔵の額には、うっすらと汗がにじんでいる。あれほど心許《こころもと》なかった炭の火が、熱いくらいに感じられた。

晋作の熱気が部屋を支配している。

「潰《つい》えさせませぬ……。絶対に尊王攘夷の志は潰えさせてはならぬのです」

涙声で洗蔵は言った。

幼い頃より剣術の腕を磨いてきた屈強な晋作の身体が、素早く浮きあがった。膝に置いていた洗蔵の掌《て》が熱い物で包まれる。沸き立つ風呂の中に両手を突っこんだようだ。それが晋作の掌だと気づいた時には、眼前に面長な顔があった。

「君のような同志に巡り逢えただけでも、私は筑前にきてよかった」

「よくぞ筑前に参られました。某《それがし》の方こそ礼を申しまする」

十も年の違う男に、洗蔵はすっかり敬服していた。

「礼なら俺《おい》に言わっしゃい」

突然、襖が開いたかと思うと、気楽な声が広間から聞こえてきた。

「中村君」

洗蔵の手を取ったまま、晋作が襖のむこうに座る男の名を呼んだ。

中村円太。元は黒田の侍で、いまは三条実美の執事である。この男によって晋作は、洗蔵と巡り逢った。

「早速、熱弁を振るいござぁ」

円太は気さくなまでのがっしゃい言葉で晋作に言った。その馴れ馴れしい態度に、晋作は天井を見あげて大笑する。先刻まで泣いていた男とは思えぬほど、気持ちのよい笑い声であった。

「望東尼もそげな所でかしこまってから、まるでどっかのよか店のごりょんさんのごたるぜ」

ごりょんさん。商家の奥方に対する博多言葉である。

「またぞうたんのごと」

口許を手の甲で隠しながら、望東尼が小さく笑う。

「ぞうたんのごと、とは」

晋作が望東尼に問う。

「冗談ばっかり言って。という意味でしょうか。ねぇ洗蔵さん」

とつぜん会話を振られて洗蔵は面喰《めんくら》う。あまりに変わりすぎた場の雰囲気に付いてゆけずにいた洗蔵は、咳払《せきばら》いをひとつして頷きを肯定の意に代えた。

「どうせ月形さんは、かしこまってから、こっちん言葉ば使いもせんかったとやなかとな」

七つも年下の円太が、悪戯《いたずら》な笑みを浮かべながら洗蔵を見る。洗蔵は呆れるような微笑を口許に湛《たた》え、円太を睨んだ。

「たしかに月形君の言葉は、なにひとつわからぬものは無かった」

そう言って晋作がもう一度大きく笑った。

「そいより、そん手はいつまでそうしてござぁとな」

「おぉ、そうだった」

円太の指摘を受けた晋作が、洗蔵の手を離した。そして元居た場所まで後ずさると、そのまま腰を落ち着ける。それを見届けた円太は、そこではじめて部屋へと入り、後ろ手で襖を閉めた。四畳間で火鉢を囲み、四人が座る。いささか窮屈であったが、洗蔵はまったく気にならない。心を許せる者たちとこうして語らいあっていることがどれだけ幸せなことか。長い間、謹慎蟄居《ちっきょ》を命じられていたからこそ、身をもってわかることである。

「せっかく長州ば脱して筑前におっとやけん、もっと気楽にしてつかあさい」

円太が晋作に告げる。この男がいると場の雰囲気が華やぐのは、いつものことだった。

黒田藩士中村兵助《へいすけ》の次男として生まれ、藩校である修猷館の訓導《くんどう》を務めていたのだが、突如遺書を残して脱藩。江戸に赴き大橋訥庵《おおはしとつあん》の門人となった。その後、桜田門外にて井伊掃部守が討たれると帰藩。洗蔵らと尊王攘夷の志を同じくすることになる。しかし洗蔵が蟄居を命じられた際、円太も小呂島《おろのしま》に流される。二年四ヶ月を島で過ごした後、大赦《たいしゃ》によって許されるが、ふたたび脱藩した。

文久三年（一八六三）八月、攘夷親征の詔《みことのり》が発せられると、黒田藩の攘夷決行を期して藩へと戻ろうとしたが、それも十八日の政変によって断念。都から落ち延びる三条実美らに随従して長州へと至った。志のためならば脱藩も厭《いと》わぬという気概を見せる者は数多いが、遠島《えんとう》という刑にも負けず本当に二度も藩を脱した男は円太くらいのものであろう。

「さっきから俺の顔ばじっと見てから、どうしたとな」

きらきらと輝くつぶらな瞳で、洸蔵を見る円太が問う。純真な視線に射竦《いすく》められ、不意に目を逸らす。

「あっ、脱藩者がまた帰ってきてから、どげなことになっても知らんぜ、っていま思うたとやなかとな」

「莫迦《ばか》を言え」

「まぁだ、堅苦しか口ば利くとな」

二人のやり取りを黙って聞いていた晋作が、思わずといった様子で小さく笑った。

「高杉さんもこげな狭か所におってばかりじゃ気も詰まりんさるやろ。今晩は柳町にでも繰りだそうぜ。金は月形さんが出してつかあさい」

「狭か所ですまんかったね」

望東尼が口を挟むと、円太が肩を竦めてひょこりと頭をさげた。

「おい円太」

「それはいいっ」

窘《たしな》める洸蔵の言葉を、晋作の声が打ち消した。

「僕は色町には目が無くてねぇ。せっかく博多にきて柳町にいかなかったとなれば、後悔するに決まっている」

「しかし何処に何者が潜んでいるやも知れませぬ故」

「おいおい月形君。そろそろ君も堅苦しい言葉遣いは止《や》めにしないか」

言った晋作が立ちあがった。

「いこう中村君」

「そうくると思っとりました」

景気よく膝を叩いた円太も立ちあがる。こういう時の円太は素早い。すでに右手が襖にかかっている。

「さぁ月形君」

土間へとつづく六畳間に出た円太の後を追おうとしていた晋作が、まだ腰をあげていない洗蔵に気づいて言った。細かった目が大きく見開き、これまで以上に光り輝いている。

不承不承、頷きながら傍らに座る尼を見た。

「では望東尼殿」

「行ってらっしゃいませ」

温もりを帯びた尼の言葉を受け、洗蔵は立ちあがった。

「早《は》よこんと置いていくぜっ」

山荘の外から聞こえる円太の声を耳に、洗蔵は晋作を追うように土間へと足をむけた。

＊

「うん、上手に書けています」

半紙を手にして微笑む顔を、心太はぼんやりと眺めていた。昼さがりの長屋に射しこむ陽光が紙を照らす。純白の四角い紙の中央に、自分の名前が透けて見えた。太という文字の真ん中にある点に傾きが無いため、裏返しになっていても難なく読める。我ながら下手だなと思う。

「漢字も書けるようですね」

言いながら正面に座る男が、半紙を文机《ふづくえ》に置いた。いつ見てもへらへらと笑っている。

「風馬さん」

心太は男の名を呼んだ。

「はい」

「知っとるのは、そいだけです」

正直に言った。

自分の名前くらいは書けないと駄目だと、死んだ父が教えてくれたのだ。平仮名は読めるし、半分以上は書けるが、難しい漢字は心と太の二文字しか書けない。

父は筥崎宮《はこざきぐう》の近くの小さな村で、農事のかたわら木地師《きじし》をしていた。どうやら腕がよかったらしく、博多の方からも仕事を受けていたようである。その縁で、父は山笠の手伝いに出ていた。

心太は父の跡を継ぐつもりだった。だから別段、急いで文字を覚える必要もなかったのである。それに、義父である。九蔵は親方持ちの大工だ。いまの暮らしでも、心太が文字を書けなくて苦労するようなことは別段なかった。

「大丈夫ですよ、少しずつ覚えてゆけばいいんですから」

風馬が明るい声で言った。

別に文字を教えてもらいにきたわけではない。大坂からきたというこの男のことが、少し気になったから部屋を覗いただけのこと。そうしたら中へと引きずりこまれ、無理矢理文机の前に座らされて、知っている文字を書いてみなさいと言われた。

「これからの世の中は、職人の子でも字を覚えておかなければなりませんよ。あっ、気にしないでくださいね。これは私が好きでやっていることなので、お金とかは一切要りませんから」

答えずにいると、風馬が勝手に話を進めてゆく。

「さぁ、それではここに数を書いていきましょう」

言って風馬が新たな半紙を机に置いた。

「あの風馬さん」

「なんですか」

「そげんに紙ば使って……」

「あぁ、お金の心配をしてくれてるんですね」

笑みを浮かべ風馬が手を叩く。

「大坂の父から届いたんですよ」

「やったら」

長崎へ医術の修業にいくのが、風馬の本当の目的である。父親から金が届いたのならば、この長屋にいる必要はもうない。

「それがですねぇ」

鼻を大きく膨らませ、風馬が大袈裟な動きで腕を組んだ。

「蓑次さんの所の宿代と、ここの店賃《たなちん》を入れると残りは僅かという額のお金しか届かなかったんですよ。しばらく博多に留まって、待っていてくれという書状が本当に悲しかった」

眼をつぶる動きまで、大袈裟だった。心太には、この男の動きが、どれもどこかわざとらしく思える。

「まぁ、京大坂は幕府と長州の戦やらで大変なようですからね。まとまった金を用意するのが、大変なんでしょう。あ、心配は要りませんよ。お金はまた届くみたいですし、店賃や食うくらいは賄《まかな》えるみたいです」

誰も心配していないと、心太は心に毒づく。

「さぁ、はじめましょうか」

言った風馬が筆を持って、半紙に一から数を書いてゆく。

「風馬さん」

「はい」

丁寧に書こうと必死なのか、おそろしいほどの鋭い眼光で半紙を睨む風馬に、心太は申し訳ない気持ちで口を開く。

「そいは知っとります」

「えっ」

ちょうど七まで書いた所で筆を止め、丸い顔が持ちあがる。

「だっていまさっき、漢字は心と太しか知らないって……」

「難しい漢字は名前しか知らんっちいう意味で言ったとです。数は知っとります」

「四や六あたりは心と同程度に難しいのでは……」

ぶつくさと言いながら、風馬が残念そうに七まで書き終えた紙を文机の脇に置いた。

「そいより風馬さん」

心太の声に、風馬が口許をほころばせた。気持ちの切り替えがおそろしく早い。

「俺の名前は本当に〝ところてん〟って読むとですか」

「そうですねぇ」

苦笑いをしながら風馬が指先で、己の頰を掻く。

「たしかに、ところてんと読みますね」

「そうですか」

「で、でも凄くいい名前だと思いますよ。心が太くあるようにと父上と母上が付けてくれたのでしょう。この世は心を強く持っていなければ生きてはゆけません。心太という名前からは、しっかりとこの世を生きて欲しいという御両親の想いが伝わってきます」

心太が落胆したと思ったのか、風馬が一気にまくしたてた。泣かした赤子を必死になだめているような様があまりにも可笑しくて、思わず笑ってしまう。それが風馬には不思議だったらしく、理解できないといった様子で首を傾げた。

「有難うございます」

「えっ」

なぜ礼を言われたのかわからないようで、風馬はますます戸惑っている。

障子に映る陽光が赤みを帯びていた。そろそろ帰らなければ母が心配する。

心太はおもむろに立ちあがった。

「また今度、漢字ば教えてください」

そう言って頭をさげてから、框の方へと歩いた。

「待ってますよ」

背後に聞こえた風馬の声に振りむき礼をすると、心太は障子戸を開いた。


「おかえり」

台所に立つ母の声を聞きながら、心太は草履を脱いでささくれだった畳の上に寝転がった。一定の調子を刻みながら聞こえてくるまな板を打つ音を耳に、さっきの風馬とのやり取りをぼんやりと考えている。

「どげんね」

唐突に母が聞いてくる。返答に困る問いに戸惑っていると、母は言葉を継いだ。

「博多ん町たい。もう慣れたね」

「うん」

曖昧《あいまい》な答えを投げた。

慣れたといえば慣れた。が、馴染んだかと問われていれば答えは違っていた。別に親しい友達ができたわけでもないし、この町にずっと住みたいと思っているわけでもない。母がここに住んでいるから、共に居るというだけのことだった。

「どこにいっとったとね」

「ちょっとそこら辺」

曖昧な言葉が自然と口からこぼれ出た。

「友達と遊びよったとね」

「いや」

「まだおらんとね」

友達は居ない。それは箱崎にいた頃からそうなのだ。なんとなく遊ぶ仲間のような者たちは居たが、心底からの友達かといえばそれは違う。

「本当にあんたはお父ちゃんにそっくりやね」

溜息を吐いた母が、包丁をまな板に置いて框に腰を下ろした。そのまま上体だけを心太の方にむける。

今年三十になる母は、息子の目から見ても醜い方ではない。父が死んでから、村の世話焼きの婆さんたちが、いろいろと縁組を持ってきたものだ。それを断り、母は博多の料理屋で働きだした。

そして九蔵と出会った。

九蔵と父が山笠で知りあい、仲がよかったらしい。それを知ったのは九蔵と一緒に暮らしはじめてのことだ。父との縁で母も九蔵を知っていたようだった。博多の町で親子二人で暮らしたのは、わずかふた月あまり。それからは九蔵と暮らしている。

「そうやってなんば聞いても、ぅんとかぁぁとかしか返ってこん。お父ちゃんもそうやった」

要は、父も口数が少なかったということだろう。たしかに父はあまり会話というものを好む人ではなかった気がする。田畑に出ない時は、ひたすら鑿《のみ》を手にしていた覚えがあった。

「あん人も、あんたんことば心配しとったばい」

九蔵のことである。

母があの男のことを〝あん人〟という度、胸の奥が小さく震えた。細い針が刺すような痛みがある。日頃、心を動かすことがないから、些細《ささい》な情動にも敏感だった。どうやら己は九蔵のことを呼ぶ母のことが嫌いらしい。いや、そういう仲である二人を嫌悪しているのだろう。

九蔵が自分のなにを心配しているというのか。別に心配などされなくても、心太はうまくやっているつもりだ。

「あんたが長屋の子供たちと仲ようやっとらんようやって」

「べつによかろうもん」

口調が荒くなる。考えるよりも早く身体が動き、母に背をむけた。

「いつもはあげな態度ば取りよるばってん、あん人はあんたんことば誰よりも心配しとるとよ」

ほっといてくれ……。

心に叫ぶ。鼓動が速くなり、頬がかっと熱くなる。感情の昂《たかぶ》りに、心太自身戸惑ってい
た。

自分はうまくやっている。

母が悲しまないように、文句ひとつ言わずあの男と付き合ってやっているし、どれだけ莫《ば》
迦《か》莫迦しいと思っていても、山笠やのぼせもんたちを嘲《あざけ》ったりもしていない。友達のこと
だって、母が望むのならば仲よくしてやってもいい。心配などされる必要はどこにもないの
だ。

無性に自分が哀れになって、自然と涙が零れた。それを母に悟られまいと、背を丸くする。

「心太……」

背中に柔らかい掌が触れた。拒絶の意志を示すため、尻をよじって身体を少しだけ前に動
かす。温もりが一瞬去った後、ふたたび母の掌が背中に当てられる。

「苦労ばさせてごめんね」

母はなにも悪くはない。

父が死んだ。だからいまの暮らしがある。不満はない。心配されることもない。母が幸せ
ならば、それでいい。

だから謝られることが一番辛《つら》かった。

母の手から逃れるように、立ちあがる。泣いていることを気取られまいと、うつむきながら土間へと急ぐ。そのまま框を飛び降りると、草履に指を通した。

「どこ行くとね」

「ちょっと小便」

素直になれない己がもどかしかった。

長屋の奥の便所にいかず、そのまま往来に出た。

真冬の夕空に風が吹く。射すような冷たさが頬を撫で、心太は身をすくめる。

通りをいく誰もが、楽しそうに見えた。

*

賽銭箱の正面に立ち拍手《かしわで》を打つ晋作の隣で、洗蔵は頭《こうべ》を垂れていた。長州の英傑の掌が、やけに気持ちのいい音を放つ。国を追われ明日すら見えない現状にありながら、これほど快活な拍手を打てる晋作に、洗蔵はすでに尊敬の念を抱きはじめている。

櫛田神社。博多に住む人々の尊崇を集める社《やしろ》である。祭神は大幡主大神《おおはたぬしのおおかみ》に天照大神《あまてらすおおみかみ》、そして須佐之男大神《すさのおのおおみかみ》。祇園神《ぎおんしん》でもある須佐之男を祀っているため、六月には祇園会が開催される。この祇園会にて神を慰撫《いぶ》するために行われるのが、山笠だ。六月十五日の追い山では、町へ出てゆく山はすべて、まずこの櫛田神社の境内に入ることになっている。ここで神に山をお披露目してから、追い山ははじまるのだ。

柳町まで行く前に、櫛田神社に寄っていこうと言いだしたのは晋作である。せっかくだから参りたいというので、洗蔵たちは彼を案内した。博多の町の南西に位置する望東尼の平尾山荘から、町の北東にある柳町まで行く道中、櫛田神社を通ることはそう難しいことではない。住吉《すみよし》道より博多の町に入り、右に妙定寺《みようじようじ》を見つつ進めば、すぐに櫛田神社の裏手である。

「なにを拝みよんしゃったとですか」

社殿に背をむけた晋作に円太が問う。周囲には警護の勤王党員たち数名が控えている。四方に険しい視線を送る男たちの中、円太は飄々と晋作の顔を覗きこんだ。

「この逗留《とうりゆう》が、再起への足掛かりにならんことをと心底から御頼みしたよ」

包み隠さずに答え、晋作が笑った。

「必ずそうなります」

「月形さんはまだそげな言葉ば使《つこ》うてござぁ」

円太の冷やかしに、晋作が大笑で同調した。

本殿を歩き、中神門《なかしんもん》を潜った頃、楼門へとつづく参道を見つめていた若い党員が身を強張《こわば》らせる。機敏に察した洗蔵は、楼門を潜って近づいてくる人影に目をむけた。すでに夕暮れの刻限は過ぎ、辺りは宵闇に包まれている。体格のよい町人の顔貌《がんぼう》はうかがえなかった。

「お……」

町人の姿を認めた円太が声をあげた。そして晋作の脇から足早に去ると、強張ったままの若い党員を押しのけるようにして男へと駆けよった。

「九蔵ぉっ」

両手を高々とあげ、そのまま町人へと飛びつく。町人の方は、いきなり襲ってきた侍に臆しもせず小柄な身体をがっしりと受け止める。洗蔵は円太の言葉を聞いて、目の前の町人の正体に気づいた。たしかに言われてみれば、背格好も立ち姿も九蔵そのものである。それより円太が、九蔵のことを知っていることに驚いていた。じゃれあっている二人へ皆が歩み寄る。

「あら月形さんまで一緒やなかですか」

洗蔵を見つけた九蔵が驚きの声をあげた。嬉しそうにはしゃぐ円太の顔を指さして、洗蔵は問う。

「貴公、この男を知っとるとな」

九蔵が口を開くよりも先に円太が跳ねるような声を吐く。

「俺が山笠好きっちゅうのを知らんかったとな月形さん」

初耳だった。が、放埒な円太が、山笠嫌いである方がおかしい気がする。好きだと言われてやはりと思った。

「のぼせもんのなかでも、こん男が一番ぜ。なぁ九蔵」

「類は友ば呼ぶっちゅう言葉は、本当のごたぁですね月形さん」

九蔵が苦笑いを浮かべながら言った。洗蔵は眉根に皺を寄せ問う。

「どういう意味な」

「いや月形さんと円太さんっち、どっか似とる所のあってでしょ」

「何処が」

円太の方が言い、洗蔵はそれが腹立たしかった。己が言うならばまだしも、円太が拒む道理が見当たらない。

「なんだか楽しそうだな」

三人の間に晋作が割って入る。

晋作を捉えた瞬間、九蔵がにこやかな目にわずかな緊張をちらつかせた。

「君は九蔵というのか」

気安い口調で晋作が問う。九蔵は簡潔な言葉とうなずきで答えた。

「この二人とずいぶん仲がいいようだね」

「俺が名乗ったっちゃけん、名乗るとが礼儀っちゅうやつじゃなかとですか」

無礼な九蔵の言動に、周囲の党員たちが殺気立つ。この中には柳町での騒動に参加していた者もいる。九蔵の生意気さが気に入らないという党員たちを、あの時は無理矢理に納得させた。いまでも九蔵のことを嫌っているのは致し方ないことだった。

周りの怒りなど気にもせずに、晋作が大声で笑い、己の首筋に手を当てる。

「君の言うとおりだ。無礼を許してくれ。私は谷梅之助《たにうめのすけ》という路傍の石だ」

晋作は変名を名乗った。

「あっ、俺の名前は吉成叶《よしなりかなう》」

今更、円太が首を竦めて言った。円太は脱獄した上に脱藩という罪まで犯した大罪人である。本来ならば二度とこの地を踏むことは許されない身なのだ。あまりにも呑気《のんき》な円太を殴りつけたくなる。

「これから柳町にいくのだが、君もどうだい」

晋作が親指と人差し指を丸めて猪口《ちょこ》を持つような手振りをした。

「いや……」

九蔵と晋作の間に割って入る。晋作と円太は人目を憚る身。どんな不意の事態が出来《しゅったい》するとも限らない。もし刃傷《にんじょう》ということになった時、九蔵を巻きこむわけにはいかなかった。

洗蔵の苦悩する顔をわずかに見た九蔵が、口の端を小さく吊りあげて、晋作に視線をむけた。そして過剰なほどに明るい声で、答える。

「最近ずっと呑み歩いとるけん、嫁御が起きとる間に帰っとらんとですよ。今日くらいは大人しゅう帰ってやって、飯ば食ってやろう思うとったとです。すんません」

「そうか、それは残念だな」

見つめあう二人の視線が虚空で交錯し、異様な気を放つ。まるで互いを敵と認めたかのごとき剣呑《けんのん》な気配が周囲に満ちる。

「じゃあいくか月形君」

晋作が九蔵の横を通りすぎる。

「またいつか会えるといいな」

肩越しに九蔵を見てそれだけを告げると、晋作は楼門へと歩く。

「置いてゆくぞ」

呆気に取られていた若い党員たちが、晋作の後を追う。

「今度じっくり話したかな」

「そいじゃ円太さん、お元気で」

もう一度九蔵に抱きつくと、円太が楼門へと走りだす。

「じゃあ、月形さん」

「うむ」

九蔵と短い挨拶を交わすと、洗蔵は早歩きで晋作に追いついた。楼門を潜った晋作が行く手に揺れる町の明かりを見つめたまま、隣に並んだ洗蔵に声をかける。

「あれが博多の町人かい」

「のぼせもんです」

晋作を挟んで洗蔵の反対側に並んだ円太が答える。

「のぼせもんとは」

晋作の問いを聞いて口を開きかけた円太より早く、洗蔵は言葉を吐いた。

「山笠のことしか考えられない男のことをこの町では〝のぼせもん〟と申します」

「そうか」

なにを考えているのか解らない不敵な視線を行方にむけたまま、晋作が微笑を浮かべている。

「この町の男たちは、なかなか面白そうではないか。月形君、あれはよい駒になるぞ」

九蔵がよい駒になる……。

あの男は腕っぷしが強く、町人たちに慕われている。九蔵が勤王党に入れば、晋作の言うとおり、いい駒になるだろう。

しかし、のぼせもんがそれを承服するだろうか。

「そうですな」

曖昧な答えを吐く。それ以降、店に着くまで洗蔵が口を開くことはなかった。

四

町が騒々しい。どこに行っても人の山。方々《ほうぼう》からお囃子《はやし》が聞こえてくる。ひとつにまとまっていないから、ただ騒がしいだけだ。それでも人々は笑顔を浮かべながら、往来を歩いていた。

正月の十五日。

松囃子《まつばやし》という祭だそうだ。

風馬ははじめて博多の町に来た時のことを思いだしていた。

この町の人たちは本当に祭が好きだ。祭のために生きているといっても過言ではない。それは同じ長屋に住む九蔵を見ていてもよくわかる。

人々の波がひとつの方向へと流れてゆく。

「みなさんどこにいくんですか」

鉢巻に火吹男の面を斜めに着けた見知らぬ男に問う。

「これからお城にいくったい」

「城ですか。こ、こんな大勢で」

「今日だけは博多ん町人たちも、城にいくとば許されとる。ちゅうか、あんた博多ん人やなかとね」

「大坂から来ました」

「やったら知らんとも無理はなかね」

言いながら男は、聞こえてくるお囃子の音《ね》に合わせて踊りつづけている。視界を埋め尽くす人々が皆そうなのだ。異様な光景である。

「代々、黒田の殿さんは、松囃子ん時にお城に集まった町人の数で、自分がどんだけ慕われとるかっちゅうのば知るったい。あんたもついてこんね」

「誰でもいいんですか」

「四の五の言わんとついてくりゃよかったい」

男が腕をぐいとつかむ。考えるよりも先にその手を払い除《の》け、作り笑いを浮かべる。怪訝《けげん》な表情のままこちらを見つめる男に礼を言って、風馬は足早に人の群れから逃れた。

これほどの人がどこから湧いてきたのかと、呆れるばかりである。往来を埋め尽くす人の群れで景色が一変した博多の町を、建物の記憶を辿るようにして己《おの》が長屋へと歩む。いつもなら四半刻あまりの道程が、倍近くかかった。息も絶え絶えといった様子で、風馬は長屋の細い路地へと入る。

「おっ、先生」

伏し目がちに歩く風馬の額に、威勢のいい声がぶつかる。顔をあげて声のしたほうを見ると、路地をこちらに歩いてくる九蔵の姿を見つけた。

「なにしてるんですか」

「藪《やぶ》から棒になんば言いよるとかいな、こん人は。今日は祭やけん仕事も休みやし、どうにかして暇ば潰せんかっち思っとったところたい」

たがいに歩みよって立ち止まる。ちょうど風馬の部屋の前だった。

「お城にはいかないんですか」

「俺《おら》ぁ、騒がしかとはあんまし好きやなかけんね」

風馬は思わず吹きだしてしまった。

「なんがおかしかとね先生」

近頃、九蔵は風馬のことを〝先生〟と呼ぶ。心太に幾度か字を教えたことを聞いたのだろう。

「だって九蔵さんは、山笠が好きじゃないですか」

「山笠が好きやけん騒がしいとが好きとは限らんやろうもん」

「九蔵さんは十分、派手なことが好きだと思うんですが」

風馬の言葉を理解しようと、眉根に皺を寄せた九蔵が腕を組む。

「俺ぁ、お囃子に乗って莫迦騒ぎばするとが好かんとたい。そげな俺んことば知っとるけん、町ん者《もん》も松囃子ん時は誘ってこんもんね。石堂は恵比寿《えびす》ば受け持っとるけんが、けっこう忙しかとやけど……」

「恵比寿ですか」

「松囃子には大黒《だいこく》と恵比寿と福神《ふくじん》と稚児《ちご》っちゅう役目があるったい。そいが方々ば練り歩いて祝ってゆくのが、本当の松囃子たい。あとの者らは、お囃子たい」

「へぇ」

飄々と答える風馬の顔を、腰をかがめた九蔵がじっと見つめる。

「どうやら先生も、松囃子が性《しょう》に合わんかったようやね」

「そう見えますか」

「人に酔って疲れたって、目の下の隈《くま》が言いよるばい」

「えっ」

とっさに風馬は己の目の下に触れた。それを見た九蔵が大声で笑いだす。

「嘘たい。そげんかもんはなか。ほんと先生はわかりやすか性格ばしとるね」

「からかわないでくださいよ」

頬を膨らませる風馬を見て、九蔵がふたたび笑った。

「それより、ご内儀《ないぎ》と心太殿は」

「そげん大袈裟なもんじゃなか。嬶《かか》ぁと餓鬼《がき》でよか」

照れるように九蔵が言った。

「お二人は祭にいかれたんですか」

「そりゃそうやろもん。こげん町が浮かれとる時に、家でじっとしとる者はおらんめぇもん」

騒がしいのが嫌いだと昼過ぎまで家にいたくせに、と言いかけて風馬は言葉を呑んだ。

「やっぱ、おったか」

長屋の木戸のほうで男の声がした。顔をむけた九蔵の目が、驚くように丸くなる。

「なんばしにきたとや」

問う九蔵の視線を追った。長屋の入り口に太った男が立っている。見たことがある顔だった。が、どこで会ったか思いだせない。

「あんたに会いにきたに決まっとろうもん」

言いながら男が近づいてきた。重そうな腹を揺すりながら歩くその姿は、立っているだけで相当な迫力である。巨体が近づいてくるにつれて、息苦しくなってゆくような気がした。狭い往来をふさぐようにして、男は風馬の後ろに立って九蔵と相対した。大男に挟まれるような格好になり、息苦しさが増す。男が剣呑な気配を全身に漂わせながら、九蔵を睨んでいる。

「あ、あの九蔵さん」

九蔵の背後に回りこむようにして、風馬は問うた。

「私、この人を見たことがあるんですが」

「古渓町の峰吉。柳町で見たろうもん」

思いだした。

柳町で侍たちと睨みあっていた男だ。あの時は九蔵が間に入り、峰吉とその仲間たちを逃がした。

その礼でも言いにきたのだろうか。にしては峰吉の顔は不吉すぎる。穏やかに頭をさげるような態度ではない。すでに九蔵も、峰吉の態度や気配を悟っているはずだ。しかし彼の顔には緊張も怒りもない。口許に薄ら笑いを浮かべて、風馬を見るのと同じ目つきで巨漢ののぼせもんを見つめている。

「あんたが松囃子には出らんことは知っとった。そやけん今日ば選んできたったい」

「なんか用か」

「この前ん借りば返そうって思ったったい」

「なんや、酒でん奢《おご》ってくれるとか」

「そげん風に見えるや」

「いや」

九蔵が鼻で笑った。それを見た峰吉の額に青筋が浮かぶ。肉に埋まった顎の骨をゆったりと動かしながら、峰吉は身体つきにふさわしい重い声を吐いた。

「柳町の喧嘩にあんたが割って入ったけん、俺たち西町ん者は顔ば潰された」

なにもせずに侍たちから逃げたことを、峰吉は言っているのだろう。しかしあの時、九蔵が間に入って止めていなければ、西町の町人たちに死人が出ていてもおかしくなかった。顔を潰したなど言いがかりである。九蔵は礼を言われることはあっても、糾弾されるような立場ではない。

「けじめばつけけんと、俺たちは収まらん」

「俺たちねぇ」

鼻をこすりながら九蔵がつぶやいた。峰吉を見つめる視線にわずかな変化が生じる。それまで穏やかだった目の色に、微かな殺気が混じっていた。

「なんや峰吉ともあろう者が、自分一人の了見で俺に会いにきたっちゃなかったとや。大方、俺ばぶちのめさんと怒りが収まらんっち仲間たちがぎゃあぎゃあ騒ぎよるっちゃろうもん。ばってん大勢で襲って潰したっちゃ意味のなか。そいで誰がいくかってなってから、喧嘩が一番強かお前がいくってなったとやろ」

「そやったら、なんや」

「図星かい」

九蔵が鼻を膨らます。唇にあるのは、すでに微笑ではない。口角が激しく吊りあがり、隙間から白い歯を覗かせている。

汗の臭いがした。

剣呑な気配が周囲に満ち、獣の臭気となって風馬の鼻腔《びこう》に届く。

「お前はもうすこし見どころのある奴やって思うとったとやけどな」

頭を掻き、九蔵が目を逸らす。いまにも殴りかかりそうな勢いで巨体を揺さぶる峰吉の殺気に、風馬は思わず目の前の腰帯をつかんだ。それを乱暴に引き剝がすようにして、九蔵が一歩踏みだした。

「なんば言われたとか知らんばってんが、町ん者らに担ぎあげられて一人でのこのこ姿ば見せてからくさ。これで俺にやられて帰ったら、お前は面目丸潰れやぞ。俺に顔ば潰されたって言いよるばってんが、結局、自分たちの情けなさば認めたくなかだけやろうもん。礼ば言うのが筋やっちこともわからんような奴に、俺は容赦する気はなかぞ」

峰吉は反論しない。黙ったまま、九蔵を睨みつづけている。そのかたくなな姿勢に、風馬は揺るぎない覚悟を見た。

九蔵が溜息を吐く。

「流《ながれ》の序列でんひけらかされたとか。上の者から言われてから、断ることもできんかったとやろ」

峰吉は黙りつづける。

「問答無用っちゅうことか」

左右の腕を大きく伸ばして、九蔵が息を吐く。左右の掌が長屋の壁にふれている。

「ちょうど暇やったところたい。お前が相手ばしてくれるって言うんやったら、少しは暇潰しになるやろ。よかたい、相手になっちゃる」

汗の臭いがいっそう濃くなる。

「ばってん祭の最中で、どこも人だかりがしとる。そげな所で喧嘩ばしたら、すぐに止めに入られっぞ」

「ついてこんね」

言った峰吉が背をむけ、長屋の出口のほうへと歩きだした。九蔵の目が自分の背後に立つ風馬へとむく。

「どげんするね先生」

「ついていきます」

「そげん言うって思うとった」

呆れるように笑うと、九蔵が歩きだす。後を追う風馬を、咎めはしなかった。


どれくらい歩いただろうか。すでに博多の町をでている。石堂口から東に進み、田圃《たんぼ》が広がるなかに名もわからぬような小さな社があった。社は小さいくせに、鎮守の森だけは広い。松囃子の最中である。さすがに社には人気《ひとけ》がなかった。

鎮守の森の一番深い場所に峰吉は二人を誘った。夕刻まではまだ時間がある。陽は天に輝いているのだが、深い森のなかは薄闇に覆われていた。

九蔵と峰吉は、間合いを保ったまま見合っている。二人から少し離れた場所で、風馬は息を潜めていた。いつ殴りあいが始まってもおかしくはない。目が離せなかった。

「お前も甘ちゃんやね」

九蔵が吐き捨てるように言った。太った峰吉の、これまた太い右の眉がわずかに吊りあがる。

「喧嘩ば売ったくせしてから、なんの用心もせんで素直に前ば歩きよってから。やろうって思えばどこでだっちゃやれたとぜ。人ごみんなかでいきなり背中ば蹴られたら、お前はどげんしたとや。そんまま前のめりに倒れて、一発も殴らんまんま、ぼこぼこにされたっちゃ、文句は言えんかったとぜ」

「御託《ごたく》はよかけん。さっさとかかってこんね」

峰吉は気圧《けお》されている。脂ぎった額から、焦りが汗となって流れ落ちた。それを拭いもせず、九蔵を睨みつづける。

「お前から来ればよかろうもん。けじめばつけてこいって言いよった奴らの手前もあるやろうけん、一発くらいはこんまま殴られてやるたい」

九蔵が己の頬を捧げるように、顔を思いっきり前に突きだす。その仕草で、峰吉の怒りが頂点に達した。言葉にならない叫び声をあげながら、峰吉が駆ける。

突きだした顔の下方で、唇の端がわずかにあがったのを風馬は見た。

硬い物がぶつかったような音がした。峰吉の身体が、九蔵に覆い被さるような格好になっている。

九蔵は倒れない。峰吉の巨体を二本の足で支えたまま、笑っている。その左の頬が紅く染まっているのは肌の下に溢れた血のせいだ。

「一発で仕留められんかったお前は終わりたい」

九蔵がつぶやいた。

「ぐぅんっ」

峰吉の口から呻きが漏れた。

樽のごとき腹に膝がめりこんでいる。

九蔵は膝を伸ばし、足を地につけると同時に、右肘を被さったままの峰吉の背中に振りおろす。

堪《こら》えきれず峰吉が倒れた。湿った土に顔をつける。そこに九蔵の全力の蹴りが襲いかかった。このまま横っ面《つら》を蹴られてしまえば、それで峰吉の気は絶たれるだろう。あんな蹴りを食らって正気を保っていられるほど、人は頑丈にはできていない。

避《よ》けろ……。

風馬は心に念じていた。

こんなに早く終わってしまっては勿体無いと思っている自分に驚いている。あれほど荒事が嫌いだったのに、みずから喧嘩を見にきた。それだけに止《とど》まらず、終わるなと願っている。やはりこの町にきてから、己はどうかしている。博多の町が変えたのか、それとも目の前の男のせいなのか。風馬にはわからない。ただ、いまは峰吉が蹴りを避けることだけを願っている。

その願いもむなしく、九蔵の足は丸い頭を直撃した。太い首から伸びる頭が、面白いほど激しく揺れる。

肥えた身体から力が抜けた。

気を失ったのであろう。

終わりだ。

落胆と虚脱が風馬の全身を覆う。

「えっ」

思わず風馬は声をあげた。

九蔵が止まらないのだ。

気を失った峰吉の頭に、ふたたび蹴りを放とうとしている。引き戻した脚を己の背中につかんばかりに振りあげながら、殺気の籠った目で峰吉を見おろしている。

「止《や》めてくださいっ」

叫んでいた。

九蔵が止まるはずもない。

地面に転がる顔へと殺意の一撃が吸いこまれてゆく。

直撃。

いや……。

峰吉が立っている。

九蔵が転がっていた。

どこでどう入れ替わったのか、とにかく二人は完全に立場を逆転させている。

「きえぇぇぬっ」

喉の奥から絞りだすようにして、峰吉が奇声をあげた。その顔は泥と血に汚れ、茶と黒と赤の斑《まだら》に染まっている。

先刻の九蔵を思わせるような乱暴な蹴りを放つ。

空《くう》を斬った。

地面を転がった九蔵は、峰吉の蹴りが空振りするのと同時に立ちあがる。

察知した峰吉が右の拳を放った。

同時に九蔵もゆく。

顔に拳を受け、二つの身体が同時に仰《の》け反《ぞ》った。しかし重かったのはどうやら峰吉の拳の方だ。身体の傾きが幾分浅い。立ち直る速さも同様である。

一瞬、出遅れた九蔵の頰をふたたび拳が打った。よろけながら数歩後ずさる。

離れた間合いを詰めるように、峰吉が大股で踏みこんだ。眼は血走り、黒目が完全に上下の瞼《まぶた》から離れている。鬼のごときその顔を目《ま》の当たりにし、風馬は背筋に冷たいものを感じた。

殺すつもりか。

先刻まで峰吉を気遣っていたくせに、今は九蔵を心配している。我ながら節操が無いと思いながらも、風馬は九蔵の身を案じた。

九蔵の顔が激しく揺れる。

峰吉は放った拳を引きながら、もう一方の拳で殴る。

幾度となく九蔵の顔面を岩石のごとき拳が襲う。

倒れないのが不思議なくらいだった。

目の前にいるのは本当に人なのか。神仏をかたどった彫像が命を得て、目の前で戦っているのではないかと思えてくる。それほど二人の喧嘩は常軌を逸していた。相手を殺しにかかっているとしか思えないほど、二人の拳や足には躊躇《ちゅうちょ》がない。

風馬には理解できない。

理解できないはずなのに泣いていた。

両の目から勝手に涙が溢れだす。それを止める術《すべ》を風馬は知らない。二人の喧嘩を見ていると胸の奥が熱くなり、自然と涙が溢れだすのだ。自分でも不思議なくらい、心が激しく揺さぶられていた。のぼせもんという名の生き物を前にして、これまで感じたことのない情動が風馬を容赦なく襲う。その激しい感情の正体は何なのか。正確に言い表す言葉を、風馬は知らない。

「そいで終わりか」

殴られつづけていた九蔵が、峰吉を蹴った。脂でぱんぱんに張った腹が波打ち、身体が揺れる。無防備になった峰吉の顔面を、強烈な拳が容赦なく襲う。血と土が乾こうとしている顔を、汗が湿らせている。汚れた鼻っ面を豪快な一撃が打つ。

血飛沫《ちしぶき》が舞った。

「まだじゃっ」

邪悪な笑みを浮かべ、九蔵が引いた拳をもう一度叩きつける。顔をかばうように両手で鼻を押さえる峰吉。交差した掌ごと、拳が顔を押し潰す。厚ぼったい唇から悲鳴があがった。

このままいくと本当にどちらかが死んでしまう。

「もう駄目だっ」

本気で叫んだ。

九蔵の動きが止まる。両手をぶらりとさげ、風馬を見た。

峰吉が掌を顔から外す。九蔵の動きを見て、気を抜いたのだ。

風馬を見つめたまま、九蔵が小さくうなずいた。吊りあがった唇の裂け目に見える白い歯が、牙のように鋭く尖っている。

風馬にむけていた身体を、ふたたび峰吉へと正対させた。その回転する力を利用して、気を抜いている峰吉を殴る。

無防備な顔面に拳を受け、峰吉がこらえきれずに倒れた。

九蔵は風馬の声さえも、隙を生む手段として利用したのだ。人ごみのなか背後から襲うと言ったのは嘘ではなかったのである。この男ならば、それくらいのことはするはずだ。これまで見たことのない九蔵の一面に、戦慄《せんりつ》が走る。それと同時に、この男がなぜあれほど町の男たちに慕われるのかが理解できたような気がした。九蔵の体内から発散される獣の力は、常人とは一線を画している。いざという時のこの男には、人としての理非や情というものがない。目の前の目的にむかって突き進むのみ。雑念はいっさいない。今の九蔵は、峰吉を倒すためならばなんだってやる。ここまで大人しくついてきたのは、年下の〝のぼせもん〟に対するせめてもの情けなのだ。

倒れた峰吉にまたがった九蔵が、容赦なく拳を落とす。必死に顔を振っているが、絶え間なく打ちおろされる拳を避けきれるものではない。幾度も殴られ、峰吉の頭は地面と拳の間で鞠《まり》のように跳ねた。

死んでしまう。

鼓動が早鐘のごとくに鳴っている。いまにも肋《あばら》を突き破って飛びだしてしまいそうな心の臓を掌で押さえながら、ただ立ち尽くしていた。涙が胸まで濡らしている。

九蔵を止めなければならないのに、身体が思うように動かない。すぐにでも駆けだして、あの凶暴な腕に飛びつかなければ本当に峰吉は死んでしまう。わかっている。わかっているのだが、どうしても足が動かない。人としての感情よりも先に、獣としておそれている。抗うことのできない力を前にして、死を予見した心が風馬を押し止めている。二度会っただけでまともな会話すら交わしていない赤の他人の命を救い、己が死ぬことなどできないと、風馬の身中に住む獣が叫んでいた。

己の命と峰吉。

風馬の心の天秤は悲鳴をあげていた。

峰吉が動かなくなった。両腕を広げ、殴られるまま。

拳が止んだ。太った身体をまたぎ、しゃがむような体勢になっていた九蔵が、ゆっくりと立ちあがる。

「こふっ、ごぼっ」

峰吉が咳きこんだ。勢いよく吐きだされる息と同時に、血と肉の塊が口から飛びだす。己の血肉で顔を穢《けが》しながら、峰吉は動けずにいる。

「生きていた……」

安堵のつぶやきが漏れる。すると峰吉から離れた九蔵が、こちらに目をむけ口を開いた。

「当たり前くさ。殺すわけがなかろうもん」

いつもどおりの口調で九蔵が言った。さっきまで鬼のごとき形相で人を殴っていた者とは思えないほどあっけらかんとした言いぶりに、風馬は呆気に取られる。

「終わったばい。あんたが見届け人やけんね先生」

顔をぶよぶよに腫《は》らした九蔵が、近づいてくる。自覚するよりも先に、足が身体を後ろへと導く。あまりにも急な動きに上体がついてゆけず、腰から砕けて倒れてしまった。

「なんね、腰ば抜かしたとね」

言って九蔵が笑った。

「歩けるね」

九蔵が手を差しだす。

「大丈夫ですよ」

駄々っ子が強がるような言葉を吐いて、両手に力を入れて立ちあがる。転んだだけで、腰を抜かしたわけではない。

「私のことは結構ですから、あの人を早く」

「あいつがどげんかしたとね」

風馬の言葉を、あっけらかんとした九蔵の声がさえぎった。その声にいざなわれるように、峰吉を見る。

起きあがっていた。まだ座ったままではあるが、上体を起こして袖口で顔を拭っている。腫らした顔に悔しさが滲んでいた。

九蔵が峰吉のもとへと歩む。

「今度は流ん者たちに焚《た》きつけられんで、自分でこい。いつだっちゃ相手になってやるけん」

「覚えとけよ、今年の追い山は俺たちが一番山たい。お前んとこの山ば追い抜いちゃるけんな」

九蔵を睨む目が爛々《らんらん》と輝いている。

「おう、やれるもんならやってみんか」

言って笑う九蔵。

なぜか峰吉も笑っている。

「じゃあな」

そう言って去ろうとする九蔵に、峰吉が手をあげた。清々《せいせい》したような微笑が、丸い顔に浮かんでいる。己の理解を超えたのぼせもんたちを前に、風馬はただ苦笑いしかできなかった。

＊

「そろそろ本腰を入れて動いたらどうだ」

やるべきことはやっておるつもりでござる。

「長州はかたがついた。都を追われた白粉首《おしろいくび》どもを九州の大名どもに引き取らせることで、上も納得した」

では筑前にも……。

「ひとまず五人とも太宰府に引き取るそうじゃ。和議のために勤王党が尽力したらしい。その功績は大きい。これでまた奴等の力が増すであろう」

この国も勤王へと傾くとお考えか。

「そうなろうな。しかし藩主の長溥公は腹の読めぬ男。このまま奴等をのさばらせておくとも思えぬ」

重臣たちと勤王党。どちらを選ぶお積もりでありましょうな。

「いまはわからぬ。が、儂等はやるべきことをやるのみぞ」

承知しておりまする。

「長州の一件でますます力をつけた勤王党は、もはや無視できぬ存在となった。長州から司書が戻ってくると藩は荒れるぞ」

先刻、ご自身で申されたばかりでござりまするぞ。我等はやるべきことをやるまで。

「そのとおりじゃ。よいか、努々《ゆめゆめ》忘れるでないぞ」

委細承知。

*

やっぱりこなければよかった。

はしゃぎまわる同年の子供たちを、心太は醒めた目でながめている。

竪町浜。視界の先には博多の海が広がっている。寄せてはかえす白波の際まで子供たちが走ってゆく。波が引いて黒く染まった砂浜をぎりぎりまで進み、ふたたび波が襲ってくると追われるようにして走りだす。波に追われるたびに、うるさい声をあげながら子供たちは嬉しそうに走ってくる。

乾いた砂につけた尻が冷たかった。寒風にさらされて冷えきった砂のせいだ。

「お前もこんねっ」

一番年嵩《としかさ》の男児が言った。名前はたしか繁作《しげさく》。心太よりふたつほど年長のはずだ。無理矢理、笑みを浮かべる。強張っているのが自分でもわかった。

大袈裟に手招きする繁作。その間も子供たちは波から逃げつづけている。

心太の口から溜息が漏れた。気だるい身体を奮いたたせ、立ちあがる。重い足を引きずるようにして、繁作のほうへと歩く。

「どこまでいけるか、やってみらんね」

跳ねるような声で繁作が言う。

いこうと思えばどこまでだっていけるだろう。濡れることをおそれなければ、そのまま泳ぐことだってできる。そういうことを言っているのではないことはわかっていた。濡れずに半歩でも先までいくことが、彼等の遊びの根幹なのだ。濡れるに任せて海のなかまで入ってしまったのでは意味がない。

「さぁっ」

繁作が急かす。作り笑いを浮かべたまま、急かされながら波打ち際まで歩いた。白い飛沫のぎりぎりまで草履の先を近づける。

もっと……。

海が刹那の膠着《こうちゃく》をみせた。とっくに子供たちは進むのを止めている。

もっと……。

心太はあと半歩だけ踏みだした。爪先が濡れ、容赦ない冬の冷気が身体の心《しん》まで凍えさせる。

膝下まで海に浸《つ》かった。

背後から子供たちの笑い声が聞こえてくる。

溜息。

心太は振りかえり、己を沖へと運びさろうとする力に抗うようにして、子供たちのほうへと歩いた。

皆が腹をかかえて笑っている。

「なんばしよっとか」

呆れたように繁作が言う。膝から下をびっしょりと濡らした心太を、笑いながら皆が見つめている。

「風邪引くよ」

女の子の一人が言った。そちらに顔をむけ、ぎこちない笑みでうなずく。その表情が気持ち悪かったのか、女の子は顔を強張らせながら心太から目を逸らした。

「あの……」

繁作へと顔をむけ、口を開く。目を丸くしながら言葉を待つ年長の男児に、心にある思いを言葉にして放った。

「これのなんが楽しかとね」

「なんや」

わかりやすいほどに不機嫌な目つきになって、繁作が問う。

「もういっぺん言ってみんか」

脅すような口調で繁作が言う。あきらかにさっきまでの陽気な態度とは違っている。だからといって怖くはなかった。もういっぺん言えとのことだから、素直に同じ問いを投げてみる。

「これのなにが楽しかとね」

胸に衝撃が走り、尻に痛みを感じた。いつの間にか繁作を見あげている。そこで心太は、どうやら突き飛ばされたらしいと気づいた。

「せっかく誘ってやったとに、その言い方はなんや」

「いや……」

答えに戸惑う。誘ってくれと頼んだつもりはない。一緒に遊ばないかと言われたから、ついてきただけ。怒られる謂《いわ》れはない。

「そげな風やけん、いつまでたっても友達ができんったい」

繁作が吐き捨てる。

「なんや泣いたとか」

繁作の言葉で、自分が泣いていることを知った。砂浜に突いた手をあげ、袖口で目をぬぐう。顔から離した藍色《あいいろ》の袖は、たしかに濡れていた。

「なんか言わんか」

繁作が怒鳴る。

次第に腹が立ってきた。

「なんや」

しゃがんだ繁作が、心太の顔を覗きこむ。どうやら嫌悪が顔に滲んでいたらしい。繁作の顔がより曇った。心太をにらむ目に、さっきよりも強い悪意が宿っている。

「文句があっとか」

座ったままの心太の胸を小突く。

「止《や》めんね」

先刻心配してくれた女の子が止める。繁作はその子に一瞥《いちべつ》をくれてから、ふたたび心太を見た。心太を心配してくれているのは、どうやらその女の子だけのようだった。他の者は自分たちと馴染めない心太が、繁作にやられているのを楽しそうに眺めている。

「文句があっとかって聞きよるやろが」

もう一度、繁作が胸を突いた。

「なんか言わんか」

「もう止めてくれんね」

言うと心太は、繁作の手を払うように己の腕を振った。こういうことに慣れていないから加減がわからない。ふたつの腕が虚空で激しくぶつかり、乾いた音を立てた。払った自分の腕が痛むことに心太は驚く。

「喧嘩ば売りよっとか」

繁作が凄む。鼻の脇に皺を寄せ、上唇を吊りあげている。喰いしばった歯が、ぎりぎりと鳴っていた。

「前から気に入らんかったたい」

襟首をつかみ、心太を無理矢理、立ちあがらせる。

「九蔵さんの子になったって言うけん、どんな奴かと思うとったばってん、生意気で気に喰わん」

「だったら」

顔を背けたままつぶやく。

「遊ばんならよかろうもん」

言いだしたら、止まらなくなった。

「だれも遊んでくれって頼んどらんめぇもんっ。俺んことが、そげん気に喰わんとやったら、遊ばんかったらよかろうもんっ」

「お前っ」

繁作から逸らした視界が激しく揺れた。身体が砂浜に投げだされる。頬に痛みを感じたのは、立ちあがった繁作を見あげたころだった。

「なんやつ、生意気なことば抜かしよったくせに、やり返してこんとか」

顔を目一杯突きだしながら、繁作が挑発してくる。その言葉に、皆のせせら笑いが重なった。

「早《は》よ、かかってこんかっ」

「あっ……」

心太は繁作の背後にある人影を見て、思わず声をあげた。

あの男がどうしてここにいるのか。

浜の奥にしゃがみこんで、こちらに顔をむけている大きな男の姿を見つめたまま、心太は動けずにいる。

九蔵だ。

仏頂面《ぶっちょうづら》で心太を見ている。

「なんば見よるとか」

心太の視線に気づいた繁作が振り返った。自分たちを見ている九蔵を認め、ちいさく肩を上下させる。

「きゅ、九蔵さんやん」

他の子供がつぶやく。

「いくばい」

繁作が皆に言った。ばつが悪いのであろう。子供たちは九蔵のほうに顔をむけずに走り去る。一人取り残された心太は、砂浜に座ったまま茫然としていた。

九蔵が立ちあがる。

こちらに歩いてくる。

素早く腰をあげて目を逸らす。子供たちが走り去ったほうへと足をむけた。

「待たんか、ところてん」

九蔵の声が心太を制する。自然と足が止まった。目はそらしたまま。九蔵の姿は見えない。ざくざくと砂浜を歩く音だけが近づいてくる。

くるな。

心に叫んだ。が、声にならない。無言のまま近づいてくる足音。

自分を奮い立たせ、ふたたび駆けだす。

「待てって言いよろうが」

数歩駆けたところで、分厚い手が肩をつかんだ。走ろうとするが、凄い力で押さえつけられ、身体が前に進まなかった。そのくせ肩に痛みは感じない。

「こっちば見らんか」

言った九蔵が肩を回転させた。むりやり身体を回されたことで、顔が九蔵のほうにむく。

目の前に顔がある。数日前に喧嘩をして帰ってきた。そのせいであちこち痣《あざ》だらけである。腫れた右の瞼は膨らんだままで、皮は紫色に染まっていた。

顔を腫らして帰ってきた九蔵に、母は呆れていた。どうやら昔からこの男は喧嘩っ早く、年に数度はこんな顔になるのだという。心太にとってははじめてのことだったから、ずいぶん面喰《めんく》らった。しかしそれも三日も見ていれば慣れてしまう。瞼の腫れが昨日より引いたなどと、心太は冷静に観察していた。

「大丈夫か」

九蔵が問いながら心太の尻に手をむける。砂を払い落とすように、幾度か叩く。尻を叩く掌を、心太は無言のまま己の手で止めた。九蔵はそれを咎めもせず、膨れてめくれあがった唇を笑みのかたちに歪めた。

「母ちゃんがお前ば呼んでこいっち。帰るばい」

九蔵を正視できなかった。繁作とのやり取りの一部始終を見られていたのだと思うと、どうしても視線を合わせることができない。

「帰るばい」

言って九蔵が歩きだす。しかたなく後についてゆく。

「ほっぺたは大丈夫や」

心太は鼓動に調子を合わせるように脈打つ頬の痛みを感じていた。手を触れると、わずかに熱を帯びている。

「口んなかは切れとらんか」

殴られた頬の裏あたりを舌で探る。九蔵に言われるまで気づかなかったが、粘り気をもった皮が、わずかに荒れていた。舌先で撫でてみると、うっすらと血の味がする。

「見せてみんか」

九蔵が立ち止まって両肩をつかんだ。それから口を大きく開けてみせる。どうやら口を開けろという合図であるらしい。心太はうながされるままに口を大きく開けた。

「少し切れとるばってん大丈夫や。こんくらいなら明日には治っとる。歯も抜けとらん。繁作も大したこたなかね」

九蔵が背中を叩いた。閉じてよいという合図と理解した心太は、口を閉じる。

「あげな時はくさ……」

人差し指で己の頬をぼりぼりと掻きながら、九蔵がつぶやく。視線は夕暮れ間近の空にむけられ、心太を見ていない。

「立ちあがりながら、油断しとる顎に自分の頭ばくさ……。いや、そげんか難しかことば、いきなりせろっち言うてもできんやろなあ。やっぱり立ってから、そのまま拳骨で……。そいよりも蹴りのほうが……」

独り言をぶつぶつとつぶやきだした。小さな声で自問自答しながら、手足を動かしている。

殴ったり蹴ったりしているようだ。

「やっぱり、こいが一番やな」

結論がでたのか、九蔵が大きくうなずいた。そしていきなり砂の上に座りこむ。

「俺ば見おろせ」

心太の足許に座る。眼下にある九蔵の姿は、まるでさっきの自分を見ているようだった。

そこに思いがいたった時、この男がなにをしようとしているのか理解した。

「こげな時は……」

「よか」

拳を握って立ちあがろうとする九蔵に、心太は決然とした態度で言った。

聞いていない。

「喧嘩慣れしとらんお前のごたるとがいきなり難しいことば覚えたっちゃ意味がないけん、やっぱり立ちあがってから……」

「よかって言いよるやろうもんっ」

拳を振りあげる九蔵にむかって叫んだ。さすがにこれは届いたらしい。滑稽な格好のまま、ぴたりと止まった。

「よかっちゃどういう意味や」

顔の横に拳を掲げたまま九蔵が問う。視線を逸らしながら心太は答える。

「喧嘩の仕方とか知らんでもよか」

「知っとって損はなか。まぁ覚えとけ。よかか、こうして拳ば握る時は……」

心太の気持ちなど考えもせず、九蔵はふたたび話しはじめた。

苛立《いらだ》ちが募る。

「止めろって言いよるやろうもんっ」

怒鳴った。

久しぶりに大声を出したせいで、頭が少しくらくらする。それでも一度昂った心は抑えられない。心太は堰《せき》を切った感情を言葉に乗せて、一気にまくしたてた。

「俺が殴られとっても放っといてくれんね。別に助けてって頼んどらんめぇもん。俺は喧嘩とか好かんし、したいとも思わん。俺はあんたとは違うったいっ」

「ふぅん……」

いつの間にか拳を収め、腕を組んで聞いていた九蔵がうなずいた。

「お前のそういう言葉を聞いたとははじめてやね」

眼が輝いている。口許も緩んでいた。

「喧嘩が好かんか……」

言った九蔵の右肩から先がふっと消えた。そう心太には見えた。

乾いた音が己の頬で鳴る。

叩かれた。

「好きとか好かんとかそういう問題じゃなかとぜ。今日んごと、嫌いやっても巻きこまれることはある。喧嘩を売られることもある。そげな時にお前は逃げる言うとか」

それでもいい。人を殴ったり、殴られたりするよりかは、何倍もましだ。

「逃げるのもひとつの手たい。ばってん……」

九蔵の目に厳しい光が宿った。しかしその目に見つめられていると、やけに心地よかった。

「男には〝いざ〟いう時がかならずある。そん時に逃げた者は、二度と本気で戦えんようになる。逃げて逃げて逃げつづけて、なんもかんも人のせいにするようになる。そげんなったら男は終わりぜ」

男には逃げてはならない時がある……。

「どげんすっとやった」

小さな声で問う。

九蔵が小首を傾げる。

心太は右手を握りしめた。

「どうすればよかとやったっけ」

言いながら九蔵の胸にむかって振るった。ぺちっという我ながら情けない音とともに、分厚い胸板が一度だけ小さく震える。

「なんや、お前は本当に殴り方も知らんかったとやね。そげんかとで本気で殴りよったら相手も自分も妙な怪我ばする。下手したら死ぬばい」

九蔵が己の胸の上にある拳をつかんだ。

「よかか、拳は……」

真剣に教える九蔵の言葉を、心太は素直に聞く。

なんとなく心地よい。

繁作たちのことは、いつの間にか忘れていた。

五

〝沈香堂書店　通称馬さんの述懐　三日目〟

「あの、馬さん」

なんね、えらいあらたまっとるやんね。そげん神妙な顔ばしたっちゃ、誰も心配げなせんばい。

「はあ」

言いたかことがあるとやったら、はっきりと言えばよかろうもん。ぐじぐじしとる者《もん》は、好かん。

「なら言わせてもらいます」

おぉ、なんや。

「いつになったら山笠の話をしてもらえるんですか」

しよろうもん。

「そんな真顔で返されるとは思ってもみませんでした」

なんば驚きよっとかいな。はじめて会った時から、山笠ん話しかしとらんめえもん。おかしかことば言うちゃいかん。

「いやいや、なんだかずっと九蔵さんや月形洸蔵たちの話ばかり聞かされて、馬さんが話すと言っていた山笠には、いったいいつになったら辿り着けるんだろうって……」

心配になったとね。

「はい」

そうね、そげなふうに思うとったとは知らんかったばい。

「そんなに真剣に悩んでくれなくてもいいんですけどね」

あんたが悩んどるごたったけん、あても悩んでみたとやろうもん。

「いや、だからいつになったら」

やったらいまから追い山ん話ばしてやってもよかばい。

「えっ、いいんですか」

ばってん、九蔵や洗蔵さんたちがこの後どうなったかは一個も話してやらん。

「どういうことです」

一番山がこげんやった、二番山はこういうふうに山ば舁きよった、って淡々としゃべっちゃる。

「九蔵さんに、この後なんかあるんですか」

あるけん話しよるとやろうもん。

「月形洗蔵もですか」

月形さんに関しちゃ、あんたも新聞記者やけん少しはわかっとろうもん。

「はぁ、まあたしかに」

あん年の山笠が始まるまでには、なんやらかんやらあったとばい。そんいろいろんおかげで、あてはいまも博多に居《お》るとやけん。そんくらいあん時の九蔵さんは格好よかった。

「なんですか、その勿体ぶった喋り方は」

気になるやろ。

「ええ、多少は」

少しだけなら、もうよか。わかった、あんたん望みどおり、慶応元年の追い山んついて淡々と語っちゃろうたい。

「なんだか目が据わっちゃいましたよ馬さん」

せからしか。黙って聞かんね。

「もしかして拗《す》ねてますか」

うるさか。

「あの、九蔵さんたちのこと知りたくなってきちゃったなぁ……。なんて」

慶応元年六月十五日。例年どおり追い山が執り行われたとばってん、こん年は閏月《うるうづき》があった。

「いきなり目が据わったまま話しはじめちゃいましたね」

こん年の追い山は、始まる前にいろいろあったけん、少しばかり皆が浮足立っとった。

「いろいろとあったたって、いったいなにがあったんですか」

教えちゃらん。

「なんでです」

あんたがいまさっき、そんいろいろは知りとうなかって言ったばかりやろうもん。

「あっ」

あては山笠と関係のなか話ばしたつもりはなかばい。そいば勝手にあんたが関係ないって思うてからくさ。さっさと追い山んことば話せて言うけん、あてもこうやって淡々と話してやりようとやなかね。

「わ、わかりました。そんなに怒らないでくださいよ」

怒っとらん。

「いや、めちゃくちゃ唇が尖ってますよ」

…………。

「私が悪かったです。すみませんでした。だから機嫌直してくださいよ」

…………。

「馬さんってば」

…………。

「九蔵さんの話、聞きたいなぁ」

…………。

「風馬って人のことも気になるなぁ」

ぬっ。

「だってあの人、大坂の人なのにどんどん博多に馴染んでいっちゃってて、長崎にはいかなくていいのかなぁ」

そいにもちゃんとした理由があるとばってん、あんたには教えちゃらん。

「知りたいなぁ、物凄く知りたいです。馬さんの語り口には引きこまれるからなぁ」

おだてたっちゃ、なんも出てこん。

「知りたいと思ったから、素直にそう言っただけですよ。教えてくださいよ馬さん」

九蔵さんのこともや。

「はいっ」

月形さんたちちんことは。

「もちろん聞きたいですっ」

仕方がなかねぇ。

「お願いします」

そげん言うとなら、聞かせてやってもよかばい。ばってん少し長くなるばい。

「そのためにきたんです。時間はたっぷりありますから」

よっしゃ、じゃあ話してやろうたい。

＊

「よぉっ」

調子のいい声とともに障子戸が開いた。

半分まで開いた障子戸の隙間から、侍がのぞいている。まんまるな目をした愛嬌のある男だった。

隣に座る九蔵に目をむける。風馬の部屋に遊びに来ていた巨体の大工は、侍のほうを見たまま笑っていた。

「円太さん」

九蔵が男の名を呼んだ。すると円太と呼ばれた侍は、嬉しそうに障子戸を開いて土間へと足を踏みいれた。

「家にいったら、奥さんの居りんしゃって、旦那はたぶんここやて言いござるけん」

まるで罪をとがめられた子供が言い訳をするような口調で、円太が言った。

「そげんですか」

答えた九蔵が、風馬のほうを見る。円太を部屋に入れろとの催促の視線。

「あぁ、どうぞ上がってください」

風馬の言葉が終わらないうちに、円太が草履を脱いで畳の上に座っていた。

「中村円太って言います」

「あっ、杉下風馬です」

小さく頭を下げた。

「お武家さんな」

円太が問う。

「大坂から長崎にいく途中の旅の人です」

風馬が答えるより早く、九蔵が言った。

「長崎にいがっしゃるのやったら、なんでこげな長屋におらすとな」

丸っこい目をいっそう大きく開いて円太が問う。

「いや、話すと長くなるのですが……」

風馬は事の起こりから話して聞かせた。円太はすべてを聞き終えると、はばかることなく大声で笑った。

「やったら風馬さんは、足止めば食ろうてござあとな」

「はい」

なんとなくばつが悪くて首の裏を掻く。するとその仕草を見て、またも円太が大声で笑った。

「なにが可笑しいんですか」

「いやあ、なんとなく風馬さんのことば見よったら可笑しゅうなっとです。気に障ったとなら、謝ります。すんまっせん」

「気にしないでください」

掌をひらひらさせながら、風馬は首をすくめて照れ笑いを浮かべた。

なんとなく怒る気になれない。邪気がないというか、悪気が感じられないというか。侍のくせに偉そうじゃない。とにかく円太という男には、人を不快にさせないなにかがあった。

「こんな所にいてよかとですか」

九蔵が問う。

「あれ、話しとったかい」

うなずく九蔵に、円太が舌を出す。

「あっちゃ、そうかい九蔵は知っとったとな」

「櫛田神社の境内で、円太さんが自分で話したとでっしょうもん」

そこで円太が、風馬に目をむけた。さっきまでの無邪気な瞳ではない。すこし殺気をおびた目つきに、風馬は一瞬、戸惑った。

「大丈夫です。こん人は心配なかです」

「お前がそげん言うとなら、信用しちゃる」

ふたたび円太が人懐こい笑みを浮かべた。それから風馬にむかって、小さく辞儀をする。おそらくさっきの目つきを謝っているのだろう。

「俺《おい》は脱藩ばしとるのって、本当なら博多ん町にきちゃならんとです」

「本当なんですか」

風馬は九蔵を見て問うた。

「こん人は嘘ば言う人やなかけん、間違いなか」

「だったら、こんな所を御上《おかみ》に見つかったら、この人だけじゃなくて、私たちもただじゃ済みませんよ」

円太が掌を風馬にむけて、への字口になる。そして芝居じみた口調で語りはじめた。

「その点に関しては心配ご無用っ。某《それがし》には加藤司書っちゅう藩の重役と、長州からの客人である御公卿衆がついており申す。小役人に見つかったところで、如何様《いかよう》にもなりまするよって其処許《そこもと》にはいっさい迷惑はかけ申さず」

無理に科白《せりふ》のような口調で喋るから、声がかなり上ずっている。風馬は苦笑いを浮かべながら、呑気な脱藩者を眺めていた。

「心配無用っち言いよるばってん、そいでも見つかったらただじゃ済まんっちゃなかとですか」

九蔵が問う。円太は風馬から顔を逸らして、友へと目をむけた。そしてまたも芝居がかった大袈裟な調子で、うなずいてみせる。

「たしかに危ないとは事実やが、そいけんっていうて国ん外で黙っとるわけにもいかんとぜ」

「はあ……」

九蔵は得心がいかぬといった様子でうなずいた。

「相変わらず政《まつりごと》んこたあ、ぜんぜん知らんとやなお前は」

「俺は政んこたあわからんばってんが、祭んことならなんでん知っとりますよ」

「そいは知っとる」

煤けた天井を見あげて円太が笑った。

「あの……」

風馬はふたりに割って入るようにして声を吐いた。ひとしきり笑った円太が首を傾げてうながす。その誘いに乗るように、風馬は素直に問うた。

「黒田家で、なにかあったんですか」

「あったっ」

畳を激しく叩き、もう一方の手をあげる円太。掲げた腕の先で人差し指が風馬の鼻先をさしていた。

「風馬さんは、幕府と長州が戦をしよったとは知っとるとな」

「それくらいはさすがに知ってます」

博多の町にも兵糧や草鞋などの負担が課せられた。九蔵はいまひとつ理解できていないようだったが、奥方がいろいろとやりくりして負担したのであろう。

「あん戦の結果は知っとるとな」

「たしか長州が幕府と和議を結んだとか」

「まあ、和議っていうか屈服っていうか。とにかく長州は幕府に頭ばさげた。そん時の条件として、先年の政変で都を追放されとった公卿衆ば……」

そこまで円太が言った時、目だけが九蔵を見た。つられるように風馬も、円太の視線を追う。

九蔵はささくれだった畳に両足を投げだし、いかにもつまらないといった様子で、ぼんやりと虚空を見つめていた。欠伸《あくび》をしたらしく、目には涙がにじんでいる。

「つまらんとな」

「ぜんぜん面白なかです」

九蔵は言いきった。

「相変わらずお前は気持ちよかなあ」

「俺はぜんぜん気持ちようなかです」

言って九蔵はすこしだけ頬を膨らませた。

二人はどこか似ている。

「いまこん国は動きよるとぜ。祭なんかより政んほうが何倍も面白かぜ」

「生まれてからこいまで俺ぁ、山笠よりも面白かもんに会ったことはなかとです。多分、これからもずっと死ぬまでそうやと思うとばってん」

「そいはお前が外ん世界ば知らんけんやぜ」

気持ちいいくらいにはっきりと言われ、九蔵はあからさまに不機嫌な顔になった。それを円太は面白がっているようで、口許に笑みを浮かべたまま眺めている。

「九蔵よ。俺はお前が侍やったらよかったたって思うとぜ」

「けっ」

九蔵が鼻で笑う。

円太は上機嫌なままつづける。

「こん国にとって黒田は、これからもっと大事な場所んなる。攘夷派の公卿たちが筑前におるっちゅうことは、こん藩が攘夷の中心になるっちゅうことぜ」

「やけん、俺にはまったくわからんことやって言いよるやなかですか。そいに俺はそげなことはひとつも知ろうって思わんとですよ」

「まあ聞け九蔵」

まるで兄のように円太が語る。

風馬の見たところ、二人はそれほど年が離れていない。しかし熱心な語り口が、円太を十ほど年上に見せている。そのせいで膨れる九蔵が幼く見えた。

「今回の幕府の長州征伐で、黒田藩は大いに働いた。お前の知っとる月形さんも、長州の偉か人たちと頻繁に会って、公卿たちば筑前にかくまう約束ば取りつけたとぜ。いまや月形洗蔵って名前ば知らん攘夷派の者《もん》らはおらん。そんくらいの名になっとうとぜ。お前もそげんか働きばしたいって思わんとな」

「思わんです」

声に圧をこめ、九蔵が断言してみせる。円太はまったく動じない。

「お前んごたる男が、国んためにに働かんとはもったいなか」

「買いかぶりすぎとるっちゃなかですか」

「いいや、俺は正直な気持ちば話しよるだけぜ」

円太の熱い視線が九蔵を射る。めずらしく臆した九蔵が、目を逸らすように天井へと顔をむけた。

「こん藩ば出て、俺と一緒にこの国んために働いてみんな」

円太は真剣だった。

九蔵の顔つきが険しくなる。

張りつめた空気のなか、風馬は黙ってふたりのやりとりを見守った。

「お前の度胸と腕っぷしがあれば、百人力ぜ。俺といっしょにこん国ば動かそうぜ」

「円太さんがこげんせからしか人っちゃ思うとらんかったです」

天井を見つめたまま、九蔵が吐き捨てるように言った。

「俺は真剣に」

「もうよかやなかですか」

九蔵がこれ以上の問答を拒む。それきり話さなくなった友を円太はしばらく見つめていたが、眉間の皺を消し口許に微笑をたたえると、小さな溜息を吐いた。

「こん町ののぼせもんは、かたくなでいかんぜ」

肩をすくめた円太が立ちあがって框へとむかう。するすると草履を履くと、振り返らずに障子戸まで歩く。そして戸を開いて敷居をまたいだ時、肩越しに九蔵を見た。

「しばらく博多ん町におるけん、またくるぜ」

「いつもんごたる馬鹿話なら、付き合《お》うてもよかですよ」

障子戸が閉まる直前、天井を見ていた九蔵の視線が、円太へとむけられる。

これが、九蔵が円太を見た最後となった。

*

久方ぶりの帰郷。

月形洗蔵は、福岡城下の自邸へ戻り、骨身に染みている疲れを幾何《いくばく》なりと晴らそうとしていた。自室の文机の前に座り、瞑目《めいもく》して思索にふける。そうすることで、張りつめていた心を少しずつ解きほぐしてゆくのだ。

昨年の末から、働きづめであった。

幕府の長州征伐をどれだけ早急に収束せしめるか。

それだけを考えひた走った数ヶ月であった。

禁門の変に端を発した長州征伐は、九州と四国、そして長州の近隣諸国を巻きこんでの大《おお》戦《いくさ》の様相を呈した。しかし禁門の変と西洋諸国との戦によって疲弊しきっていた長州には、とてもではないが大軍と戦えるような体力はなかった。

黒田藩は藩主長溥を先頭に、幕府との講和を長州に斡旋するという目的にむかって突き進むことを決める。しかし黒田藩は、長州征伐にも名を連ねている身。表立って講和の斡旋を行えば、公儀に要らぬ勘繰りをされるかもしれない。

そのため、裏で動く人間が必要になった。

洗蔵は藩の重役たちから直々《じきじき》に命じられ、この役を任されたのである。

長州はこの時、俗論派と正義派の苛烈な主導権争いの真っ只中であった。一時は高杉晋作たちの正義派が藩主の心を動かし、表向きは幕府への恭順を示しながらも軍備増強を進めてゆくという方向に藩論は傾いたのだが、俗論派に井上聞多《いのうえもんた》が襲撃されたのを機に、藩論は一気に俗論派の徹底恭順へと染まっていったのである。

どんな犠牲を払ってでも幕府の許しを得ようという俗論派は、禁門の変の指揮をとった家老三人に腹を切らせ、その首を幕軍の総督府のある広島へと送った。これによって幕府は総攻撃を延期。講和の条件を長州に突きつけたのである。

長州藩主父子の伏罪状《ふくざいじょう》の提出。

山口城の破却。

三条実美ら五人の公卿の他藩への移転。

すべてを完璧に遂行しなければ、総攻撃をかける。幕府はそう長州に迫った。

この間、黒田藩は長州に対し、幕府と争うことは得策ではないと熱心に説いた。必要ならば我が藩が間に立つとまで言って、説得をつづけたのである。その甲斐もあって、緊張は少しずつ和らいでゆく。

藩の上役たちが表立って動くなか、洗蔵も策を講じた。

長州の親藩である対州《たいしゅう》藩と連携を取り、密使を遣わした。密使たちは長州藩主毛利敬親との面会を果たす。禁門の変において相剋《そうこく》の間柄となった薩摩と長州の二藩の和解こそが、講和への近道。そう考える洗蔵の意見を、敬親は聞き届けた。そして密使たちは、薩摩とのことは黒田藩に任せるとの答えを、藩主から引き出すことに成功する。

その後、洗蔵は筑豊《ちくほう》に滞陣している諸藩の長《おさ》たちへ使者を送り、解兵を進言した。当初から兵を出すことに乗り気ではなかった諸藩から、前むきな答えを引き出す。

着々と講和にむけての話が進んでゆくなか、最後に残った問題が、五卿の移転であった。

幕府は黒田、薩摩、柳川《やながわ》、久留米、佐賀の五藩に、公卿を一人ずつ受け持たせるつもりであった。しかし俗論派が実権を握ったとはいえ、若者たちの多い正義派の声は強く、攘夷の旗頭ともいうべき五人の公卿を藩外にだすことを阻止せんとする動きもある。そのうえ公卿たちは公卿たちで、五人が離れるのは耐えがたい、長州を出るにしてもひと所へ、などと言いだし話が一向にまとまらない。

二転三転する公卿問題に業を煮やした黒田藩家老の大音因幡《おおおといなば》は、ついに洗蔵の長州行きを命じた。

洗蔵は十二月一日、長州に入る。その道中、小倉に逗留中の薩摩軍の長である西郷吉之助《さいごうきちのすけ》と会談。長州への穏便な処置と、五卿問題について話しあった。

洗蔵は長州に入るとすぐに五卿と面会。このまま五人が長州に留まりつづけていると、かならず戦がはじまると力説。洗蔵の熱意に折れた三条実美は、長州を離れることを承服。しかし五人が分散することについては拒んだ。

十二月の間、洗蔵は仲間たちとともに長州の正義派の面々で構成された奇兵隊や遊撃隊、力士隊などを説得してまわった。五卿の移転を強硬に拒んでいた彼等も、講和の道はそれしかないと次第に態度を軟化させてゆく。

藩がこのまま俗論派によって骨抜きにされてしまうのを憂慮した高杉晋作が遊撃隊と力士隊の八十人あまりと挙兵したのは十二月十五日のことだった。俗論派の専横《せんおう》と戦う晋作であったが、公卿の問題については洗蔵たちに任せるという姿勢を取る。

長州を逃れ筑前へと辿り着いた晋作を、洗蔵は平尾山荘にかくまった。その時の恩を、晋作は忘れていなかったのである。

幕府が諸藩に解兵を命じたのは、十二月二十七日のことであった。

五卿については、まずは五人で黒田へとむかい、折をみて各藩への転居を検討するという形で一応の落着をみた。

明けて正月十四日。五人の公卿は黒田へとむかい、一旦宗像《むなかた》の赤間《あかま》に落ち着く。それに同道した洗蔵は、彼等を赤間に残しひとまず自邸に戻った。

禁門の変から公卿たちの筑前入りまでを頭のなかで反芻《はんすう》すると、この数ヶ月が尊王攘夷にとってどれだけ重大な期間であったのかに改めて気づかされる。

攘夷の急先鋒であった長州藩は賊軍の汚名を着せられ、幕府への恭順を示した。尊王攘夷実現のために朝廷内を奔走していた公卿たちも、都から遠く離れた黒田に追いやられて監視の目にさらされている。

尊王攘夷の火は消えたのか。

否《いな》。

これからは黒田が先頭に立つ。

公卿たちを他藩に分けるつもりはない。このまま黒田に留め、攘夷派の志士たちとの交流をつづけさせる。

長州の藩論をもう一度尊王攘夷に染めるため、晋作はいまも戦っていた。彼が勝てば、長州もかつての意気を取り戻すはずだ。それまでは黒田で攘夷の思想を温めつづけなければならない。

問題は山積みだ。

黒田の勤王党の力は弱い。藩の実権はいまも家老たちに握られている。今回の活躍で加藤司書を筆頭とする勤王党の発言も力を持つようになるだろうが、それもどこまで有効か。

藩内の保守派と攘夷派の暗闘がつづいている。そしてそれは、公卿たちの扱いという問題となって、目に見える形であらわれていた。

長州にいた頃は、貴人として扱われていた公卿たちだったが、黒田藩は彼等を罪人と断じ、それ相応の扱いをした。門戸を固く閉ざし、公卿たちへの従者の出入りを禁じ、飲食の膳も旅人に供するものを使っている。

すべては藩の実権を握る保守派の家老たちの差し金であった。

筑前勤王党にはまだまだ力が必要である。

脳裏にふと九蔵の顔がよぎった。

晋作が彼を見た時の言葉を思いだす。

〝この町の男たちは、なかなか面白そうではないか。月形君、あれはよい駒になるぞ〟

実際、晋作は志があるならば貴賤の別は問わないと、民からも広く兵を募って奇兵隊を組織した。そしてそれは遊撃隊や力士隊へと広がり、彼の強力な力となっている。

九蔵のような博多の若者たちを尊王攘夷の思想のもとに結集することができれば、これほど心強い味方はない。元来、彼ら博多の町人たちは気性が激しく、一本筋の通った者たちが多い。山笠ともなればその力がひとつに集まって、あれほど巨大な山をいともたやすく担いでみせる。

「のぼせもん」

暗い部屋でひとり、洗蔵はつぶやいた。

「洗蔵様」

藍色に染まる障子のむこうから老齢の侍女の声が聞こえた。言葉をうながすように返答の声を発すると、長年月形家に仕える忠実な女は、障子戸を開けることなく穏やかな口調で語りかけてきた。

「藤《ふじ》様という方がお見えでございます」

「通せ」

言うと女の気配が消える。

藤四郎《しろう》。

脱藩した元黒田藩士である。尊王攘夷の志を同じくする仲間だ。中村円太同様、政変によって都を追放された公卿たちを頼って長州にむかったが、同郷である平野國臣らの挙兵に参加。敗北するとふたたび長州に戻り、奇兵隊に加わった。

五卿が黒田に下ることを知ると、それに従い密かに故郷に戻っている。

四郎は脱藩した大罪人だ。城下を訪れることは、みずからの身を危うくする行為である。月形は不穏な気配を感じ取っていた。

「お連れいたしました」

先刻の侍女が言った。入れと声をかけると、静かに障子戸が開き、廊下に控えていた粗末な身形《みなり》の浪人が月形の自室に入って頭をさげた。

「四郎か」

「はっ」

顔を伏せたまま四郎が答えた。

声が震えている。やはりなにかよくないことが起きたのだ。

「なにがあった」

「円太さんが」

そこで四郎が声を詰まらせた。

「どうした、円太になにかあったのか」

晋作が長州に戻る際に同行していた円太が、ふたたび黒田に入っているという報せは受けていた。

円太は、四郎のようにみずからの分《ぶん》をわきまえて行動するというような男ではない。話に聞くと、今回は長州で馴染みになった女ふたりを連れて戻ってきたらしい。女たちをともない、太宰府への参詣を行ったという話も聞いた。

そんな円太を危ぶんだ勤王党の面々は、再三彼に忠告をしたという。しかし円太は聞かず、それどころか仲間たちに金の無心をしたそうである。若い仲間たちのなかには円太には死んでもらったほうがいいという者までいた。保守派との間で睨みあいがつづいている最中である。円太が捕えられれば、敵に格好の餌を与えることになる。それをおそれての皆の焦りである。

「言わっしゃい」

語気を強めて問う。

「円太さんが死にました」

一番おそれていた言葉を四郎が吐いた。

「誰に殺《や》られた」

「わからんとです」

「なにがあった」

「は」

眼に殺気をこめて四郎を睨む。

「変装もせん、女ば連れて堂々と町ば歩く。そげな円太さんのことば、勤王党の皆が心配しとったとです」

「そいは知っとる」

ぶっきらぼうに告《つ》げた。四郎は答える代わりに話をつづける。

「見かねた森《もり》さんたちが円太さんの宿に十数人で押しかけたとです」

森安平《やすへい》。若い勤王党員である。

「殺しにいったとか」

洗蔵の問いに、四郎の影が首を左右に振った。

「森さんはこんままでは円太さんが捕吏《ほり》に見つかるのも時間の問題のって、とにかく遠方に逃がそうっち思いなさって、直接談判にいったとです」

「そいがなんで死ぬことになっとな」

「十数人で押しかけた森さんたちのあまりの熱意と、自分ば思ってくれとる気持ちに感激した円太さんは、博多ば離れることを承知したとです」

「だからどうしてそれで円太がっ」

「最後まで聞いてくれんですか」

洗蔵の荒ぶる言葉を、四郎の声が断ちきった。漆黒の影となった四郎の肩が震えている。

「お願いですけん、最後まで聞いてつかあさい」

泣いている。

「最後まで」

四郎が顔を伏せる。畳の上に涙の滴が落ちるたびに微かな音がした。不規則に鳴るその音が、降りはじめの雨のようで、やけに物悲しい気持ちにさせる。

「わかったのって、もう泣かんでよか」

言った洗蔵も嗚咽《おえつ》をこらえるのに精一杯だった。

「黙って最後まで聞く。だから話さっしゃい」

「わかりました」

四郎はうつむいていた顔をあげ、洗蔵に目をむけたようだ。侍女が灯明《とうみょう》を持ってきたが、部屋に入れずにさがらせた。

四郎が肩で大きく息をしてから、ゆっくりと話しはじめる。

「勤王党の皆は、円太さんば町から逃がそうって思うて、博多ん浜まで連れていったとです。やけどあいにくの引き潮で、船が出せんやった。ひとまず宿に帰ろうってことになったとですが、円太さんが小便って言うて一人で松並木んなかに入ったとです」

「見張りん者は付けんやったとな」

円太は天真爛漫な男である。皆の隙を見計らって逃げだすということも十分に考えられた。

「そんことに勤王党の皆も、すぐに気づいたとです。円太さんが消えてから、そげん間の空いとらんうちに急いでむかったとです。そいなのに」

そこで四郎が口籠った。

「殺されとったか」

「はい」

「死骸はあったか」

「はい」

それだけ言うと、四郎は黙った。嗚咽が闇に包まれた部屋に溢れて溶けてゆく。若い志士の泣き声だけが響くなか、洗蔵は考えている。

誰が殺したのか。

一番疑わしいのは保守派である。

しかし。

脱藩した円太が密かに博多に戻ってきて公卿たちに会っていたとなれば、これは勤王党へ打撃を加える格好の手札《てふだ》となる。それをむざむざ殺してしまい、そのうえ死骸を放っておくとは考えられない。どういう存念があったのかと思索をめぐらせてみても、保守派の思惑がいっこうに見えてこない。

保守派の仕業ではないとしたら、いったい誰が円太を殺したのか。

勤王党の誰か。

いや。

森たちは逃がそうとしたのだ。

円太は同志である。博多の町を堂々とうろつきさえしなければ、なんの問題もない。円太も博多を脱することに同意したのだから、殺す必要はなかった。

「円太はいまどこにおるとな」

「報光寺《ほうこうじ》っていう寺に、皆で運びこみました」

下手人が判明しないとなれば、円太の死を穏便に済ませるしかなかった。

「円太は殺されたとやなか」

「えっ」

驚きの声をひとつ吐いて、四郎が顔をあげた。

「尽忠報国《じんちゅうほうこく》の士、中村円太は己の不徳を恥じ、腹を切ったとぜ。あいつは小便の最中に殺されるような男やなか。報光寺におる者らに伝えろ。円太は腹を切ったって大目付に報告しろって。腹ば切ったとやから、とうぜん介錯《かいしゃく》ばしたことんなる。円太の首ば落として、そいも届けでろ。俺もすぐいく。お前は先にいがっしゃい」

「わかりました」

答えてもなお四郎は立ちあがろうとしない。

「早ういがっしゃいっ」

洗蔵の一喝《いっかつ》が、若き志士の身体を突き動かす。這うようにして障子戸を開き、四郎が出てゆく。

端坐《たんざ》したまま洗蔵は目を閉じた。

「なぜ死んだとな円太」

屈託のない子供のような笑顔が瞼の裏に浮かぶ。

頬に湿った熱を感じながら、洗蔵はただ天を仰いだ。

＊

「お主《ぬし》のおかげで上手くいった」

それは重畳《ちょうじょう》至極。

「浮かぬ顔だな」

脱藩浪人ひとりを斬ったくらいで、この藩がどうなるとも思えませぬが。

「わかっておらぬようだな」

暗殺などという卑怯な真似をして、この藩を掻き乱そうとすることで、我らになんの益があるというのか。某はわかりたいとも思いませぬ。

「あの男が死んだことで、勤王党は家老どもに疑いを持つ。そしてそれは憎悪となってあらわれる。若い下級武士たちから、わけのわからぬ嫌悪の情をぶつけられた家老どももまた、勤王党を憎悪しはじめるはず。そうなれば、この藩はふたつに割れる」

すでにこの藩はふたつに割れておりまする。それに、その程度でこの藩の下級武士たちの攘夷の志を断絶させうるとは思えませぬ。

「当たり前であろうが。これは手始めよ。これからますます、お主には働いてもらわねばなるまい」

できることをやるのみにござる。

*

角に石を並べて補強された土の階段を、洗蔵は一歩一歩踏みしめながらおりてゆく。おりた先にある細い路地の両側に、粗末な長屋がつづいている。金屋町の長屋。ここに九蔵が住んでいる。

夕刻であった。陽が落ちるのが早い一月の空が、紅く染まっている。あと半刻もすれば、辺りは闇に包まれるだろう。

長屋の場所までは知っていたが、九蔵の家がどれなのかはわからない。誰かに聞くつもりだ。一番手前の長屋を訪ね、そこの住人に問えば済むことである。

ちょうど階段を下り終えたところで、数軒先の障子戸が開き、なかから男が出てきた。

「あっ」

男は洗蔵の顔を見た途端、素《す》っ頓狂《とんきょう》な声をあげた。見た顔であるが、名前までは思いだせない。たしか大坂あたりの医者の息子だったはずだ。柳町で勤王党の仲間たちと古渓町の若者が揉めた際、九蔵に助け舟を出した時に一緒についてきた男である。

男が笑みを浮かべ近づいてきた。

「月形さんですよね」

「其方《そなた》は」

「風馬です。杉下風馬」

気さくな調子で男は名乗った。そういえばそういう名であったくらいの記憶しか、洗蔵にはない。

「九蔵さんに会いにきたんですか」

「やけど家がわからんでいまから誰かに聞こうて思うとったところやった」

「だったら丁度よかった。私も九蔵さんの家に用があったところなので、一緒にいきましょう」

そう言って風馬は振り返って長屋の奥へと歩きだす。そしてある障子戸の前で立ち止まると、洗蔵へ目をやった。ここですという合図であろう。風馬は一度うなずいてから、ふたたび障子戸のほうへと顔をむけた。

「すみません」

「はぁい」

戸のむこうから女の声がした。開いた戸から顔だけを出して風馬を見た女は、おそらく九蔵の妻であろう。

「あら先生」

女が気さくに言った。

「心太さんがこれを忘れていったので届けにまいりました」

懐から紙の束を取りだし、風馬は女に手わたす。紙には子供が書いたようなつたない文字が書き連ねてあった。

「いつもすんません」

そう言って笑う女を前に、風馬が頭の裏を掻く。

「九蔵さんはいますか」

風馬が問うと、女は障子戸のむこうに顔を隠した。

「なんね先生」

九蔵が小路に姿を見せた。

「お客さんですよ」

風馬が洗蔵に顔をむける。それにつられた九蔵と目があった。

「どげんしたとですか月形さん。こげな所にくるとか」

駆け寄ってくる九蔵が笑っている。洗蔵は笑う気にはなれなかった。その険しい表情を見た九蔵が、なにかを悟ったように口許を引き締める。

「なんかあったとですか」

「ちょっと一緒に出らんな」

「よかですよ」

言った九蔵が振りむいて風馬を見た。童顔の医者の息子は、目を輝かせながら洗蔵に視線をむけている。それを見た九蔵が、風馬に告げた。

「ごめんばってん、今日は黙って帰ってくれんね」

「えっ、いやいやいや」

風馬が掌をひらひらさせる。

「気を遣わせちゃったみたいで、すみません。それでは私は帰りますね」

そそくさと小路を歩く風馬が、洗蔵の脇をすり抜けて、さっき出てきた障子戸を開いて部屋のなかへと消えた。

「どこにいきまっしょうか」

「浜はどうだ」

「よかですね」

笑った九蔵が、洗蔵の前を歩きだした。

冷たい水面を撫でた風が全身を抱く。身体の心《しん》まで凍えそうなほどの寒さにも、洗蔵は震えひとつ起こさなかった。前に立ち、押し寄せる波を見ている九蔵は、己の肩を抱きながら小刻みに身体を揺すっている。

「やっぱ冬の海は寒かぁ」

洗蔵が放つ剣呑な気をはぐらかすように、九蔵がほがらかな声を吐いた。

「で、なんがあったとですか」

背中をむけたまま九蔵が問う。

「円太が死んだ」

九蔵は黙ったまま海を眺めている。さっきまで小刻みに揺れていた身体が、洗蔵の言葉を聞いた途端に固まった。しばしの間、二人とも黙ったまま海を見つめた。浜を濡らして大海に戻ってゆく波が、ざあざあという音を放ちつづける。宙を舞う鳶《とんび》が甲高い声で啼《な》いた。

それをきっかけにしたように、九蔵がゆっくりと言葉を吐く。

「なんで死んだとですか」

「殺された」

「誰に」

「わからん」

ふたたび沈黙がふたりを包む。

口を開いたのは洗蔵のほうだった。

「円太が博多に戻っとったとは知っとったとな」

「知っとりました」

九蔵は振りむかない。声に動揺の色はないが、少しだけ沈んでいるように思えた。泣いていないことだけはたしかである。

「あいつは脱藩者ぜ。どげん長州の者や公卿に気に入られとるって言うても、博多ん町を堂々と歩きまわるとはいかん」

「めんどくさか話やなかですか」

「それが世間っちいうもんやなかとな」

「つまらん」

吐き捨てるように九蔵が言った。

洗蔵はつづける。

「脱藩者のあいつば、俺ん仲間たちは密かに逃がそうってした。円太も承服してこん海から船で藩の外に出そうってした。やが、仲間たちがちょっと目ば離した隙に、あいつは誰かに刺された」

藩にはすでに円太は切腹して果てたと届けでている。しかし、九蔵には真実を語ろうと決めていた。

「じゃあ、円太さんはこん浜で殺されたとですか」

「ああ」

九蔵が海から目を逸らした。うつむいている。頭を隠す背中がわずかに震えていた。

「なんばしよっとですか月形さん」

声がくぐもっている。

「あんたたちがちゃんと円太さんば見張っとったら、あん人は死なんでもよかったとでしょうもん」

「お前ん言うとおりぜ」

九蔵が振り返った。洗蔵を睨む目が紅く染まっている。震える頬を涙が伝う。

「脱藩とか面倒臭かことば言うて、人ば縛りつけようとするけん、死なんでもよか人が、死なないかんとでしょうもん。したかことがあるとやったら、させてやりゃよかろうもん。藩とか侍とか町人とか百姓とか、そげなもんで縛りつけるけん」

そこまで言って九蔵は顔を伏せた。苦悶の声が、喰いしばった歯の隙間から漏れている。

洗蔵は一歩も動かず九蔵を見つめつづけた。凍えそうな風にも負けず、腹の底から気に満ちた言葉を吐きだす。

「お前の言うとおりぜ九蔵。こげな決まりごとがあるけん、円太んごたる者が殺されなならん」

九蔵は黙って聞いている。

「こげな世は、なんとかせにゃいかん。こん国ば真剣にどげんかしようて思う者が死なないかんとは、ぜったいに間違っとる。そうやなかな九蔵」

「俺にゃ、難しかことはわからんです」

「いいや、お前にはわかっとるはずぜ。わかっとるけん、さっきのごたる言葉が出たとやなかとな」

きっと円太なら、この男とともに働きたいと思ったはずだ。きっとそうだ。なぜなら洗蔵自身がそう思っているから。九蔵ならば、尊王攘夷の志士として満足にやれるはずだ。この男を導くことが、死んだ円太への慰めになる。

「長州じゃ百姓や町民でん、志があれば戦える。本当に国ば思う者なら、身分なんか関係なかとが長州っちゅう国ぜ」

「志やら俺には無か」

「無かとなら与えてやるのって、俺と一緒に戦わんか九蔵。筑前だっちゃ、長州んごたる国になれんことはなか。そいができるとは、お前んごたる町人が、俺の力になってくれてこそやと思うとぜ。どげんな九蔵」

ふたたび九蔵が背をむけた。海を前にして天を仰ぐ。

洗蔵は目の前にある広い背中を押すように、無心で言葉を紡いでゆく。

「博多んのぼせもんたちの力は俺がよう知っとる。山ば昇きよる時のお前たちに、俺はいつも驚かされとるとぜ。そんお前たちが、山笠じゃなく国んために力ば発揮するってことになったら、どんだけ心強い味方んなるか。それば思った時、俺ん心は芯から熱うなってくるとぜ」

気づけば一歩踏みだしていた。

「円太んごたる者ば殺した幕府は倒さにゃいけん。俺と一緒にこん国ば一から作り直し、夷狄ば追い払うために戦わんか」

九蔵が肩越しに洗蔵を見る。

「こん国が新しゅうなるっちいうことは、侍が無くなるっちことやなかですか」

「そうぜ。侍も町人も百姓も無くして、誰もがやりたいことば素直にできる世の中にするっちいうことぜ」

洗蔵にむけられた視線が研ぎ澄まされる。

「そげなことんなったら、月形さんは侍じゃなくなるとでしょう」

「そうぜ。お前も町人やなくなるとぜ」

洗蔵は熱に浮かされていることを自覚していた。心地よい熱に身も心もゆだねながら、九蔵と相対している。

「どうや、自分の志を押し殺すこともない、円太んごたる者が責められることもない。そげな世の中が来るとぜ」

「俺ぁのぼせもんって言われんごとなるくらいなら死んだほうがよか」

九蔵の言葉が理解できなかった。洗蔵が口籠ったのと同時に、背をむけていた九蔵が振り返る。

「月形さんは侍って言われんごとなってもよかかもしれんですが、俺はのぼせもんって言われんごとなるとだけは死んでも嫌とです」

「なんば言いよるとな」

「国んこととかどうでもよか。俺は山笠があればそれで十分とです」

やけに醒めた口調で語る九蔵を前にして、不意に怒りを覚えた。

「そげんか小さかことば、まだ言いよるとな」

九蔵の右の眉が上下した。いつの間にか眉間に皺が寄っている。

「月形さんにとっちゃ、山笠は小さかことかもしれまっせんが、俺には命と同じくらいの意味んあるとです」

ゆっくりと九蔵が近づいてきた。感情を面《おもて》に出していないくせに、怒っているのがわかる。

臆せずに語る。

「山笠はしょせん祭やなかか。あろうがなかろうが、国の行く末にはなんの問題もなかことやなかか。そげんかことよりも大事なもんのために命ば懸けるとが、本当の男やなかか」

目の前まで近づいた九蔵が、怒気をはらんだ視線をむけてくる。

「男っちゅうとがどげんか者かは、自分で決めるもんや無かですか」

「九蔵」

しばらく睨みあった後、九蔵がすっと身体をさばいて洗蔵の脇を通りぬけた。

「円太さんの墓に案内してくれんですか」

背をむけたまま九蔵が言った。浜から遠ざかるようにゆっくりと歩を進める友に、洗蔵は喉から声を絞りだす。

「俺は諦めんぜ」

「こん話はもう止《や》めにしてくれんですか。そいより早う円太さんの墓に連れてってくれんですか」

六

ひと月前に同朋が死んだとは思えぬほど、仲間たちはやかましく騒いでいた。酒の匂いと笑い声が渦巻く広間のすみで、月形洗蔵はひとり黙って盃をかたむけている。寄ってくる者はひとりもいない。ゆるい殺気を発散しつづけているのだから、無理もなかった。

この席に不服があるわけではない。

今日は筑前勤王党が大きな一歩を踏みだした大事な日である。が、素直にそれを喜べないのは、円太の死が洗蔵のなかで大きな傷として残っているからだ。

いまだに下手人がわからない。保守派の仕業であるという証拠はひとつもなく、仲間の暴発を匂わせるような報告もない。まったくべつの筋を考えてみたものの、どれもが推測の域を出ないものばかり。円太は誰に殺されたのかがはっきりするまでは、安心することができない。いつまた誰かが、犠牲になるかもわからないのだ。だから、目の前の仲間たちのように、酔って馬鹿騒ぎする気になれなかった。

しかし、今日が喜ばしい日であることは間違いない。

元治二年（一八六五）二月十二日。

加藤司書がついに家老になった。それにともない勤王党の面々も、さまざまな役職を得ることになった。かくいう洗蔵も、町方詮議役《まちかたせんぎやく》に任ぜられている。

藩主に対する不敬行為によって一度は蟄居まで命じられた己が、ふたたびこうして藩政の一角を占めることができるということは、普通ならばあり得ない。それを可能にしたのは、長州征伐での勤王党の働きだ。

黒田内で争う保守派と勤王党を、こころよく思っていない藩主の長溥。公武合体寄りの長薄であったが、今回の司書や洗蔵たちの働きはさすがに認めざるを得なかった。その結果、多くの勤王党の同志たちが、藩政にかかわることになった。

黒田の思想を尊王攘夷に統一するという洗蔵たちの野望は、実現へと大きく踏みだしたのだ。だからこそ仲間は騒いでいる。べつにそれが悪いと言っているわけではない。洗蔵自身も今回の抜擢《ばってき》を喜んでいる。

ふと、手にした盃に目を落とす。いつ注いだのかさえ忘れた酒が、紅の縁ぎりぎりのところでゆれている。すんだ酒が右に左にと細波《さざなみ》を描きつづけているのは、己の手が震えているからなのだろうか。上等な酒だ。口に含まずとも、濃い甘さが匂いとなって鼻をおおう。すでに数合呑んでいるのだが、いっこうに酔う気配がない。耳には相変わらず仲間たちの騒がしい声が聞こえてくる。今回、勘定奉行に抜擢された海津幸一《かいづこういち》が、大声で唄っているようだが、あまり聴けたものではなかった。

城から下ってすぐに、司書の屋敷に集って呑んでいる。はじまってから一刻半が過ぎたころだ。辺りはすっかり闇に染まり、広間の方々に行燈《あんどん》が灯されていた。紙に映った焔《ほのお》の明かりが、風もないのに揺らめいている。あれは火が揺れているのだろうか。それとも揺れる心がそう見せるのだろうか。

ふたたび盃へと目を落とした。

やはり酒は揺れている。

いつもなら「俺《おい》はなんをおそれとるとか」

己に問い、一気に酒をあおった。冷たいものが、喉から鳩尾《みぞおち》へとおりてゆく。いつもなら酒の熱が、腹の底でぽっと熱い気を放つのだが、なぜか今日はそれもない。

「どげんしたとな」

目の前に男が座った。司書である。人のよさそうなくりくりとした目が、洗蔵を見て笑っていた。

「近寄んな、近寄ると殺すぜ。そげんか目ばしとるぜ」

「御気にさわったとなら、許してつかぁさい」

「貴公がそげな顔ばしとるんを見るんは、儂らは慣れとるとぜ。自分では気づいとらんかもしれんが」

「某はそげんいつも顔ばしかめとりますか」

司書はうなずいて笑った。近寄りがたかった洗蔵の前で司書が笑ったので、仲間たちがこちらの様子をちらちらとうかがっている。

「皆に気ば遣わせよったとですな」

伏し目がちに言った。その視線の先にあった空の盃に、酒が注がれる。

「そげなことは気にせんで、まぁ吞まっしゃい」

司書も、みずから持ってきた盃に酒を注ぐ。

「今回の五卿の一件、ようやりきってくれた」

そう言って盃をあげる司書に応《こた》え、洗蔵も盃を掲げた。

「こいで儂らん声は大きゅうなった。こいからは保守派ん者らの好きにはさせんぜ。なぁ洗蔵」

呑み干した己の盃に酒を注いだ司書が、洗蔵に銚子をさしだす。まだ中ほどまで残ってぃた酒を喉に流しこみ、酌を受ける。

「司書様」

「あらたまって、なんぜ」

太い眉を大きくつりあげ、司書がつぶらな目を見開く。輝く瞳の力に、洗蔵はわずかに息を呑んだが、気を取り直すとみずからの想いを口にした。

「たしかに殿は我等の働きをお認めになられた。のって、これからは勤王党が藩の政を思うままにできるっちゅうのは、気が早《はよ》うなかですか」

「ほぅ」

司書の目が細くなったが、洗蔵はおそれず語る。

「今日んごたぁ祝いの席で語ることじゃなかとはわかっとるとですが、勝って兜《かぶと》の緒を締めよっちいう言葉もある」

「貴公の言いたかこたぁ、わかっとるとぜ」

洗蔵の言葉を断ち切るように、司書が語気を強めた。

「なぁ洗蔵よ」

目の前の膳を脇にはらい、司書が膝をすべらせて間合いを詰める。たがいの額がつきそうなくらいに近寄ると、洗蔵の肩に手を置く。そしてささやくような声で問うてきた。

「貴公はなんをおそれとるとな」

仲間たちにも聞こえないほどの小さな声である。真剣な眼差しからは、酒気はいっさい感じられなかった。すこしだけ潤んでいるように見えるのは、この男の特徴である。熱をおびた話になると、司書はすぐに涙ぐむ。しかし一度としてその涙が落ちたところを、洗蔵は見たことがない。

「儂にだけ話さっしゃい。ここじゃいけんなら、場所ば変えてもよかとぜ」

洗蔵は仲間たちを見た。いつの間にか二人の周囲から人が消えている。皆が洗蔵たちと距離を取って、思い思いに楽しんでいた。

「これ以上、皆に気ば遣わせても悪か。のって話は手短《てみじか》に終わらせますする」

司書がうなずき、洗蔵は言葉を紡ぐ。

「円太が死んだとは知っとられますな」

「当たり前ぜ」

「では下手人が捕まっとらんことも」

「貴公が知っとることを、俺が知らんわけがなかろうが」

肩から手を離して座り直す司書。洗蔵は酒をあおり、一度大きく息を吐いてから、ふたたび語りはじめた。

「司書様は誰が円太を殺したて思うとられますか」

「わからん」

司書らしい明瞭な答えである。下手人は捕まっていない。保守派の仕業という証拠もない。仲間は信じている。私怨などの線もいまの所は考え難い。となればわからないというのが、もっとも適当な答えである。

しかしこれは卑怯だ。洗蔵は誰が殺したと思うかと聞いている。要は司書の推論を問うているのだ。わからないならわからないなりに、考えうる限りの推理を駆使して答えを明示するべきだ。それを避けたということは、次の司書の言葉は決まっている。

「貴公はどう思うな」

予測どおりの言葉が返ってきた。こうなると答えぬわけにはいかない。

「あくまで某の勘でござるが」

「そいでよか」

司書が大きくうなずく。己が答えを先のばしにしたことなど頭の片隅にものこっていない。

「某は保守派ではない者の仕業やなかかち思うとります」

「なんでな」

「円太が黒田に戻っとることは、保守派ん者らにとっては勤王党を責める大きな手になりもうす。生死の如何《いかん》にかかわらず、円太の身柄は保守派んとって、最大の証拠になる。こいば捨てたまま去るっていうとは考えられまっせん」

司書が納得するように深くうなずく。かまわず洗蔵はつづけた。

「つぎに考えられるんが仲間」

「貴公は同志ば疑うとな」

「司書様が一度も考えんかったとは思えんとですが」

洗蔵はあえて踏みこんだ。司書は言葉を吐くかわりに、ちいさく笑った。沈黙をたもつ司書を見つめ、洗蔵は己《おの》が考えを口にのせる。

「円太は黒田ば出ることに承服しとりもうした。現に森たちの申し出に納得して、船ん乗ろうとしたとです」

「そげんか円太を殺す必要はなかてことな」

洗蔵はうなずきで答え、言葉を繋ぐ。

「円太は同志。黒田ば出るとなら、殺す必要はなか」

「裏切り者がおるては考えられんとな」

勤王党のなかに裏切り者がいて、円太を殺した。たしかにそれも考えられるだろう。普段は清廉潔白を地で行くような顔をしておきながら、腹の底ではそこまで考えている。司書という男の老獪《ろうかい》さに、洗蔵はあらためて感心していた。しかし司書の言には同意できない。

「裏切り者がいるっちなれば、保守派に通じとるてことんなる。やったら円太ん身柄は必要んなるとやなかですか」

「たしかにそうぜ」

「なんで円太は殺され、そんまま捨てられたとか。そいがどうしても腑に落ちんとです」

「持っていく間が無かったとやなかとな」

「たしかにそいも考えられるとですが、もし本当に円太の身柄が欲しかとなら、わざわざ浜で殺さんと、別んところで殺せばよかったとやなかですか」

「保守派は数がおるけん、そいができるっちことやな」

そこまで言って、司書がなにかに気づいた。

「貴公は、下手人は少なかて思うとるとやな」

「おそらく一人か、多くても二人」

司書が黙りこんだ。そしてせわしなく瞳を左右に振って、なにごとかを考えている。

「やから貴公は保守派でん仲間でんなかて言うたとやな」

二人の盃に酒の無いのに気づいた司書が、銚子を取ろうとする。が、洗蔵は一瞬先に手を伸ばし、司書の盃に酒を満たした。そして己の盃に注いでから、ふたたび司書に目をむける。

「保守派でん仲間でんなかて言うとなら、貴公は誰が円太ば殺したて思うとな」

「博多ん町人」

「なっ」

みじかい声をひとつ吐いて司書が押し黙る。しばらく睨むようにして互いを見つめた後、やっとのことで口を開いたのは司書のほうだった。

「なんで博多ん者が円太ば殺さななならんとな」

「私怨でんあったとやなかとでしょうか。そいじゃなかったら、もっと別ん理由があったとでっしょう」

「貴公はなんで町人たちば疑うとな」

「博多ん者らは油断ができまっせん。山笠ん時んことば思いだしてごろうじゃい。のぼせもんて言われとる男どんは、我が物顔で博多ん町ば練り歩きよる。筑前は黒田家のもの。が、町人どんは、博多ん町は自分のものやて思うとる」

司書が黙って聞いている。

「奴らには侍だから手を出さんなんて考えは無かとです」

「無理に町人に目ばむけようてしよるように聞こえるぜ」

司書も愚かではない。こちらの思惑などとっくに悟っている。しかしそれは予測していたこと。洗蔵は構わず、持論を語りつづける。

「博多ん町人たちば黙らせるには、こちらん手駒にするしかなかと思うとです」

「そんためにに円太の死ば利用するてことな」

「はい」

「洗蔵よ」

司書が寄せていた身体をひく。そして、正対するように座ってから、洗蔵を見た。

「貴公は少し焦ってござぁ」

言って口許に微笑を浮かべる司書の姿に、苛立ちを覚え、洗蔵は身を乗りだしていた。

「ここで手駒ば増やしとかんと、勤王党は」

声を荒らげた洗蔵を、仲間たちが見ている。あれほど騒いでいた声もいまはなく、しんと静まりかえった広間のなかで、洗蔵だけが熱を帯びていた。

「落ち着かっしゃい」

司書が腰を起こして、ふたたび洗蔵の肩に手を置いた。そして乗りだしていた洗蔵の身体を、押さえつけるようにして元に戻す。それでも洗蔵は止まらない。

「高杉さんは長州で、身分を問わんで兵を募りんなった。そん力でいまもあん人は戦えとるとやなかですか」

高杉晋作は、長州の実権を俗論派から取り戻すため、いまも彼の地《か》で戦っている。それを支えているのは、晋作がみずから作った奇兵隊たちだ。

顔をしかめた司書が、重そうに口を開く。

「博多ん町人たちには山笠があるとぜ。あん者らは追い山があればそいでよか。そげな者らの目ば開かせるとは、生半《なまなか》なことやなかとやなかな」

「山笠を奪えばよか」

洗蔵はおさえた口調で言う。すると司書は穏やかだった目に殺気をこめた。

「そげなことができるて思うとな」

「今の勤王党なら、できんことはなかて思うちょります」

司書が腕を組んでうつむく。閉じた瞼に皺が寄っている。その連なりは眉間に至り、いっそう深い谷を額にむけて描いていた。二人がただならぬ話をしていることを、周囲の誰もが感じ取っている。

「山笠ば奪ってどうするとな」

沈思を終えた司書が、薄く目を開いて洗蔵に問う。その視線にはすでに穏やかな光はない。

「上からん命で山笠を止めさせられたてなれば、博多ん町人たちが反発するとは間違いなか。そん力ば勤王党でまとめあげて、尊王攘夷の兵に仕立てあげる。高杉さんにできたことが、我らにできんはずはなかち思うとです」

司書の丸い鼻の穴から、勢いよく息が吐きだされる。己が吐いた気をすべて取り戻さんと、今度は腹中深くまで一気に吸いこんだ。

迷っている。

洗蔵は押した。

「博多んのぼせもんたちは一度こうと決めたらなんがあっても曲げん。あん一途《いちず》な気性が尊王攘夷へとむけば、長州の者らの比じゃなか力んなる」

「貴公は町方詮議役んなったとやったな」

「はい」

「事を急いてはいかんぜ。じっくりと進めんと、のぼせもんらの矛先が、こっちにむくことんなる。そこんところはよう考えて動かないかんぜ」

＊

「おやっ」

珍しい客に、風馬は思わず声をあげた。素っ頓狂な声を浴びせられた客のほうは、けわしい顔をくずすことなく目の前の部屋主を睨んでいる。

剣呑な気配に、風馬の喉が鳴った。

月形洗蔵だ。

「今日は九蔵さんはいませんよ」

強張った笑みを顔に貼りつけ風馬が言うと、洗蔵が首を左右に振った。

「貴公に会いにきた」

「そうですか」

沈鬱で重厚な気を全身に満たした洗蔵を前に、風馬は間が保《も》たなくなる。

「とにかくここではなんですから、入ってくださいよ」

中へ誘うと、洗蔵は小さな辞儀をしてから敷居をまたいだ。後ろ手に障子戸を閉め、するすると土間を歩む。

「あいにくお茶をきらしてまして」

ひと足はやく畳に座った風馬が言うと、洗蔵は框に腰をかけて口角をわずかにあげた。

「ここでよかけん、余計な気は遣わんでくれんな」

「はい」

風馬は正座した膝を掌でこする。すすけた袴のうえを掌が行き来するたびに、しゃらしゃらと耳障りな音がなった。それでも止められないのは、洗蔵のただならぬ気配のせいである。

落ち着かない。

「あの」

沈黙に耐えられず呼びかけた。框に腰をかけ、障子戸のほうに身体をむけている洗蔵が、顔だけを風馬にむける。

「私に会いにこられたというのは、これまたなぜ」

「知りたかかな」

「高菜ですか。ええ、博多にきて食べました。なかなか美味しいですよね」

九州の漬物である。適度な塩加減と独特の風味が嫌いではない。

「なんの話ばしよっとな」

「え、だって月形さんが高菜って」

「知りたいのかと問うたのだ。黒田の武士の言葉で語尾に〝な〟をつけるのは、問うているのだ」

「すみません」

「べつに怒っとらん」

洗蔵の態度は和らぐ気配すらない。

息が詰まる。

「お茶はないのですが、白湯《さゆ》でも」

「気は遣わんでよかて言うたぜ」

語気を強めて洗蔵が風馬を制する。動くなという脅迫めいた意図すらも、言葉のうちに感じられる強硬な声だった。

「いったいどうしたんですか」

穏やかに問う。きびしい目つきをそのままに、洗蔵が風馬を睨んでいる。張りつめた気が、せまい長屋に満ちて、いまにも障子戸が吹っ飛んでしまいそうだった。

もしも戸がはじけたなら、そこから逃げだそう……。

「どうして」

洗蔵がぶつ切りに言葉を吐く。

黙って次の言葉を待つ。

仏頂面の侍は、風馬から目を逸らし障子戸を見た。背中をさらして座る姿にも、隙はまったくない。

「どうして貴公は博多ん町におるとな」

「それは以前、お話ししたと思いますけど」

「大坂から長崎に医術の修業にいく道中、盗人に有り金全部盗られたて話は聞いた」

「だから、それで」

「金が無かなら、こん長屋にも住めんやろうもん」

矢継ぎ早に洗蔵が問う。そのひとつひとつが、斬りかからんばかりの殺気に満ちているからたまらない。

「大坂のほうは世情が落ち着かず、まとまった金を送るのが難しいのです。なのでなんとかこの長屋で暮らせるだけの金を、少しずつ送ってもらっているという、なんとも情けない話なのです」

「なんで博多とな」

「えっ」

「たしか盗まれたんは小倉っちことやったな。なんで博多ん町まできたとな」

洗蔵の問いに、思わず息を呑む。

「いろいろな所に隠していた小金を集めてゆけるところまでゆこうと思いまして、そうやってなんとか博多まできたんです」

「偶然てことな」

「小倉を出たら、大きい町は博多です。なんとかここまでは辿り着こうという考えはありましたよ」

思わず語尾が荒くなった。さっきから洗蔵は、言いがかり同然の問いばかりを投げてくる。なにかをうたがっているようなのだが、それがはっきりしない。遠回しにぐちぐちと、愚にもつかない質問ばかりをされていたら、さすがの風馬でも頭にくる。しかし洗蔵は、荒ぶる部屋主の姿を見ても一向に動じない。肩越しに冷淡な視線をむけたまま、淡々とした口調をくずさず新たな質問を投げてくる。

「こげんか所に留まっとって国許のご家族はなんも言うてこんとな」

「とにかく今は博多で待ってくれと言って、むしろ謝られています」

「えぇ、有難いと思っていますよ」

「よか親やなかか」

ついつい口調がぞんざいになってしまう。

「さっきからなにが言いたいんですか」

「こん町で医者の修業はやっとるとな」

問いに答えずに、洗蔵はつぎの問いを吐いた。風馬は思わず身を乗りだす。

「あの月形さん」

「座らんか」

ひときわ声を落として洗蔵が言った。

風馬は見逃さない。

右手が、床に置かれていた刀の鞘《さや》を握っている。

「座らんかて言いよるとぜ」

「なにしてるんですか」

握られた刀を見つめながら風馬は問う。

「座れて」

洗蔵は刀を置こうとしない。持ちあげた腰をゆっくりとさげ、あった場所へと尻を落ちつける。すると、洗蔵の右手の刀がことりと床に転がった。

「斬るつもりですか」

洗蔵の口許がゆがみ、嫌な笑みをかたどる。冷淡な眼差しを風馬にむけたまま、ゆっくりと話しはじめた。

「大坂からの旅ん者が一人死んだっちゃ、誰も騒がんやろ。あんたん親んことを知っとるとは大家くらいのもんやろしな」

その通りである。大坂にある親の住まいについては、大家以外には告げていない。九蔵でさえ知らなかった。

「まぁ、あんたが死んで大家が大坂に報せば出したっちゃ、あんたん亡骸《なきがら》ば受け取りんくるような者はおらんやろうがな」

「さっきからあなたは、いったいなにを言ってるんですか」

知らず知らずのうちに身体が震えていた。それでも必死に洗蔵とむきあう。

「私の親は大坂にはいない。そう言っているんですか」

「そうやなかとな」

「います」

言いきると、洗蔵は鼻で笑った。

「あんた中村円太て男んことば知っとるな」

唐突に話を変えてくる。まださっきの話は終わっていないと言いたいのだが、もう一歩洗蔵の間合いに踏みこめない。九蔵ならば躊躇しないだろう。あの男はどうしてこんな時にいないのか。

「円太んことば知っとるな」

急かすようなきびしい声に、右の眉が一度大きく上下した。洗蔵は無表情で風馬を見つめ、答えを待っている。

「知ってます。九蔵さんをたずねてこの部屋に来ました」

「素直やなかか」

洗蔵が妖しく笑う。

「本当に、いったいなんなんですか」

「円太が死んだとは知っとるとな」

「えっ」

おどろきの声を吐く風馬の顔を、洗蔵がじっと見つめている。心の奥を覗きこむ鋭い視線にさらされ、息苦しさで思わず咳きこんだ。

「九蔵から聞かんかったとな」

「はい」

咳をしてもなお引っかかりのある喉をさする。

「円太は殺された」

「誰にです」

洗蔵は答えない。じっと風馬を見つめている。

「なんですか」

「誰に殺されたんかはわかっとらん。ただ、藩には円太は切腹して果てたっち届け出とる。殺されたとを知っとるのは、わずかな者だけぜ」

「どうしてそれを私なんかに」

「あんたが殺《や》ったとやなかとな」

「どうして私が中村さんを殺さなければならないんですか」

「俺はそいば聞きにきたとぜ」

「なにを言ってるんですか」

ふたたび洗蔵が刀を握った。

いや。

右手にあった鞘が、ゆっくりと左に移る。そして柄頭《つかがしら》がぐりぐりと腰帯にねじこまれてゆく。栗形《くりかた》までしっかりと刀を差すと、洗蔵は腰をあげた。そして土間に立ったまま、風馬を見おろす。

「円太が博多ん町におるとば知っとるとは、勤王党の者らくらいのもんやった」

「九蔵さんに会いにきた時に、私もいた。だから私が中村さんを殺したってことですか」

「違うとな」

「言いがかりでしょ」

この男がきてからずっと言いたかった言葉をやっと言えた。

洗蔵が抜刀と同時に踏みこめば、気づかぬうちに風馬の首は飛んでいるだろう。だからといって逃げることもできない。洗蔵は土間に立っているのだ。そのむこうに障子戸がある。背後の障子は、猫の額程度の庭へと通じているが、その先に寺が建っていて、隣との仕切りとなっている板塀を壊しながら長屋の出口までいかなければならない。華奢《きゃしゃ》であることは自分がよくわかっている。一枚目を蹴やぶっている最中に、背中から斬られるのが関の山だ。

「あの円太って人は、脱藩者でしょ。そのくせ、誰はばかることなく、堂々とこの長屋まできたんですよ。それに、初対面だというのに自分がどういう身の上なのか、どうしてこんな目にあっているのかまで、私に丁寧に語って聞かせた。そんな人が、本当に勤王党の方たち以外に知られていなかったとは、私には思えません」

「言い逃れな」

「言い逃れではありません。誰もが思うことを口にしたまでです」

「少しは骨があるごたるやなかか」

洗蔵の右手がゆるゆると刀の柄にむかう。心の臓がはげしく脈打っていた。いまにも肋《あばら》から飛びだして、畳のうえにこぼれ落ちそうである。押し止めようと、両手を胸に添えた。

どくどくという鼓動が、強烈に感じられる。全身が心の臓になったような心地であった。

「俺がお前に目ばつけたとは、柳町が最初とぜ」

柳町で勤王党の若い侍たちと、古渓町ののぼせもんが喧嘩しそうになった時のことだ。仲裁を頼まれた九蔵とともに、風馬も柳町に走った。洗蔵とはじめて顔を合わせたのは、この時である。

「喧嘩ん仲裁の役に立ちそうもなかあんたが、なんで付いてきたとか。俺には不思議でならんやった」

「博多の町の人を知りたいと思っちゃ悪いんですか」

「どうしてそげなことば知りたがるとな」

「私は医者を志しています」

胸をおさえる手を膝に置き、背骨を立てて洗蔵を真っ直ぐに見すえた。

「医術とは人を識《し》ることなりと、幼いころから父に教わってまいりました」

「人を識る、か」

「はい」

洗蔵を正面から見すえていると、だんだんと鼓動が落ち着いてきた。そして、思っていることがすらすらと口から出てくる。

「人は町とともにあります。町が変われば人も変わる。博多の町に住む人々がどのような想いを持ち、どのように生きているかを識る。それもまた私の修業のひとつなのです」

風馬は止まらない。

「食べる物に飲む水。ここに住む人は怒りやすいのか、それとも心の起伏が少ないのか。寡黙なのかおしゃべりなのか。病は気からと申します。人の気は町によって育《はぐく》まれる。だから私は、いろいろなことに首を突っこむ。それをあなたにとやかく言われたくはありません」

自分でもおどろくほどに、まくしたてていた。斬られるんじゃないかというおそれが心の片隅にありはしたが、それをどこか他人事《ひとごと》のように眺めている自分がいる。この町に来てから何かが変わった。恐れに対して常に無力であった自分が、抗おうとしている。まるで九蔵の魂のかけらが、心に突き刺さっているようだった。

「やから喧嘩を見にきたてわけな」

「いけませんか」

風馬を見おろす視線からは、なおも殺気は消えない。しかし少しだけ瞳の奥に穏やかな気配が生じたように思える。

「私を斬るというのなら、斬ってもかまいません。しかし、状況はなにも変わらないでしょう」

「貴公は殺っておらん。のって貴公が死んでも下手人は生きとる。そいじゃなんも変わらせんっちことな」

「そのとおりです。学のある月形さんのことです。私を下手人と断ずるには、証拠が足りなすぎることも、自分でわかっているのではないですか」

「ふん」

洗蔵が目を閉じて小さく笑う。ふたたび風馬を見た視線からは、殺気の色が完全に消えていた。

「鎌をかけたらなんか吐くとやなかかと思ったとやが、思いのほか気骨のある男やったぜ」

洗蔵が殺気を解いた瞬間、急に身体が重くなった。いや、正確にいえば腰の骨だけが鉄の塊のように重くなり、他の箇所にまったく重さを感じない。思うように力が入らないから、座っていることしかできなかった。それほど洗蔵の剣気はすさまじかった。

「貴公が言うごと、下手人と断ずるには証拠が足りん。そんうえここまで堂々と抗弁されたら、これ以上どげんすることもできん」

「ははは」

気の抜けた笑いが口からこぼれだす。

「なんや」

「はは」

「貴公、腰ば抜かしたとな」

立とうと思えば立てる。が、それには相当の力が要る。洗蔵の言葉に逆らうためだけに、立ってみせるのはたまらなく億劫《おっくう》だった。だから風馬はなにも答えなかった。

「また九蔵と呑みにいこうぜ」

それだけを言うと洗蔵が背をむけた。静かに土間を歩み、障子戸を開く。その間も風馬は座ったまま動かない。洗蔵が敷居をまたぎ、路地に出た。戸を閉じる刹那、少しだけ視線が交錯する。

殺気。

疑いが解けていないことを風馬は知った。

＊

「もっと速《はよ》う走らんか」

罵声《ばせい》にも似た声を背中に浴び、心太はせわしなく足を動かす。

博多の町中を走らされていた。

九蔵が追ってくる。

相手は大人、心太は子供。歩幅の差はどうしようもない。

当然九蔵は本気ではない。

そろそろ春も近いといえど、二月の博多はまだまだ寒い。身も凍るような風に吹かれながら、心太は尻端折りして走っている。あらわになった尻が、寒さで小刻みに揺れてなんとも情けない。

「今年で二度目や。他ん子供組ん者らに負けちゃつまらんぞ」

後ろから威勢よく言う九蔵の声に、道ゆく人たちが微笑ましそうに心太を見守る。それがなんともたまらない気持ちにさせる。子供組の者たちは、山が走る時は一番先頭をゆく〝先走り〟を任される。流《ながれ》の名前や山の題目を書いた板をかかえて、精一杯走るのだ。そのための鍛練だと、九蔵は言う。

仕方なく付き合っている。身体を使うのがそれほど得意ではない心太は、まだ二町ほどしか走っていないのにすでに息があがりはじめていた。

「もう疲れたとや」

隣に並んだ九蔵が心太の顔を見て問う。

疲れたという言葉を喉の奥で呑みこむ。言ったところで、どうせ解放してはくれないと思ったからだ。

「すこし休むや」

「えっ」

思わずうれしそうな顔で九蔵を見てしまった。

「嘘や。まだ走りはじめたばかりやろうもん。こげな所で休みよったら、先走りは務まらんぞ」

九蔵の悪い冗談が、足を重くさせる。

追い山は六月。しかも今年は閏月がある。まだ五ヶ月も先の話だ。なのに九蔵の頭は、すでにもう山笠のことで満たされている。

「おっしょいっ。って言うて走らんか」

「お」

恥ずかしくて言葉が出てこない。

「おっしょい」

心太の戸惑いなどどこ吹く風に、九蔵が天に届くほどの声で吠えた。

「もう走りよっとか九蔵さん」

往来を行く誰かもわからない人が、声をかけてくる。博多の町で九蔵のことを知らない者はいない。走る姿を見つけると、男も女もなく誰もが声をかけてくる。

自然と頭がさがってゆく。乾いた砂利を草鞋が払ってゆくのを眺めながら走る。子供の拳ほどの大きさの石を見つけた。ゆっくりとそちらにむかっていって爪先で蹴ると、石は砂の粒に当たって幾度も軌道を変えながら転がってゆく。

「おっしょい」

また九蔵が叫んだ。それを見た誰かが話しかけたので、ていねいに答えている。その間に心太は、さっきの石にたどりつき、また蹴った。今度はさっきよりも強く蹴った。転がってゆく先に、蹴ったものよりも大きな石があった。跳ねるようにして砂利を進む石が、それに当たって大きく飛んだ。宙を舞った灰色の塊は、ゆるやかに弧を描きながら、先にある店の軒先を転がり敷居を越えた。

「ところてんっ」

背後から九蔵が心太を呼ぶ。

おどろいて顔をあげるのと、鼻をはげしい痛みがおそったのはほぼ同時。

なにかにぶつかった。

頭の芯の方に、つんと鋭い痛みがある。涙が止まらない目をこすり、目の前をおおう黒い影を見あげた。

「ちゃんと前ばむいて歩かんか」

中年の男。おそらく金持ちだ。ほつれひとつない衣に、黒い羽織をまとっている。綺麗に剃りあげられた顎が、肌に浮きでた脂で光っていた。男の身体の汗と脂のまざった臭いが、ぶつけた鼻を痛めつける。しかめたくなる顔をなんとか平静に保ち、心太は頭をさげた。

「すんません」

「お前はどこん子か」

細い目で男が問う。

「あ、あの」

「すんまっせん圓治《えんじ》さん」

口ごもる心太を助けるように、九蔵が声をあげた。すると、目の前の男が顔をあげ、走ってくる九蔵を見る。どうやらこの男は圓治というらしい。

「いやぁ、そこで他ん流ん者と話しこんどったら、うちん子が圓治さんにぶつかりよるもん。すんません、怪我はなかですか」

「なんや、こん子は九蔵さんの子ね」

さっきまで冷淡で細かった目を、おおきく開いて圓治が心太を見た。

「こげな大きか子がおったて知らんかったばい」

「い、いや。去年所帯ば持ちまして」

「こん子はおかみさんの子ね」

「そうです」

分厚い手が心太の頭に触れた。

「名前はなんて言うとや」

さっきの感情のない口調とは違う穏やかな声で、圓治が問う。

「心太です」

「まさか心に太いて書くとやなかか」

「はい」

どうしてわかったのか。不思議そうに見あげる心太から目を逸らし、圓治が九蔵に視線をむけた。

「そいけん、さっきところてんっち言うたとか」

「そんとおりです」

「ひどかことば言う奴やな。なぁ」

圓治が心太に目をむける。苦笑いするしかできない。

「年はいくつや」

「十二です」

「なかなかかしこそうな顔ばしとるやなかか」

「そげんですかね」

うたがわしげに九蔵がつぶやくのを無視し、心太の頭から手を離して圓治がしゃがんだ。目線が同じ位置にくる。

「こん父親が嫌なら、俺ん所に修業にくるか」

「えっ」

九蔵が思わずといった様子で声を吐く。あまりにも弱い声であったのが、心太には意外だった。

「お前ならいまからきたえればよか商人になれるかもしれん。博多ん町は商人の町ばい。金儲けする気なら俺んとこにこんか」

「いや、まだ会ったばかりやなかですか」

顔を引きつらせて九蔵が言う。心太を奉公に出すのを嫌がっているように見える。

「商いっちうもんは自分の勘だけが頼りや。俺は人を見る目には自信があるとぜ」

「やけんて言うて」

九蔵がまた口ごもる。

「どげんや」

圓治は心太を見て問う。

「やめときます」

答え、そしてうつむく。しばらく圓治は心太を見つめていたが、一度小さく笑うとふたたび頭に触れて立ちあがった。

「よか子やなかか。おかみさんともども大事にしてやらないかんばい」

「はい」

さっきより落ちついた口調で、九蔵が答えた。それを確認すると、圓治はもう一度だけ心太に視線をおろす。

「往来ば歩く時はちゃんと前ばむいとかないかんばい」

「すみませんでした」

「今度、九蔵さんと一緒にうちん店に遊びにこんか」

「ありがとうございます」

「よか返事や」

九蔵に軽い挨拶をして圓治が去ってゆく。

「あん人の店ば一度、手入れしたことがあるったい」

聞いてもないのに九蔵が言う。

なんとなくよそよそしい口調だった。


圓治と出会ってから半刻ほど走らされた。疲れはててもう一歩も走れないとなると、やっと九蔵は帰ろうと言ってくれた。長屋への帰り道をならんで歩く。

「もっと走れるようにならんとつまらんぞ」

答える気力すらない。うなずきだけを返すと、九蔵は黙った。

夕刻の博多の町はどこかさびしい。道をいく人々は皆、せわしなかった。帰る場所があるのだ。誰もが寡黙に歩く。昼間のにぎやかさが嘘のように、皆の顔が少しだけうつむいている。そんな町を見ていると、風の冷たさがいっそうきびしく感じられた。首をすくめて襟に顎まで突っこむ。

「寒かとや」

「すこし」

また九蔵は黙った。

黙々と歩く。

すでに浜口町《はまぐちまち》。

心太の住む金屋町はすぐ隣だ。

「さっき」

九蔵が言った。

うつむいていた顔をあげる。

「なんで圓治さんところにいくとば断ったとや」

はっきりとした理由があったわけではない。とっさに出た言葉だった。

「母ちゃんと別れるとは嫌やけん」

またとっさに言葉が出た。

「そうやな」

九蔵が笑った。

「そりゃそうや。母ちゃんと別れるとは嫌やもんな」

「うん」

「こげなとこにおったとか九蔵」

会話に割って入るように声が聞こえた。金屋町へとむかう道のむこうで、誰かが手をふっている。

「どげんしたとですか親方」

大工の親方、伊兵衛である。九蔵が伊兵衛のもとまで走った。しかたないから心太も後についてゆく。

「長屋んいったら心ちゃんと一緒にどっかいったて言うけん、どげんしようか思うとったところたい」

伊兵衛の顔つきがけわしい。それを悟った九蔵が眉間に皺を寄せる。

「仕事でなんかあったとですか」

「今日、年寄ん集まりあったとばってん」

年寄は山笠の序列だ。心太は子供組、それを過ぎると若者組。九蔵はその上の中年組に位置している。中年組を越えると年寄組だ。

「なんかあったとですか」

「まだちゃんとした話やなかとやがな。お前には聞かせておいたほうがよかて思うたったい」

「なんですか」

一刻でも早く聞きたいという衝動が、九蔵の身体を上下に揺らしている。

「今年ん山笠は今までんごと派手に飾りつけるとはどうかて、御上が内々で言ってきたそうや」

「はぁ」

九蔵が歯を喰いしばって伊兵衛を睨んだ。

「なんで、派手にしちゃいかんとですか」

「長州の戦で、公卿さんたちが太宰府に流れてこらしゃったやろうが、そげな巷《ちまた》が定まらん時に祭だなんやて騒ぐとはつまらんてことらしか」

伊兵衛が言い終えるよりも先に、九蔵が地面を蹴りあげた。握りしめた両の拳に、怒りが満ち満ちている。

「公卿さんらと山は関係なかでしょうもん。なんでそげなことになるとかわからん」

九蔵が口をとがらせる。そのさまはまるで駄々っ子だ。

「まだ内々の申し出やけん、正式に御達しが出たわけやなか。やっぱりお前には聞かせといてよかった」

「なんでですか」

「儂以外の者から聞いたら、なんばするかわからんやろうが。山までは時があるけん、いまは大人しゅうしとけ。よかな」

腕を組み、伊兵衛がさとす。

親方である。九蔵にとっては親同然なのだ。

きびしい伊兵衛の声を受け、九蔵は鼻息を荒らげつつも釈然としない想いを必死に呑みこんでいるようだった。

「よかな九蔵」

「わかりました」

答えた九蔵の目から怒りは消えていない。

不吉な予感が頭をよぎるのを、心太はできるだけ考えないようにした。

七

〝沈香堂書店　通称馬さんの述懐　四日目〟

「ここにお邪魔するのも四度目になりました」

まだ、そげんかもんね。あてぁもっとあんたがきとるごと思っとったばってんが、まだ四日しかならんったい。

「そんなに身近に感じてくれてるんですか、私のこと」

逆たい。

「え」

あんたがくると仕事んならんけん、うっとうしかったい。

「仕事にならないもなにも、私がいる間にここにお客がきたことなんてありましたっけ」

喧嘩ば売りようとか。

「そういうつもりじゃないんですが、私だって邪魔者みたいに言われると嫌みのひとつも吐きたくなりますよ」

なんや、やっぱり喧嘩ば売りよるとやなかか。

「今日は機嫌が悪いですね」

あんたが来たけん、機嫌が悪うなったとやろうもん。

「どうしたんですか、顔も少し青ざめてますよ」

あてんことはよか。やるんやったらさっさとはじめるばい。

「なんだか本当に調子が悪そうですね。医者に見てもらった方がいいんじゃないですか」

自分の身体んことは自分が一番ようわかっとる。あんたに心配されんでも大丈夫たい。

「ご家族は一緒に住んでいらっしゃらないんですよね」

娘が嫁に行ってからは一人たい。っていうか、そげなこと別にあんたに関係なかろうもん。

「娘さんは博多にいるんですか」

すぐそこに住んどる。

あてんことはよかて言いよるやろ。聞きたかことだけ聞いてさっさと帰らんね。

「そういうわけにもいきませんよ。お邪魔したのは四度ですが、もう二ヶ月くらい馬さんとこうして顔を合わせてるんです。馬さんがどう思おうと、私はあなたに親愛の情を抱いていますよ」

なんねいきなり、気持ちが悪かことば言うてからくさ。

「真剣に言ってるんですから茶化さないでくださいよ」

気持ち悪か。

「馬さん」

あてんことは心配せんでよか。あんたはあんたん仕事ばせんね。あんたがあてんことばどげん思うとるかは知らんばってん、あてはあんたんことを邪魔者てしか考えとらん。

「だったら言わせてもらいますけどね」

なんね眉間に皺げな寄せてから。機嫌が悪かとは、あんたん方やなかとね。

「馬さんは私のことを邪魔者だって言いますけど、だったらどうして追い山のことを話そうとしてくれないんですか。九蔵さんや月形洗蔵のことばかりを話して、いっこうに山笠の話に入ろうとしない。それは、私と話すのが楽しいからじゃないんですか」

はあ。

あんたなんば言いよるとね。

「本当に邪魔者だって思っているのなら、さっさと追い山の話だけして追っ払えばいい。そうしないのは馬さんが」

ぶっ。

「笑わないでくださいよ、私は真剣に話しているんですから」

虫も殺さんごたる顔ばしとるばってん、あんたも怒ることがあるちゃな。

「私だって人間です、怒る時は怒りますよ」

怒るとはよかばってん、泣かんでもよかろうもん。

「な、泣いてなんか」

ほら、いま袖で拭ったやろうもん。

「拭ってませんよ」

やったらそん袖の濡れとるやつはなんね。

「汗です」

右ん手首だけにそげん汗ばかくとや。

「そうですよ」

ぶはははは。

「笑わないでください」

あんたの人間らしかところばはじめて見たごたる気がするばい。

「からかわないで話をしてくださいよ」

おっ、話ば聞く気になったとや。

「最初からそのつもりですよ。それを馬さんが」

わかったわかった。喧嘩はこんくらいで終わりにしようやなかね。

「だったら」

なんね。

「医者に一度見てもらってくださいよ」

そん話ば蒸し返すとやったら、今日は帰ってもらうばい。

「わかりましたよ」

最初から大人しゅうしとけば、無駄な問答やらせんでよかったとばい。あんたは本当に面倒臭か人やね。

「もう知りません」

こんまま帰しても可哀そうやけん、そろそろ話してやろうかね。

沈鬱な気が満ちている。誰かが大声をあげでもしたら、鬱屈している皆の気持ちが一気に張り裂けて、盛大な殴りあいが起きそうだ。そんなことを思いながら、心太は息を潜めていた。

*

「そういうことやけんが、どこん流《ながれ》も今回は山ば小《ちい》そうしようて結論が出たったい」

上座《かみざ》で伊兵衛が重い声を吐いた。広間に座した面々は、黙ったまま聞いている。

心太の右隣に座っている九蔵は、腕を胸の前で組んだまま、さっきから指一本動かさない。己の二の腕をつかむ指が、袖を破らんばかりに食いこんでいた。さっきから何度も、こめかみのあたりがぴくぴくと動いている。

「御上からの内々の御達しっちゅうことんなれば、誰も文句が言えん。どげんしようもなかやろ」

伊兵衛の右に座っている老人が言った。老人が座っている場所は、上座のちょうど真ん中の位置だ。古渓町の流の一番偉い人だということは心太も知っていたが、どうしても名前を思いだせない。

九蔵が溜息を吐いた。心太の左に座る蓑次が気づき、横目で友を見る。心配するような目つきだ。

石堂流の寄り合いである。年寄と中年、若者のなかで特に選ばれた者だけが出席していた。内輪の寄り合いである。本当ならば子供組である心太は、この場にいることはできない。寄り合いにいくと言った九蔵の殺気立った顔を見た母が、とっさに心太を連れていけと言いだした。物々しい顔つきの九蔵を呼び止め、無理矢理といった感じで押しつけたのである。

「すんません」

九蔵が組んだ腕を解いて天井にむかってぴんとあげた。皆の緊張した視線が一気にこちらにむく。まるで自分が睨まれているようである。心太は小さく息を吞む。

「なんや」

上座の真ん中に座った老人が問う。穏やかな雰囲気の伊兵衛とは違い、顔に少し険のある人だった。

「小そうするていうても、どんくらい小そうするとですか」

「とりあえず皆で話したところやと、半分くらいに」

「半分っ」

話が終わらぬうちに九蔵が叫んだ。喧嘩っ早い九蔵は、すでに半身を乗り出している。心太を挟んで座る蓑次が、少しだけ尻を浮かせていた。

「そげな大事なことば、年寄の集まりだけで決めてきたとですか」

「決定したわけやなかて何度も説明したやろうが」

たしなめるように伊兵衛が声をあげた。

「落ち着かんか九蔵」

伊兵衛は九蔵の親方である。親同然の伊兵衛の言葉に、九蔵は乗り出していた身体をふたたび畳に落ち着けた。しかし鬱憤が晴れたわけではない。鼻息を荒らげて、肩を大きく上下させている。怒りは九蔵だけのものではなかった。場に集う中年と若者たちの大半が、上座に並ぶ年寄たちに対して、敵意にも似た嫌悪の眼差しをむけている。

「伊兵衛さんが言ったとおり、まだ決まったわけやなか。第一、御上からの御達して言うても、正式に御櫛田さんや各流に命じられたとやなか」

「こっち側で御上ん顔色ばうかがって、山ば小そうしようてことでしょ」

さっきの九蔵の猛りにつられ、若者のなかから声があがった。同調するように皆が騒ぎはじめる。言葉にならない声は、一様に殺気立っていた。

「皆、少し落ち着かんか」

蓑次が言った。しかし声が震えている所為で、誰にも伝わらない。蓑次は心太に目をむけ、一度悲しそうに笑ってから、首を左右に振った。気の弱い蓑次の勇気ある発言は掻き消され、皆は各々好き勝手な言葉を吐いている。九蔵は腕を組んだまま、灯火に照らされた畳を見つめていた。伊兵衛たち年寄は、若者が騒ぐのを止めようともしない。

心太はただ見ているしかなかった。

「ところてん」

畳を見つめたまま九蔵がつぶやいた。とつぜん声をかけられ、心太は息を呑んだ。そんな義理の息子の仕草など見もせずに、九蔵は言葉をつづけた。

「力一杯叫べ。お前らうるさかて、大声で言うてみんか」

「え」

九蔵が横目で心太を見ている。いつもよりも冷淡な目つき。目が合ったまま、心太は動けなくなった。

「早《は》よせんか」

これまで一度として聞いたことがないような圧に満ちた声が、小さな身体に降り注ぐ。

「な、なんば言いよっとか」

蓑次が制する。が、九蔵は友を無視して心太を睨みつづけていた。

叫ばないと終わらない。

大きく息を吸った。そして、騒いでいる若者たちにむかって腹の底から声を吐く。

「お前らうるさかったいっ」

大人たちの低い話し声のなか、一際甲高い心太の声が響きわたった。

沈黙。

皆の視線が心太に注がれる。とっさに義父の背中に隠れた。心太が隠れたのを守りも避けもせず、九蔵が畳にむけていた顔をあげる。

「お前らちっと大人しゅうせんや」

落ち着き払った声で九蔵が言った。威圧に満ちた言葉に、皆が押し黙る。

「そげんやってばらばらで話したっちゃ、なんも決まらんめぇもん」

「ばってん、最初に文句ば言うたとは九蔵さんやなかですかっ」

若者から反抗の声があがる。己への注目が逸れたのを悟った心太は、ゆっくりと九蔵の背中から抜けだし、ふたたび隣に座った。見あげた義父の顔は鬼瓦のごとくに厳《いか》めしく、その雄々しい視線は堂々と若者たちにむけられている。

「俺《おい》は文句ば言った覚えはなかばい」

「太吉《たきち》さんらにむかって文句ば言うたやなかですかっ」

別の若者が声をあげる。それを聞いた心太は、上座の中央にいる老人の名前が太吉だったことを思い出した。

九蔵が若者に答える。

「俺は山笠ばどんくらい小そうするとかてことと、そげんか大事なことば年寄の集まりだけで決めたとかてことば聞いただけばい」

そう言って九蔵が伊兵衛の方へと顔をむけた。

「そうですよね」

「九蔵の言うことに間違いはなか」

伊兵衛の隣に座る太吉が言った。

しかし若者たちは収まらない。

「半分にするて言われても、俺たちゃ納得できんです」

同調する声が方々からあがる。次々と中年や若者から年寄にむけて抗議の言葉が投げつけられてゆく。

「今年はうちん流が一番山やなかですか。なんでそげな大事な年に、山ば半分にせないかんとですかっ」

「半分の山ば舁いて回ったっちゃ、誰も喜ばんばい。そげな恥ずかしか真似ば、俺たちにしろて言うとですか」

「山笠は御櫛田さんの祭事やけん、御上がどげなことば言うてきたっちゃ関係なかでっしょうもん」

またも皆が騒ぎはじめる。

「そいけん黙れて言いよろうがっ」

九蔵が怒鳴った。

「なんや、偉そうにっ」

一人の若者が立ちあがって九蔵を睨みつけた。

「お前、誰にむかって言いよっとや。若者頭んくせに中年に逆らうとや」

九蔵に詰め寄ろうとする若者にむかって蓑次が叫ぶ。しかし若者は止まろうとしない。九蔵は腕を組んだまま、殺気立つ若者を見あげている。鼻先が九蔵の額につかんばかりに顔を寄せて、若者が口を開いた。

「九蔵さんが最初に不満ば言ったとは間違いなか。そいばいまさら黙れっちゃ、俺らも納得できんです」

「俺だっちゃ、怒りたかとは山々や」

若者を見あげて、九蔵が諭すように言った。詰め寄る若者の背後に、仲間が数名集まっている。心配するような表情で見つめているのは、万一若者が手をあげた時には止めようという心づもりなのであろう。

「怒りたかとは山々やが、ここで太吉さんたちば責めたっちゃ、なんもはじまらんやろうもん。山笠は序列がなにより大事なことは、お前だっちゃわかっとろうもん」

「ばってん、山ば小そうしろとか言われて」

「黙っとられるわけがなかとは俺も一緒て、いまさっき言うたつもりばい」

九蔵が告げると、若者がはっとなった。

「嫌じゃなんじゃと無闇矢鱈《やたら》に騒いだっちゃ、どげんなるもんでもなかろうもん。下手に動いて御上の怒りば買えば、山自体が無くなるかもわからんとぜ。やけん、こげな時こそじっくりと考えて動かないかんっちゃなかとや」

「九蔵」

涙声で蓑次がつぶやく。それを聞き流し、九蔵は若者を見つめてつづける。

「どう思うや、作平《さくべい》」

名を呼ばれた若者頭は、口を尖らせ黙っている。しかしその目からは、最前までの殺気は消えていた。

「太吉さん」

作平から目を逸らし、九蔵が上座中央を見た。

「なんや」

太吉が九蔵を睨みながら声を吐く。

「そん話、もう少し待ってくれんですか」

「待つっちゃ、どういう意味や」

「まだ決まったわけや無かて、いまさっき言わっしゃったでしょ」

「そうたい」

「やったらもうすこし、俺たちに時ばくれんですか」

「なんばするつもりや」

白髪《しらが》交じりの右の眉を思いっきりあげ、太吉が問う。

「俺にも考えがあるとです」

「もう三月やけん、あんまり時は無かぞ」

太吉の言葉を聞いた伊兵衛が、九蔵を見つめて口を開いた。

「今年は閏五月があるけん、いつもよりは余裕がある。少しくらいなら待ってもやれる。こげん皆が納得しとらんとに、無理矢理に事ば進めてんよかことはなか。各流の者《もん》にも、もっぺん話ばしてみようやなかですか」

伊兵衛が、にこやかな表情で太吉を諌《いさ》める。

「なんばするとか知らんばってん、流に迷惑んかかることだけはすんなよ九蔵」

伊兵衛が言う。

「わかっとります」

九蔵が頭をさげた。

祭ごときで……。

喉元までこみあげてきた言葉を、心太はとっさに呑みこんだ。

*

「どこにいくんですか」

遠ざかってゆくたくましい背中を追いながら、風馬は問うた。歩幅に大きな差があるから、どれだけ必死に歩いてもいっこうに間合いは縮まらない。それどころか歩けば歩くほど、距離は少しずつ離れてゆく。

「先生には関係のなか話やけん、ついてこんでもよかとですよ」

九蔵が呆れた様子で言い捨てる。その足は金屋町から西にむけられていた。

「でも、心配じゃないですか」

「先生に心配されるようなこたぁ、ひとつも無かけん」

言いながら足早に歩く九蔵に、必死でついてゆく。すでに息はあがっていた。

「このところ、町の人たちの顔がおかしいですよ」

「元々、不細工ばっかりやけん、いまさらおかしゅうもなかでっしょうもん」

「そういうことじゃなくてっ」

いつの間にか走りだしていた。歩いている九蔵の隣に並ぶ。それから少しだけ足を緩め、歩調を合わせた。九蔵にとっては歩いているだけでも、その歩調に合わせる風馬にとっては小走りに近い。

「山笠が近いからってだけじゃあ無いんでしょ」

九蔵が黙った。

風馬は押す。

「最近、福岡の町の方でもいろいろと政が改められたって話じゃないですか。あの月形さんも出世したそうだし。それが関係してるんじゃないんですか」

九蔵は答えない。黙々と左右の足を進めながら、視線は前だけを見ている。

「今年の山は、九蔵さんたちが一番山なんですよねっ」

「そいと月形さんたちと、金屋町の者らが不細工やってことになんの繋がりがあるていうとですか」

「だから町の人は不細工じゃあないですよっ」

「先生は冗談がわからんとですか」

「もう真面目に聞いてくださいよっ」

急に九蔵の足が止まる。勢いよく歩いていた風馬は前に進む力を殺しきれず、踏みだした右足を激しく滑らせた。

尻餅。

「大丈夫ね先生」

言った九蔵が、通りに面した障子戸を開いた。薄茶色に煤けた障子紙には、大きな丸印が描かれ、そのなかに蓑という文字が武骨な筆致で書かれている。尻を起こし衣についた砂を払い落とす風馬のことなど構いもせずに、九蔵が障子戸の奥へと消えた。後ろ手で閉じないところを見ると、風馬が入ってくることを認めたようである。砂を叩き終え、開いたままの障子戸を潜った。

「珍しか客やね」

暗い部屋のなかから声が聞こえた。広い土間と簡素な上がり框。そしてその奥にわずかな板間だけという粗末な部屋である。板間を埋め尽くすように大きな男が座っていた。声を発したのはこの大男である。

「峰吉さんじゃないですか」

風馬は大男の名を呼んだ。

古渓町の峰吉。風馬は二度ほどこの男に会っている。一度目は柳町だ。月形洗蔵たち城のわくろうどんと、古渓町の若者たちが一触即発の事態となった。その仲介を頼まれた九蔵とともに柳町にむかった際、古渓町の若者の先頭にあったのがこの峰吉である。二度目は風馬の部屋でだ。柳町での一件で面子《メンツ》を潰されたけじめをつけたいと、九蔵を訪ねてきたのである。この時、九蔵は峰吉と一対一で殴り合い、そして勝った。

あれから二ヶ月あまり。おたがい顔の傷はすっかり癒えている。

「なんばしにきたとや」

しかめ面で問う峰吉を横目に、九蔵が框に腰をかけた。そこらじゅう木屑で埋もれている。九蔵が座ろうとした場所にも、無数の木屑が散らばっていた。それを手で払ってから、峰吉に背をむけるようにして座ったのである。

土間のいたる所に、大小さまざまの真新しい桶が積みあげられていた。

問うまでもなく峰吉は職人なのである。板間に座っている峰吉の目の前には、いろいろな鑿《のみ》と木切れが並んでいた。狭い部屋のなかに、木の濃い匂いが満ちている。少し甘さを感じるみずみずしい香りが、風馬の心を落ち着かせる。

「あんたも座ったらよかろうもん」

ゆるんだ風馬の顔に敵意の籠った視線をむけ、峰吉が言った。

「え、えっと」

どこに座ればいいのかわからない。なにせそこらじゅう木屑だらけである。九蔵の隣に座ろうにも、框は一人座ればそれで終わり。だからといって九蔵が框にいるのに、己だけ板間に座るわけにもいかない。戸惑っていると、峰吉が乱暴に土間の片隅を指した。

「そこん古い桶ば裏っかえして座ればよか」

「はい」

腰を低くして風馬は指さされた桶に近づく。そそくさと裏がえして、ちょこんと座った。

一連のやり取りを横目で眺めていた九蔵が、板間に背をむけたまま、肩越しに峰吉の顔を見た。

「傷はどげんや」

「あれからどんだけ経っとると思うとうとや。あげなもん怪我んうちん入らん」

ぶっきらぼうに答える峰吉を、九蔵が鼻で笑う。

「あれが怪我やなかったら、お前は死ぬまで怪我はせんな」

「そげなことば言いにわざわざきたとや」

木切れをひとつ手に取り、峰吉が鑿を動かしはじめる。刃先が木肌を丁寧に削いでゆく。鑿の先から伸びる木屑は、わずかに射しこむ陽光にさえ透けるほど薄かった。峰吉の太い指先からは想像できないほど、鑿は繊細な動きで木を撫でつづけている。

「お前ん所にも今回の山ん話は来とるとやろうもん」

「なんのことや」

答えながらも手を止めない。九蔵は峰吉から目を逸らし、積みあげられた桶を見つめてつづける。

「御上の内々の御達しっちゅうやつたい」

「あぁ」

気の無い相槌が返ってくる。

「お前はどげんも思わんとや」

「思わんわけがなかろうもん」

木を削る音が少しだけ荒くなったような気がした。

風馬は固唾《かたず》を呑みながら、二人のやり取りを見つめる。この二人が顔を合わせる所に同席すると、息が詰まって仕方が無い。

「西町ん者も、年寄連中が寄り合いで話したっちゅうのは聞いとるとやろうもん」

「山ば半分にするとかっちゅうあれやろ」

「そうたい」

「聞いとる」

簡潔に答える峰吉が鑿を止める。そして木を顔の前まで持ってくると、四方から眺めた。真剣な目つきで形を見極めている。その顔は、風馬の知るのぼせもんのものではなかった。職人という仕事に真剣に取り組む男の顔である。

「なんば頷きよるとや」

峰吉が唐突な言葉を吐いた。意味がわからず、削られた木を見つめていた目を峰吉へとむけた。すると、鋭い目がこちらを睨んでいることに気づいた。

「えっ」

「さっきから俺ん仕事ば見てから、何度も頷きよったやろ。俺がなんかおかしかことばしよるとや」

「そんなわけじゃ」

「やったらじっとしとかんね」

「はい、すみません」

何故怒られたのかわからないが、とにかく素直に謝った。峰吉がふたたび木切れをつかんで、鑿を動かしはじめる。呆れたような九蔵の目が、こちらを見ていた。一度だけ小さな笑いを風馬に見せてから、峰吉に語りかける。

「西町ん者は、山ば半分にするて聞いても、そげな風に大人しゅうしとけるとやな」

「なんば言いたかとや」

峰吉の手が止まった。木切れに注がれていた視線が、九蔵の背中にむく。

「内々の御達しとかっちゅうわけのわからん物に怯えて、こっちで勝手に山ば半分にしようっちゅう年寄連中の考えば聞いて、西町ん者らは怒りもせんかったっちゅうことかて聞きよるったい。お前はこんだけ嚙み砕かな、こげな簡単な話もわからんとか」

「やっぱり喧嘩ば売りにきたとやなかか」

鑿と木切れを床に置いて、峰吉が身を乗りだす。九蔵が草履を脱いだ。板間にあがってふたたび座り、峰吉と正対した。狭い板間でむきあったから、二人の間合いは無いに等しい。少しでも手を伸ばせば、互いの身体に届く距離だった。乗りだして身体が浮いた峰吉と、座ったままの九蔵。峰吉が見おろすような格好で睨みあう。

「俺にはそげな態度ば取るくせに、年寄連中にはへこへこ頭ばさげてきたとや」

「俺ば誰やと思うとっとや」

「西町流ののぼせもんの中じゃ、俺が一目置いとる古渓町の峰吉たい」

殺気立つ峰吉に睨まれながら、九蔵は薄ら笑いを浮かべている。

「西町ん者らは黙っとったとかて、俺は聞きようとぞ、ちゃんと答えんか」

浮いていた峰吉の尻がゆっくりと床につく。二人の顔が少しだけ離れた。しかし峰吉の視線には、殺気がみなぎったままである。

「納得がいかんて皆で言った」

「そいでどうした」

「ばってん、こいは全流ん年寄で決めたことやけん、どうしようもなかて言われた」

それまでの口調とは一変、峰吉は幼稚な物言いで九蔵に答える。

「お前もそいで引き下がったとや」

「年寄衆の話が終わってから、中年と若者だけで話ばした」

そこで峰吉が九蔵から目をそらした。溜息を吐いて削りかけの木切れを手に取る。鑿を木肌に当ててゆく。昂った気持ちを落ち着けようとしているようだった。九蔵は黙ったまま峰吉の言葉を待っている。それを察したように、古渓町の若者は淡々と語りはじめた。

「今回のことは誰も納得しとらん。もしかしたら年寄連中んなかにも、本当はよう思うとらん人もおるかもしれん。ばってん御上の御達しっちゅうことやったら、どうしようもなか」

ふたたび峰吉が九蔵を見た。

「ばってん気性の荒か者らのなかじゃ、こげな理不尽なことば命じてくる御上が悪かっち言いよる者もおる」

「腰抜けばかりじゃなかごたるな」

「黙って聞かんか」

茶々を入れた九蔵を峰吉が睨みつける。それから言葉を選ぶようにして、ゆっくりと語りはじめた。

「いまはどこん国でも、頼りんならん幕府げな無くして、都におわす帝ん下でひとつんなって異国ば追い払おうていう者らが出てきとる。こん筑前でん、勤王党のわくろうどんらが国んことば思って働きよるやなかか。理不尽なことばっかり言う黒田ん殿様に従う必要やらなか。俺たちも勤王党と一緒んなって、黒田ん殿様に刃向かおうやなかか。西町じゃ、そげなことば言いだす者まで出てきとう」

「たかだか山笠程度のことでそこまで」

心の声が口から飛びだす。

風馬は己の声が耳に届いた瞬間に、言葉を止めようとした。が、時すでに遅し。肝心な箇所は、すでに口から零れでていた。

「あんたいま、なんて言うたとや」

峰吉の目が風馬にむく。それは先刻まで九蔵に注がれていた敵意の視線だった。

「い、いや」

弁明の言葉が見つからない。九蔵や峰吉のようなのぼせもんにとって、山笠は命よりも大事なものだということは、この一年足らずの博多での暮らしで身に染みている。取返しのつかないことを言ったことを、風馬は後悔していた。

「山笠程度んことて言うたやろ」

「すみません」

「謝って済む話やなかろうもんっ」

峰吉が立とうとした。が、腕を九蔵につかまれ、中腰になる。

「こん人は博多者じゃなかけん、大目に見てやらんか」

「ばってんっ」

「たしかに外ん人から見れば、山笠はただの祭たい」

「九蔵っ」

「落ち着かんか峰吉」

腕をつかむ手に力が籠った。峰吉の尻が乱暴に床を叩く。凄まじい膂力《りょりょく》が、峰吉の巨体を床に縛りつけたのだ。九蔵は峰吉の袖をつかんだまま口を開く。

「いまはこん人に怒る時やなかろうもん。お前が言うたとおり、今度のことで博多ん若者は皆頭にきとる。なかにはお前が言うたごたることば言いだしよう者もおる。俺ん所にも同じことば言いよった者がおった」

九蔵の手を力ずくで振り解くと、峰吉が荒い鼻息をひとつ吐いた。しかし風馬を睨む目は依然として敵意に満ちている。熱気を帯びた視線から逃れるように、風馬はうつむいた。しかし耳だけはしっかりと二人のやり取りに集中している。

「峰吉、俺らは何者や」

「はぁ」

なにを言いだすのかと問いたげな相槌だった。悟った九蔵はつづける。

「俺らはのぼせもんやろうもん」

峰吉が黙る。

張りつめた緊張が狭い部屋に満ちた。沈黙が場を支配すると、木々の香りが強烈に匂ってくる。あれほど心を和ませていた香りが、いまはただ鬱陶しいだけだった。うつむいた風馬の視線が、踏み固められて黒光りする土間に注がれる。穏やかな凹凸《おうとつ》のある土の上に、薄茶色の木屑が散らばっていた。

おもむろにそのひとつを手に取る。

薄く削がれた木屑を両手の指でつかんで、ふたつに折った。断面に小さな棘が並んでいる。棘の先を撫でるように、指先を這わせてみた。皮を刺す力すらない棘は、指に押されるにまかせて頼りなく折れてゆく。

「峰吉」

沈黙を破る九蔵の声。うなだれた棘を見つめたまま、風馬は聞いている。

「俺たちはのぼせもんやろうもん。山笠が無かったら生きていけん。そうやろうもん」

「あぁ」

素直な相槌だった。

「そげんか俺たちが、国ばどうするとか黒田ん殿様ばどうするとかて言うて、どげんするとや」

「黒田ん殿様がわけのわからんことば言いだしよるけん、俺たちは」

「そいは違うっちゃなかか」

峰吉の言葉が終わらぬうちに、九蔵が答えた。ふたたび押し黙った峰吉を、優しい声が諭す。

「俺たちが怒っとるとは、山ば半分にされそうになっとることとたい。別に黒田ん殿様のやり方に怒っとるとやなか」

「同じことやなかか」

「俺は違うて思う」

風馬は顔をあげた。二人は先刻と変わらぬ場所でむかいあっている。が、これまで風馬が見たどの九蔵の目よりも、峰吉を見る九蔵の瞳は優しかった。

「のぼせもんにはのぼせもんの意地の貫き方っちゅうもんがあるて俺は思うっちゃが、お前はどう思うや」

「あんたがなんば言いたかとか、俺にはさっぱりわからん」

「黒田ん殿様に逆らうなら、のぼせもんの逆らい方があろうもん。年寄らがおそれてできんでも若か俺らにならできる」

峰吉の肩がわずかに震えた。

「あんたはなんばしようて思いようとや」

「博多じゅうの中年と若者ば集めて話ばするったい」

峰吉の部屋からの帰り道、風馬は九蔵の後ろを歩く。軽はずみな己の言動への後悔が、足取りを重くさせた。

「九蔵さん」

うつむきながら語りかけた。

「なんね」

九蔵は振りむきもせず優しく答える。

「このところ町の人の顔が険しかった理由がわかりました」

「先生には関係なか話やったろうが」

「はい」

答えながら寂しさが募る。

風馬はあくまで他所者だ。たしかに山笠が半分になったとしても、風馬にはなんの影響もない。しかしこれまで家族のように接してきた九蔵たちの苦悩である。少しでもいいから分かち合いたかった。他所者だからといって知らぬふりはできない。どうしてそんな気持ちになるのか。風馬自身も己の想いに戸惑っている。

「もしかしたら」

黙ったまま歩く九蔵の背中に切りだしてみる。つづきをうながすような相槌はない。別段、聞きたがっているという様子もない。だから風馬は勝手に語りはじめた。

「黒田家の政が変わり、勤王党の人たちが大勢、重要な立場になったということを噂で聞きました。もしかしたら、それと今回の一件が関係あるんじゃないでしょうか」

九蔵は黙ったまま先を歩く。もう金屋町は目の前だ。風馬はまくしたてるように語る。

「勤王党の人たちは御公儀よりも帝や朝廷を重んじる尊王攘夷の思想を持っています。今回の勤王党の抜擢は、藩内での彼らの声を強めたはずです。この機に乗じて、政という体裁を保ったまま、博多の町人たちを押さえつけようとしているんじゃないでしょうか」

「そげなことばして、なんの得になるて言うとね」

振り返りもせず九蔵が問う。その声が少しだけ沈んでいることに気づきながらも、風馬は言葉を止めない。

「さっき峰吉さんも言ったとおり、今回の一件で博多の町人たちのなかに黒田家を憎む人たちが出てきています。勤王党の人たちはそれが狙いなんじゃないでしょうか。博多の町人たちの山笠を愛する心を逆手に取って」

「そこらへんで止めとかんね」

「えっ」

九蔵が立ち止まった。いつの間にか風馬へとむけられていた顔に、怒りが満ちている。この男から敵意をぶつけられるのは、はじめてのことだった。

「九蔵さん」

戸惑いを声にして友の名を呼ぶ。

「勤王党ていうところにゃ、月形さんもおる」

硬い声で九蔵は言った。風馬はうなずきだけを返す。

「あんたは月形さんが、俺たちから山笠ば奪おうっちしよるて言うとね」

「そこまでは」

「言うたとも一緒やろうもん」

九蔵の眉間に皺が寄っている。

〝先生〟が〝あんた〟に変わった。些細《ささい》な呼び名の変化であったが、たがいの間に生まれた心の壁を痛いくらいに感じた。

「私は九蔵さんのことを思って」

「いらん世話たい」

「え」

「山んことも月形さんのことも、そして博多ん町人んことも、みんなあんたには関係なか話たい。いちいち首ば突っこんで、人ん気持ちに土足で踏みこむような真似ばしよると、さすがに俺も怒るばい」

「き、九蔵さん」

蔑《さげす》みの色を満たした瞳が風馬を射る。

「そろそろ長崎にいったらよかっちゃなかとや」

九蔵を追う気力はなかった。

去っていく背中を見つめる。

風馬は暮れてゆく町に一人取り残された。

＊

「なんで月形さんが職ば解かれないかんとですかっ」

加藤司書の屋敷に、凄まじい怒号が飛び交っていた。怒りを露わにして詰め寄る勤王党の面々を背に、月形洗蔵は瞑目したまま司書と相対している。

元治二年（一八六五）、三月二十六日。

月形洗蔵は町方詮議役の任を突然解かれた。命じられたのが二月の十二日のことである。洗蔵が詮議役であったのは、わずかひと月あまりという短さであった。

「御家老は存じておったとですかっ」

党員から司書を問いつめる声があがる。腕を組んだままうつむいていた司書が顔をあげ、息巻く若者たちを見つめた。かっと見開いた瞳から放たれる眼光に射竦められ、皆が一様に口籠る。場が静まるのを確認すると、司書はゆっくりと話しはじめた。

「儂にとっても突然のことやった。寝耳に水っちゅうのはこのことかと思うたくらいぜ」

口許に微笑を浮かべた司書が、気安い口調で語る。張りつめた空気を案じての態度であった。黙したまま聞いていた洗蔵は、ただ申し訳ないという気持ちでいっぱいだった。

「いきなり長溥様に呼ばれて、月形の任を解いたっち言われたとぜ」

「なんでそん時、抗議ばしてくれんかったとですか」

泣きそうな声で同志たちが問う。司書は深い溜息をひとつ吐いて姿勢を正した。熱意溢れる問いに、真摯《しんし》な姿勢で応えようとしている。

「長溥様の冷たい態度ば見た時、すでに今回の件はできあがっとるとわかった。のって儂は、弁解の余地は無かち判断して身ば引いたとぜ」

「できあがっとるっちゃあどげなことですか」

同志たちも引かない。

しかし司書が言うとおりなのだ。

今回の一件は最初からできあがっていた。それは、登城を命じられ、城内で吟味を受けた時から、洗蔵にははっきりとわかっていたことである。

五卿を太宰府へと招致する際、死んだ中村円太に対し資金援助を行ったことをはじめとした、藩の金を私《わたくし》した疑いあり。

それが洗蔵への疑いであった。

身に覚えがない。

たしかに円太に金を与えたことはあったが、それは藩の金ではなく勤王党内の金である。長州征伐の折、表立って調停に動けぬという家老たちの意を汲んで、密かに動いた際も、己の利になるようなことで、藩から与えられた金を使ったことは一切ない。

洗蔵にはやましい所は無かった。しかし詮議の者たちはまったく聞く耳を持たなかった。洗蔵の罪はすでに決しており、詮議は形だけのもの。どれだけ抗弁しようと、道理を述べようと通りはしない。

洗蔵の町方詮議役の任を解く。それだけが絶対に揺るがない事実として、詮議の場に存在していた。

「保守派が裏で糸ば引いとるとですかっ」

答えようとしない司書を、若い党員たちがなおも問いつめる。

「儂が家老になってから、保守派の浦上信濃《うらがみしなの》の家老職ば免じたり、藩論ば勤王にせないかんっちいう建議書ば長溥様に出したりと、大分押しが強か動きばしたとが、今回の一件に繋がったとやなかかと、さっき播磨《はりま》様と話しとったところぜ」

播磨様とは、司書の義理の兄である。黒田家の筆頭家老を代々つとめる三奈木黒田家の当主である黒田播磨は、もともとは司書の父の養子であった。播磨は司書の父の跡を継ぎ、加藤家の十代目の当主をしていた頃もある。しかし三奈木黒田家の当主であった義兄が死ぬと復縁。三奈木黒田家の当主となった。その際、司書は十一歳という若さで加藤家の十一代当主になったのである。

筆頭家老の黒田播磨と加藤司書は、いまでも互いを兄弟だと思うほど、親密な関係であった。勤王党において黒田播磨の力は大きい。党員たちを惹きつける司書の魅力。そして筆頭家老としての播磨の藩への影響力があったからこそ、これまで勤王党は大きくなってこられたのである。

「播磨様の力を以《もっ》てしても、月形さんのことはどげんもならんかったとですか」

「最初からできあがっとったって、さっき言うたやなかとな」

少しだけ口調を荒らげて、司書が党員たちを制した。

「長溥様も、今回の一件に絡んどるっちうのが播磨様の見立てぜ」

洗蔵も播磨の考えに同調する。下級武士が多い勤王党と、上級武士の保守派の争いは、はじめから勤王党に分が悪い。しかし先年の長州征伐での活躍によって、勤王党は藩内での影響力を大幅に強めた。その結果、保守派の家老であった浦上信濃の罷免《ひめん》、藩論の基本方針を記した建議書の提出などという強硬な策を推し進めてこられたのである。この勢いは、保守派だけで止められるものではなかった。藩主である長溥が後ろ盾とならなければ、勤王党に対する人事を司書たちに相談もなく強硬に推し進めることなどできはしない。今回の一件で保守派の後ろ盾になることを長溥が決断したのは、司書が行った藩内の改革に起因しているのだ。

と洗蔵は見ていた。

中老祐筆所詰《ちゅうろうゆうひつところづめ》という役職がある。これは長溥が直接藩の政を遂行するために、藩内の有能な者たちのみを集めた藩主肝煎《きもい》りの御役目であった。三月十二日、司書はこれを廃止したのである。藩政をみずから行おうという長溥の望みを、播磨と司書は奪ったのだ。そしてそれからわずか十四日後、洗蔵は職を解かれた。

背筋に怖気《おぞけ》が走り、躰《からだ》が激しく震える。

「どうしたとな」

司書に見咎《みとが》められた。

「行く末のことを思い、不意におそろしゅうなり申した」

何故か改まった物言いになってしまった。声をひそめてつぶやいた洗蔵の鬼気迫る表情を見て、司書が喉をおおきく鳴らす。

「司書様」

「黙らっしゃいっ」

同志から飛んだ声に司書が叫んだ。突然の変貌に誰もが驚き、声を失う。しかし司書は皆の目など構いもせずに、洗蔵だけを見つめつづける。

「なにがおそろしゅうなったとな、洗蔵」

穏やかに問う声が微かに震えていた。

「皆に聞こえるごと言わっしゃい」

司書がうながす。眼を剝いて見つめる司書にうなずきを返す。それから洗蔵は静々と振り返り、背後に並んでいる同志たちを見た。

「まずは某の処遇について、これほどまでに想うてくださった皆様に、深く御礼を申したい」

　またも改まった言葉になった。地《じ》の言葉を吐けるほど、心に余裕が無い。こうして取り繕《つくろ》っていなければ己を保てないほど、洗蔵は動転していた。

　静まりかえった部屋。

　洗蔵は語りはじめる。

「今度の一件、司書様が申されたとおり、はじめから絵図が描かれておった。某が職を解かれるのははじめから決まっておったのでござる。どれだけ抗弁しようと無駄なこと。詮議の場に当事者としてあった某であるからこそ、それが痛い程に解る」

　あれほど司書に詰め寄っていた皆が、黙って聞いている。

「保守派だけではこれほど手際のよい動きなどできはし申さぬ」

「まさか」

　耐えきれずといった様子で若い党員が声を吐いた。おそらく彼も洗蔵と同じ思いに至ったのだろう。ならば恐怖が口からこぼれだしたとしても仕方がない。

　若者の声を聞き流し、洗蔵はつづけた。

「今回の一件に長溥様が関わっておられるという播磨様の見立ては正しい」

　ざわめく声があちこちで起こる。

　洗蔵はなおもつづけた。

「長溥様が我等を快う思うておられぬことはこれまでもわかっておったこと」

長州征伐での功績がなければ、司書も家老になれたかどうかわからない。ましてや洗蔵のように一度は蟄居謹慎を命じられた男が、復職できるわけもなかった。

「今度の一件で、長溥様が我等を敵と見なしていることがはっきりとわかり申した」

「敵は言いすぎやなかとですか」

「いや、洗蔵の言うとおりぜ」

同志の声に司書が答えた。そして洗蔵の言葉を継ぐように、覇気に満ちた声を吐く。

「長溥様は儂らを敵と見なしとる。ちゅうことはこれより先、洗蔵のようなことが起こらんとは限らんとぜ。次の標的が誰かはわからんが、また長溥様は儂らに牙ば剝くはず。これは播磨様とも話したことぜ」

長溥が敵となる。

勤王党にとって最大の窮地。

「もしかしたら次は儂かもしれんぜ」

洗蔵にだけしか聞こえない声で、司書がつぶやく。

諦めが滲んでいた。

八

「もうみんな待っとるとやろうもん」

よどんだ母の声が、九蔵の背中を叩く。古い畳の上に座ったまま動かない巌のごとき体躯を、心太はなに思うでもなく眺めていた。

後《おく》れ毛のある頭のむこうから煙がひとすじ立ち昇っている。右に左にと揺れながら、煙は天井あたりで霧消してゆく。草を燃したようなくすぶった臭いが、部屋じゅうに漂っていた。

「煙草《たばこ》やら吸いよる暇があるとやったら、さっさといかんね」

「わかっとる」

鬱陶しそうな声を九蔵が吐いた。

「あんたが言いだしたけん、みんなが集まってくれたとやろうもん。そればいまごろんなって駄々ばこねるとか。子供やなかっちゃけん、しゃきっとせんね」

母の口調がだんだん強くなってゆく。土間に立つ母が腰に手を当てて、九蔵を睨んでいる。さっきまでは心配が先に立っていた視線も、いまでは怒りの色のほうが濃くなっていた。

「いまんなって怖《お》じ気《け》づいたとね」

「お前もぐじぐじうるさかねぇ」

背をむけたまま九蔵がつぶやく。煙管《キセル》のなかの燃え滓《かす》を叩いて落とし、新しい葉を雁首《がんくび》に詰める。それからゆっくりと火に顔を寄せ、またぷかぷかと吸いだした。

「誰がぐじぐじ言いよるとね」

母の声が明らかに硬い。

「お前たい」

雁首を叩きながら九蔵が吐き捨てる。

母の眉間に深い皺が寄った。それを見るだけで心太は息が止まりそうになる。九蔵がどれだけ強い男であろうと、心太がこの世で一番怖いのは母だ。眉間が割れ、黒目がおそろしく小さくなった時の母より怖いものはない。

「誰に言うたとね、あんた」

母の声が低い。これまで感情を抑えていたせいで幾分高かった声が、怒りでどっしりと重くなった。さすがに九蔵も母の変化に気づいたようで、煙管を置きつつ振り返る。

「いい加減にしとかないかんばい、あんた」

ずかずかと土間を歩いた母が、草履のまま部屋にあがると九蔵の目の前に座った。鼻と鼻が触れるほどに顔を近づけながら九蔵を睨みつける。

「なんばびびっとるとね」

母の口許がうっすらと吊りあがっている。上下の瞼から完全に離れている小さな黒目が、九蔵を捉えたまま動かない。

「誰がびびっとるとや」

「あんたたい」

普段は九蔵を立て、好きなようにさせている母だ。ここまで怒ったところを見たことがない。

「こげな腑抜けば心太ん父親にしたつもりはなかとばい」

「腑抜けっちゃ誰の」

「あんたんことやろうもん」

母の手が畳を叩いた。見事なまでに芯を喰った一撃は、乾いた音を部屋じゅうに鳴り響かせる。舞いあがった埃を見ることができたのは心太だけだ。二人はともに相手を見たまま動かない。

いつの間にか九蔵が仰け反っていた。さっきまで前のめりに座っていたはずなのに、いまは後ろ手に身体を支え、顔を思いっきり母から遠ざけている。逃がすまいとする母は、腰を浮かせて片膝立ちになりながら、身を乗りだしていた。九蔵が退《ひ》いた分、母が詰めている。故に二人の距離は広がらない。

「日頃、のぼせもんじゃなんじゃて調子に乗っとるくせに、こげな所で腹ば括《くく》れんとね。あんたはそげん小さか男やったとね」

「腹ば括れんわけやなか」

「やったらなんで皆ん所にいかんとね」

少しだけ母の口調が穏やかになった。わずかな変化である。九蔵は気づいていないようだった。

「俺一人ならどげんなってもよか。ばってん、俺ん我儘《わがまま》に皆ば巻きこんで本当によかとかて、悩んどったったい」

九蔵が素直にみずからの気持ちを語った。それもさっきまでの強気な声ではなく、つぶやくようにである。母の目を正視できぬのか、顔は正対したまま目だけを逸らしていた。下唇が上に捲《めく》れあがり、鼻筋に皺を寄せる姿は、まるで叱られている子供である。

母は変わらない。九蔵を睨みつけたまま固まっている。

「もし御上が本気で来ることんなったら、大勢の者が捕まることんなる。なかには死罪になる者も出てくるかもしれん」

「あんたはどげんなるとね」

「俺《おい》が皆ばけしかけとるとやけん、当然死罪たい」

ここまで言って九蔵の目がふたたび母を捉えた。

「俺は死ぬかもしれん」

「そいがどげんしたとね」

母は笑みを浮かべて言った。目がわずかに潤んでいる。

「あんたはのぼせもんやろうもん。博多ん町人の意地ば貫かんでどげんするとね」

九蔵はなにも言えず、ただ母を見つめていた。

「私だっちゃ半端な覚悟でのぼせもんの女房になったたっちゃなかとよ。あんたがどこでどげんなろうと絶対に取り乱さんつもりでおると。意地ば貫かんで逃げ回るようなあんたなら、私はこん家にはこんかった」

とつぜん母の視線が心太にむいた。涙ぐんだ目で見つめられ、身体が小さく跳ねる。たじろいだ己の背中が壁を叩く音を、心太は黙ったまま聞いた。

「こん子の父親はなにも言わん人やったけど、仕事一筋貫いた人やった。こん子は男ん子やけん、女の私じゃ教えられんことがある。男が生きるていうことはどげなことか。あんたやったら教えてくれるて思うたけん、私はこの家にきたとよ」

九蔵の顔がこちらにむく。二人に見つめられ、どうしていいのかわからない。とりあえず首をかしげてぎこちない笑みを浮かべてみせる。

「なんやそん顔は」

九蔵が口許をほころばせて言った。その声に母もさっきまでの凍った笑みではない穏やかな笑顔を見せる。

「こん子は私に似たとやろうけど、自分の気持ちばうまく外に出せんとよ」

「似たとは父ちゃんのほうやろ」

心太を見たまま九蔵が答える。なんだか照れ臭い気持ちになるが、目を逸らす気にはなれなかった。

「ばってんお前ん子やけん、誰よりも熱かもんば裡《うち》に秘めとる。俺ぁこいつはよかのぼせもんになるっち思うとる」

母が目を伏せうなずいた。その拍子に零れた滴が仰け反っている九蔵の膝を濡らす。うつむいたまま、母は語る。

「もしあんたの言いようことが気に入らんとなら、誰も付いてこんかったやろうもん。別にあんたの所為やなかとよ。あんたが巻きこみよるっちゃない。ただ先頭に立っとるだけ。のぼせもんの意地ば、博多ん者《もん》はみんな持っとるとやろうもん。どげんかことんなったっちゃ、誰もあんたを責めん」

「そうやな」

九蔵がうつむいたままの母の頭に手を添えた。そしてゆっくりと母の身体を自分から離してゆく。母もされるがままに任せている。押さえているものが無くなると、九蔵は威勢よく立ちあがった。

「お前の言うとおりたい。覚悟はとっくにできとったつもりやったとばってん、どうしても踏ん切りがつかんやった。ばってん、お前の言葉で迷いが綺麗さっぱり無《の》うなった」

「のぼせもんば支えるとが博多の嫁やろうもん」

「俺はよか女ば選んだごたぁばい」

「いまごろ気づいたとね」

語りあう二人を見ているとなんとなく穏やかな気持ちになった。あれほど嫌っていた九蔵を、いつの間にか家族だと認めている自分がいる。

「ところてんっ」

腰帯を結び直しながら九蔵が叫ぶ。目は障子戸にむけられている。心太を見ずに九蔵はつづけた。

「お前も一緒にこい」

「えっ」

戸惑う心太は思わず母を見た。

母は満面に笑みを浮かべながらうなずいている。

「お前も博多ん男たい。のぼせもんの意地の貫き方、よう見とけ」

「い、いや」

「俺の後ろに隠れとけ。なんがあっても守っちゃるけん」

「そげんか危なか所に」

「いってこんね心太」

やんわりと辞退しようとしていた心太の言葉をさえぎるようにして、母の言葉が背中を押した。

なんだか泣きたくなってきた。

「立てところてん」

「立たんね心太」

逃げ場がない。壁に背を滑らせるようにして腰から立ちあがる。いきたくないという気持ちが、背中を壁にしばりつけていた。

母が立ちあがって近づいてくる。

心太の肩を白い手が抱いた。

「こん人の姿ばしっかりと見てくるとよ」

うなずくしかなかった。

身体じゅうが裡へ裡へと縮みあがっていく。いまにも弾けてしまいそうなほど張りつめた雰囲気に、心太のすべてが圧《お》されてしまっていた。声を発することなどできるわけもない。下手をすれば息さえも忘れてしまいそうだった。吐け、吸えと喉と腹に命じつづけていなければ、この物々しい気配に息が押し返されてしまう。指先は震えることもできず、硬直したまま動かない。

櫛田神社の本殿脇の社務所である。上座には宮司や山笠の年寄組の面々が集い、下座《しもざ》の九蔵たちを睨んでいた。脇のほうに控えているのは、いかにも高そうな衣を着た商人連中である。

もちろん子供は心太以外にはいない。しかし誰も、このあまりにも場違いな存在を咎めようともしなかった。見逃しているというよりは、存在を否定する余裕すらないというのが本当のところだろう。

「皆ば集めとってから、待たすっとかどげなつもりや」

上座から九蔵に語りかけるのは、太吉である。年寄連中のなかでも一際表情がけわしい。己《おの》が流《ながれ》の中年である九蔵が、騒ぎを起こしていることに腹を立てているようだった。

「すんまっせん」

心太の隣に座る九蔵が薄ら笑いを浮かべながら言った。先刻《さっき》まで家でぐずついていた男とは思えないほど、九蔵は剣呑な雰囲気を物ともしていない。

「お前は自分がなんばしよっとか、わかっとるとか」

「太吉さんのほうこそ、こいから俺がなんばすっとか知らんでしょうもん。小言なら後で聞きますけん、ちょっと黙っとってくれんですか」

「なんやそん態度はっ」

太吉が床板を叩いて中腰になる。すると九蔵の周囲に控えていた中年や若者たちがいっせいに身構えた。

「落ち着かんかっ」

太吉の隣に座る老人が言った。心太は名も顔も知らないが、宮司の隣に座っているからおそらく偉いのだろう。現にその老人の一喝で、若者たちがあげていた腰を床に落ち着けた。

息が詰まる。

倒れそうだった。しかし逃げだすような根性はない。腰をあげて後ろをむいて走りだす。たったそれだけの動きを行う自信がなかった。

「まずは九蔵の話ば聞こうやなかか」

さっきの老人が静かに言うと、太吉も若者たちも口をつぐんだ。

「有難うございます晋三《しんぞう》さん」

九蔵が老人に礼を述べた。晋三と呼ばれた老人は、わずかにうなずくと九蔵を睨んだまま黙りこむ。それを催促と捉えた九蔵が、静かに語りはじめた。

「皆さんも見てわかるて思いますが、ここん集まったとは全流の中年頭、若者頭です」

心太が知っているのは古渓町の峰吉、それと蓑次くらいのものである。

「ようこんだけ集めたやなかか」

「全流ん者が集まるくらい、俺たちの気持ちは一緒やったてことです」

晋三に答えると九蔵はつづけた。

「皆さんが話しおうて決めた、山ば半分にするてことに、俺らは納得しとらんとです。御上の御達しが来とるからて言うても、内々のもんやて言うやなかですか。そげなもんば気にして、自分たちで山笠ば半分にしよったら、そいこそ御上の思う壺やなかですか」

「おい九蔵」

晋三の手前、黙って聞いていた太吉が声を吐く。

「お前は御上ばなんて思うとっとか」

「さぁ」

とぼけてみせた九蔵に、年寄はおろか、宮司や商人たちまでもが息を呑む。

「お前、言葉には気をつけないかんぞ。誰が聞いとるかわからんとやけんな」

「こげなことで縄ば打つとなら、御上っちゅうのはそん程度んもんでしょ。大体、太宰府のお公家さんたちと、山笠になんの関係があるとですか。世情って言うても、そりゃお侍たちの」

「もう止《や》めろっ九蔵」

たまらずといった様子で、伊兵衛が叫んだ。己が子も同然の九蔵である。これ以上、危うい発言をして咎められるのをおそれたのだ。父と慕う伊兵衛の悲痛な叫びを聞いて、九蔵は黙った。泣きだしたくなるくらいに凶暴な静寂が場を支配する。

誰かなにか言ってくれ。心太は胸の裡で叫ぶ。その魂の声が聞こえたのか、古渓町の峰吉が手を挙げた。

「なんや峰吉」

晋三に言われて、峰吉が太った身体を一度揺すってから口を開いた。

「九蔵さんが言いよることは、俺も思うとったことです」

「なんば言いよっとかお前まで」

峰吉は呆れる晋三に構わない。

「口ん出したけん咎められるて言うとなら、九蔵さんば一人にはできんとです。ここにおる者は全員、九蔵さんと同じ気持ちでおるっちゅうことだけはわかっとってください」

峰吉も九蔵も年寄たちを見つめたまま微動だにしない。普段は気弱でふらふらしている蓑次でさえも、真剣な面持ちで上座を見つめていた。

誰もが山笠を守るためにここにいる。ここに集った男たちは本気なのである。山笠のためなら死んでもいい。本気でそう思っている。

「そいで」

おもむろに晋三が口を開いた。けわしい表情は変わらない。

「お前たちの気持ちはわかったばってん、そいで俺たちば集めてなんば言うつもりとや」

「山はこれまでと変わらん高さでいきまっしょう」

決然と言い放った九蔵に、年寄たちがざわめく。一人、宮司だけが微笑んだように見えたのは気のせいだろうか。あまりにも刹那のことだったから、もう確かめようもない。すでに宮司は笑うのを止め、無表情で中年と若者たちを見つめている。

「これまで通りの高さでいく。お前はそう言ったとか」

晋三が問うと、九蔵は力強くうなずいた。

「それがどげんかことかわかっとうとや」

「皆で話しあった結果、そういうことになったとです」

「ちゅうことは、お前たちも覚悟の上っちことやな」

晋三が九蔵の周囲に控える男たちを睨んだ。誰一人としてためらいを見せる者はいなかった。晋三に問われると同時に、皆がいっせいにうなずく。

「こいつらば、なんち言ってまとめたとや」

右の眉を思いっきり吊りあげて晋三が問うた。固く組んだ腕に、筋がくっきりと浮かんでいる。

「俺は別になんも言うとらんとです。ただ皆はどげん思うとやて聞いたら、同じ想いやったってだけです」

「お前たちは最初から儂らが決めたことに、納得しとらんかったてことか」

「晋三さん」

峰吉が割って入る。九蔵を睨む目を、晋三は太ったのぼせもんにむけた。

「年寄たちが決めたことば聞いた若者らんなかには、そげんか理不尽なことば言うてくる御上が悪か、なんやったら博多ん者の力ば見せつけてやろうかて言いだしよる者らもおったとです」

「なんやそん博多ん者の力ていうとは」

晋三の気迫に峰吉は負けない。その大きな身体で圧を受け止めて、涼やかで力強い声を吐く。

「いまはどこの国にでん、帝ば立てて異国ん者ば追いだそうて者がおりまっしょうが。そげな奴らがなんばしよるか、晋三さんも知っとりまっしょうもん。都で浪人たちが暴れよる。御上はそげんか奴らば」

「もうよか」

淡々と語る峰吉を、晋三が止めた。そして威圧に満ちた目で下座を睥睨《へいげい》する。

「お前たちは黒田ん殿様に、そげんかことばしよう思うとったとか」

「そいば止めてくれたとが九蔵さんです」

「なんてや」

「各流はばらばらに動きよったし、若者連中も仲がよか者らだけで話ばしよった。そいば九蔵さんは、ひとつにまとめてくれたとです。博多ん町人の誰もが一目置く九蔵さんやけん、誰でんが話ば聞こうて思うた。こうして皆さんの前に座っとるとも、九蔵さんのおかげとです。九蔵さんがおらんかったら、若者らがなんばしたか。考えるだけでん俺はおそろしゅうなるとです」

みずからをたたえる言葉を、九蔵が黙って聞いている。心太は思わず義父の顔を見あげていた。

「のぼせもんにはのぼせもんの戦い方がある。九蔵さんはそう言って、もういっぺん皆さんと話ばしようて説いてくれたとです。俺たちも山がそんままなら文句はなか。あんままやったら道ば踏み外す者もおったかも知れん。俺は九蔵さんに感謝ばしとります。そして皆さんも、いつかこん人がおったけんよかったって思う時がくるはずです」

峰吉の言葉を聞きながら、九蔵が懐に手をやった。そして紙きれを取りだし、上座に見せるように両手で広げる。

「晋三さんたちに迷惑はかけんつもりです。今度んことが元で御上がなにか言うてきても、俺たちが決めたことてわかるごと、こげんかもんば書いてきました」

九蔵が広げた紙が透けて、心太にも文面が読み取れた。そこには名前が連ねてあり、紅い物が捺《お》されている。

「血判状とか作ってから、お前たちは一揆でん起こそうて言うとか」

「もしかしたら一揆と同じことになるかもしれん。そいけんこうして血判状ば作ったとです。ここに記してある首謀者たちが皆をそそのかしたて言いきれば、他ん者たちに責めがおよぶことなか」

「おい九蔵」

晋三の声がいっそう重くなる。

「儂らば見縊《みくび》んなよ。中年や若者らがここまでして腹ばくくっとおとに、儂らが黙っとおわけがなかろうもん」

「年寄ん皆さんが俺らんことば想うてくれとるとは、ようわかっとります。今回の決定も、角《かど》ば立てずに山ばつづけるために、皆さんが考えに考えてのことやてことも重々承知しとります。やからこそ、皆さんには迷惑ばかけられんとです。俺たちの所為で御上がなにか言うてきても、来年また山ば昇けるごと考えとかないかんでしょうもん」

「儂らは知らぬ存ぜぬば通せっちいうとか」

「はい」

気持ちのいい笑みを浮かべ、九蔵がうなずく。その屈託のない笑顔に敗《ま》けたように、晋三も微笑んだ。

「莫迦や莫迦やて思うとったばってん、お前も立派な中年になっとったとやな」

九蔵は答えない。ただ笑ったまま晋三を見つめつづける。

「博多ん町並から高々と突きでた山こそが、山笠たい」

それまで黙って聞いていた宮司が、突然口を開いた。固まっていた顔の皮も、いつの間にか緩んでいる。笑顔を浮かべた宮司の顔は、さっき心太が垣間見《かいまみ》たそれだった。

「皆が山笠ばどんだけ愛してくれとるかが、今日は痛いほど解った。そいが嬉しか」

そう言って笑う宮司の気配が、緊張した場を緩やかにほぐしてゆく。

「九蔵さんたちのやりたかようにやらせてみらんですか晋三さん」

「宮司さん」

細めた目で見つめられて、晋三は戸惑っている。それを眺めて小さくうなずくと、宮司は九蔵たちへと顔をむけた。

「天までそびえる山ば舁く九蔵さんたちん姿ば、私は毎年楽しみにしとるとですよ。半分になった山やら、屈強なのぼせもんには似合わん。やっぱり山は大きか方がよか」

「有難うございます」

九蔵が深々と頭をさげる。宮司はまた小さくうなずいてから、穏やかな声でつづけた。

「まぁ最近は、御上もいろいろと忙しかごたるけん、なんがどうなるかわからんっちゅうのが正直なところたい。今回の御達しも、新しく家老になった加藤様あたりから出たて話も聞く。ばってん加藤様も、こん先どげんなるかわからんたい。こんままいけば、もしかしたらなんのお咎めもないっちゅうことになるかもしれん。私はそげんなるような気がしとる」

城でなにが起こっているかなど心太には知る由もない。ただ宮司の話を聞いていると、皆が思っているほど大層なことではないような気がしてくる。しかしのぼせもんたちの顔には、楽観の色はいっさい無かった。気楽な言葉を吐く宮司を、誰もが真剣な眼差しで見つめている。剣呑な視線を一身に浴びながら、宮司はなおも朗らかに語りつづけた。

「山笠は神に奉るための祭礼やけん、本来なら御上の干渉やら受けんでよかて思うとる」

「宮司さん」

「ここにおるとは気心の知れた者ばかりたい。気にせんでんよか」

たしなめる晋三に宮司は笑顔で答えた。そのにこやかな目が九蔵を捉える。

「若者たちん気持ちば汲んでやるとが年ば取っとお者の務めやて私は思うとる」

宮司の言葉を受け、九蔵が小さく頭をさげた。

「命ば懸けてまで山笠ば守ろうてしよる者たちば見捨てるような真似はできん。私は九蔵さんたちが言いよるようにしてよかて思うが、どげんね晋三さん」

「宮司さんがそこまで言われるとなら」

年寄たちが視線を交わす。大半の者が、晋三を見ると、承服の意をこめてうなずく。何度か首を上下させた晋三は、一度固く瞼を閉じ溜息を吐いてから、九蔵を見た。

「山はこれまでどおりでいく」

中年と若者たちから歓声があがる。しかし年寄たちの矢面《やおもて》に立った九蔵と峰吉は、顔色を変えずに黙っていた。

「ばってん条件がある」

上座の面々が息を呑む。
「儂もそん血判状に名ば書かせろ」

＊

那珂川に架かる橋をわたる。むこう岸は博多の町だ。そのまま足を北にむけ、対馬小路《つましょうじ》横丁《よこちょう》の方へと歩く。そこで東に進路を取り、真っ直ぐに進む。洲崎、対馬小路、妙楽寺《みょうらくじ》、浜小路《はましょうじ》、古渓、奥小路《おくしょうじ》、市小路《いちしょうじ》、廿家《にじゅうや》、浜口と町を抜ける。そうすると博多の東端を流れる石堂川はすぐそこだ。東端から二つ目の町が、金屋町である。

月形洗蔵は隅々まで頭に入っている博多の絵図を思い浮かべながら、ゆるゆると歩いていた。福岡の町から中洲《なかす》へと至り、博多へ入ってくると、行き交う人もがらりと変わる。武士だらけの福岡から一変、目に映るのは町人ばかり。商人に奉公人、職人、大工に女子供。福岡に住む人々とは違う者たちが、博多には溢れかえっている。

己《おの》が領分と節度をわきまえ、日々をつつましく生きることを旨とする侍の町である福岡は、昼日中であろうと物静かな気で満ちている。大声で騒ぐような者は誰一人いない。厳しい規律の下、皆が整然と生きていた。博多の町は違う。その日その日をあるがままに生きる町人たちは、節度や規律を重んじない。ある程度の規範は持っているのだろうが、それを第一に考えていないから、表情からして違ってくる。侍である洗蔵から見れば、だらしないとさえ思えるほど、博多の人々は感情が面《おもて》に出ていた。嬉しい時は誰に見せるでもなくにやつき、機嫌が悪いと往来を歩いている時ですら虚空を睨んでいる。皆が勝手に振舞うから、整然さなど求めるべくもない。川をひとつ越えただけで、こうまで人が違うかと洗蔵はあらためて感心する。沈鬱な心も、博多の町の快活な気に肌をさらしていると、幾分和らぐように思えた。たとえ気の所為だとしても、いまの洗蔵にはその些細な浮上が有難い。

慶応元年（一八六五）五月十六日、ついに加藤司書が家老職を罷免された。司書が家老であったのは、三ヶ月というあまりにも短い期間であった。

これで藩主の腹は読めた。黒田長溥は尊王攘夷を藩論にする気などまったくない。それどころか、勤王党を恨んでいる。司書を一時とはいえ藩政の中枢に据えたのは、長州征伐に対する功に報いるという態度だけでも見せようという卑劣な考えからだったのだ。長州での働きぶりで、司書や洗蔵たちは国外の大名たちからも認知される存在となった。そんな司書たちを無視しつづけることが、小心な長溥にはできなかったのである。だから一時なりとも勤王党の面々を抜擢し、藩主としての体面を保った。しかしそれも上っ面だけのこと。すぐに我慢ができなくなり、今回の罷免へと繋がった。

己が滑稽でならない。いったいなんのために奔走したのか。藩の密命を受け、長州の降伏を斡旋し、公卿たちを太宰府へ引き取ったのはなんのためだったのか。勤王党のため、ひいては黒田家のためである。長州が朝敵となったとはいえ、尊王攘夷の流れは止まらない。ゆくゆくは幕府は倒れざるを得ないだろう。古い機構を崩し、新たな国の仕組みを一刻も早く築かなければ、この国は立ちゆかない。そしてかならず、それは実現されるだろう。幕府が倒れ、帝を仰ぎ奉る政権ができあがった時、いち早く尊王攘夷に舵を切った黒田家はかならず優遇される。そう意図したからこそ、洗蔵は身を粉にして働いたのだ。

しかしすべては水泡に帰した。

「長溥公は大局が見えておらぬ」

東へ東へと歩きながら、洗蔵はひとりつぶやいた。ここは博多の町だ。どれだけ町人に聞かれようと、いまさらおそれることはない。すでに洗蔵は町方詮議役の職を解かれている。保身を考える必要はなかった。

金屋町。ここには九蔵が住んでいる。

無性にあの男に会いたくなった。職を解かれたとはいえ、蟄居を命じられているわけでもない。外出は許されている。気がつくと、博多へ足をむけていた。

表通りの商家の脇へ入る。細い路地を行くと長屋の入り口が見えてきた。九蔵の住む長屋である。往来よりわずかに低地に建っている長屋へ、石段がつづいている。それをゆっくりと下りてゆく。長屋の路地は、すれ違うことすらできぬほどに細い。侍が行き交えば刀が触れてしまう。風馬という名の医者の倅《せがれ》の部屋を行き過ぎた。そうして目当ての障子戸の前に立つ。

「もうし」

声をかける。中から女の声が聞こえてきた。障子戸が開き、鋭い目をした年増女が顔を出す。九蔵の妻であろう。

「月形洗蔵と申す。九蔵殿はおられるか」

「あぁ、あなた様が月形様でございますか。いつも亭主がお世話になっております」

女が腰を曲げて辞儀をした。

「月形さんやなかですか」

腰を曲げた女のむこうから九蔵の顔が出ていた。その隣に、十そこそこに見える男の子が座っている。

「どげんされたとですか」

土間の草履をつっかけ、九蔵が出てきた。女に目配せをする。九蔵の妻はもう一度深く辞儀をして台所の方へと消えた。

「こげんか狭かところじゃなんやけん、外に出んですか」

言って九蔵が敷居をまたぐ。

「ちょっと出てくるけん飯はいらん」

肩越しに言うと、そのまま障子戸を閉めた。

「突然すまんかった。奥さんにも悪かことばした」

「気にせんでください。そいよりどこにいきましょか」

「飯はいらんて言うたとやけん、なんか美味い物でも食いにいくな」

「よかですね」

快活に言った九蔵が、洗蔵の前を歩き長屋を出ようとする。着物の上からでもわかる鍛えあげられた背中を前に、洗蔵は長屋を後にした。


「こげんか所に連れてきてもろうて、本当によかとですか」

恐縮した九蔵が言う。目の前には玄海の魚が活きたまま、大皿に盛られている。

「久しぶりに会《お》うたとぜ。遠慮はせんでよか。腹が膨れるまで食わっしゃい」

「なんか嬶や餓鬼に悪かごたる」

「お前でん、奥さんや子供ば気にするとやな」

「そりゃあ気にしますよ。後でなんば食べたとかって聞かれて、こげん豪勢なもんば食ったて言うたら、そいだけで喧嘩になるかも知れん」

「嘘ば言えばよかとやなかとな」

「そりゃ、そうたい」

九蔵が大声で笑う。なんのわだかまりもない笑顔を見ていると、前回別れた時のことを思いだして切なさが胸を刺す。

〝男っちゅうとがどげんか者かは、自分で決めるもんや無かですか〟

そう言った九蔵の目には、敵意がみなぎっていた。円太の墓へ連れていく間も、口数は少なく、心を開くことはなかった。これといった会話もないまま墓の前で別れたのを、昨日のことのように覚えている。

「この前は」

「もうよかやなかですか」

神妙に切りだした洗蔵を、威勢のいい声が制した。にこやかに微笑むのぼせもんは、照れ臭そうに首をぼりぼりと掻きながら天井に視線を泳がせている。

「俺ぁ馬鹿やけん、なんでもすぐに忘れるとですよ。今日だっちゃ道具ば忘れてから、親方にえらい剣幕で怒られたとですよ」

冗談交じりに言う九蔵の気持ちが有難かった。何故、無性に九蔵に会いたくなったのか、わかったような気がした。

「美味かぁ」

盃の酒を干し、目を輝かせて九蔵が叫ぶ。気持ちのいい呑みっぷりに、自然と洗蔵の口もほころんでしまう。

「そういや」

「なんぜ」

「俺も月形さんも名前に〝蔵〟の字がつくやなかですか」

「それがどうかしたとな」

「いや別に」

手酌で注いだ酒を九蔵が呑み干す。

「いまふと思ったとです。別になんちいうこともなかとです」

「たしかに互いに蔵の字がつくな」

「でしょ」

「そういやもうじき山笠やな」

九蔵はにこやかに大皿の上の刺身を食べ、酒で喉を潤している。行儀もへったくれもない粗雑な食べ方が決して見苦しくなく、むしろ清々しいとさえ思えた。九蔵という男の豪快さには、乱暴な食べっぷりが似合っている。

「もう準備ははじまっとるとな」

「どこん流も飾り山の支度やらなんやらで忙しゅうしとります」

九蔵の言葉に曇りは一切なかった。それが洗蔵には少しだけ気にかかる。

世情不穏の折、今年の祭礼はできるだけ華美を控えるように。各流の年寄たちにむけてそう打診したのは、洗蔵である。町方詮議役になってはじめてといってよい仕事だった。藩主や司書以外の家老たちの手前、強硬な触れを出すには至らなかったが、それでも町人たちにとっては十分な圧力になったと思っている。

まずは内々に圧力をかけてから、藩にも話を通し、最終的に藩主の命という形で山笠の縮小を決定するつもりだった。が、わずかひと月あまりという短さで洗蔵は職を解かれた。藩主の力で山笠を押さえつけ、町人たちに溜まった鬱憤の捌《は》け口を尊王攘夷に求めさせるという計画は、見事に砕け散ってしまったのである。

「なんか御上がいろいろと言うてきたとですが、今年もいつもどおりに山ば作るていうことになりました」

「そうか」

微笑を浮かべて動揺を隠す。しかし腹の底には、疑念が渦巻いている。なぜ町人たちは己の言葉を無視したのか。山は例年どおり。それは御上への抵抗に他ならない。

「御上が言うてきたと申したが、そいはどげなことな」

「月形さんは知っとらすっちゃなかとですか」

笑みをかたどる九蔵の目の奥が、笑っていない。明らかな懐疑の色が、洗蔵を見る視線にあった。

洗蔵を疑っている。

「太宰府に都のお公家さんたちが流れてこらさったり、長州の方で戦があったりしてから、なにかと巷がうるさかけん、今年の山笠は派手にしちゃならんっち、御上が茶々ば入れてきたとです。町方なんとかていう職に就かれとる月形さんなら、知らんわけはなかでっしょうもん」

「町方詮議役の任はとっくに解かれとるぜ」

「そうやったとですか」

「二月に命じられ、三月には御役御免ぜ。仕事っちゅう仕事はなんもしとらん」

「月形さんが知っとっても知らんでもどっちでもよかとですけど、とにかく今年も山はなんも変わらん」

「悶着《もんちゃく》はあったとな」

「そりゃ揉めました」

九蔵はとっくに箸を置いている。最後に盃に口をつけてから、ずいぶん時が経っていた。洗蔵は膝に手を置いたまま、九蔵と相対している。誰も食さない肴《さかな》が、空気に晒され乾きはじめていた。

「年寄連中は山ば半分にするとか言いだして、中年と若者らは、そげなことは絶対に納得できんっち言うて、そりゃ血ば見らな収まらんっちゅうくらいに危のうなったとですよ」

「そうか」

はい、と答えた九蔵が親指で鼻の頭を撫でる。鼻の穴をひくひくと震わせて、大きなくしやみをした。冴え冴えとしてきた部屋の気を、豪快な咆哮《ほうこう》が揺り動かす。余韻で壁がわずかに揺れたような気がするほど、盛大なくしゃみであった。

一度鼻水をすすってから、九蔵が笑う。

「いやぁ、今回の一件はさすがに焦った」

「なんでな」

「あまりにも理不尽なことば御上が言いよるもんやけん、血の気の多か奴らはそれこそ川ばわたるっちゃなかとかと思うほどに荒れとったとです」

川をわたれば武士の町、福岡である。博多の町人たちが松囃子や商い以外のことで橋を越えることは無いに等しい。

「城に詰めかけるっちいうことな」

「そりゃあのままいけばどげんなったか俺にもわからんです。とにかく、あん時の若者らの怒り方は凄まじかった」

九蔵は明らかになにかを意図して言葉を吐いている。じりじりと間合いを詰めてきているのを、洸蔵は肌で感じていた。まるで立ち合いのようである。九蔵はみずからの間合いに洸蔵を導き入れ、最後の一撃を放とうとしているのだ。

ではどう動けばよい。

「そん頃、俺は職ば解かれとったけん、お前たちがそげんかことになっとったとか、ぜんぜんわからんかった」

退いた。攻めよせる九蔵から逃げるように、退きの一手を打った己に、洗蔵は心のなかで舌打ちをする。

「俺たちは大変なことになっとったとですよ」

目は笑ったまま九蔵がつづける。

「月形さんのやったことで」

打ってきた。

「なんば言いよっとな」

またも逃げた。

「内々の御達し。月形さんが出したとでしょうもん」

九蔵は許してくれない。こちらがどれだけ足掻《あが》こうと、ただひたすら前へ前へと迫ってくる。九蔵のこういう愚直な所を、洗蔵は好んだのだ。切っ先がみずからにむいているいまでも、やはりこの愚かしいまでの真っ直ぐさは好感の持てるものだった。もう足掻いても意味はない。洗蔵は観念した。すると自然と口許が綻んでくる。

「なんでわかったとな」

「山ば半分にするて年寄連中が決めた後、若者ん中にこげな藩なら壊してしまえばよかとか言いだす者が出てきた時です。こんことば月形さんが聞いたら、喜ぶっちゃなかろうかて思うて。そう考えたら、尊王攘夷がどうとか熱心に語りよった月形さんの姿が頭に浮かんできたとです。もしかしたら月形さんは俺らに藩ばどげんかさせようて思いよるっちゃなかとやろうか。やけん、山ば控えろっち触れば出したっちゃなかろうか。そう思ったとです」

言った九蔵が目を伏せた。乾いてしまった大皿の刺身を、憐れむような眼差しで見つめている。いまにも泣きそうなくらいに顔をしかめるその姿は、普段の九蔵からは考えられないほど小さく見えた。

「ばってん、今日ここで月形さんと話すまでは、思い過ごしやて自分に言い聞かせとったとです」

「すべてはこん国を想うてのことやった。俺はお前たちのぼせもんのことを心から尊敬しとるとぜ。一年一度の山笠のためにすべてを懸ける。生まれた頃から山のことだけば想い、一途に生きるお前たちは、きっと国のために有益な仕事ができるっち思うた。のって、どげん汚か手ば使《つこ》うても、お前たちのぼせもんの目ば政にむけさせたかったとぜ」

「そげんかもんのために、俺たちから山ば奪おうてしたとですか」

視線を逸らしたまま九蔵がつぶやく。

「許せ」

「言いたかことがあるなら、皆の前で正々堂々と言ったらよかやなかですか。国んため、尊王攘夷の志んために生きようて、博多ん若者の前で言えばよかったっちゃなかですか」

「そいでお前たちが動いたとな。山があれば生きていけるて思うとるお前たちが、俺の言葉に従ってくれたとな」

「やってみなわからんでしょうもん」

九蔵の声に戸惑いが滲んでいる。

嘘なのだ。どれだけ己を曝けだして説いてみても、九蔵は山笠を捨てはしない。のぼせもんたちは、洸蔵の望みを聞き届けはしない。

「結局、なにをやっても無駄じゃったっちことか」

静かに立った。九蔵が伏せていた顔を洸蔵にむける。見あげる瞳が灯火に照らされ淡い光を放っていた。今にも涙が零れ落ちそうなほどに、友の目は潤んでいた。

「俺はお前たちば苦しめたかために、やったとやなかとぜ」

「そいはわかっとります」

目を見合わせたまま二人とも動かない。寂しさが沈黙となって部屋に満ちる。

「殿は勤王党を潰すつもりぜ」

洸蔵の唐突な言葉を、九蔵は呑みこめずにいる。

「俺らの旗頭やった加藤司書様が家老職を解かれた。これから勤王党は窮地に追いこまれてゆくやろう。俺もこの先、どうなるかわからん」

「どげんなるとですか」

「もしかしたら、お前に会うのもこれが最後になるかもしれん。のって、これだけは言わせてくれ」

腹の底に溜まった想いを、喉の奥から絞りだす。

「しかちゅうこいた。許してくれんな」

頭をさげる。心の底から町人に謝ったのは、これがはじめてだった。顔をあげた洗蔵の目が、泣きながら頭を振る九蔵を捉えた。

*

「加藤司書が家老職を解かれた。この件についてはお主の働きも大きい。はじめての務めでありながら、ようやった」

お褒めに与《あずか》り恐悦至極《きようえつしごく》にございまする。

「不満有りげな物言いではないか。勤王党が博多の町人たちを使い、藩論を強硬にまとめあげようと画策していたことが、小心の家老どもには相当応《こた》えたようじゃ。それはお主の働きであるぞ」

やるべきことをやったまでにござります。

「みずからの功をひけらかさぬ態度は褒めてやろう。が、あまり謙遜すると嫌みとなるぞ」

謙遜ではございませぬ。ただただひとえに御公儀の御為をと思い、ひたすらに働いたまでのこと。嫌みであると申されるのであらば、謝り申す。

「よい」

はっ。

「この藩の重臣どもは揃いも揃って小心者じゃ。これだけ脅しておけば、勤王党も直《じき》に潰されることであろう。黒田家が惑うことはもうあるまい。よって我等はこれでこの国を出る。お主も用意いたせ」

その件につきまして、お願いしたき儀がございます。

「大いに働いてくれた故、聞けるものなら聞いてやろう。なんじゃ申してみろ」

もうしばらく博多に留まりとうございます。

「なんじゃと」

司書が職を解かれたとはいえ、未だ勤王党は福岡の町に蟠踞《ばんきょ》いたしておりまする。これより後、いかなる変事が起こるやもしれませぬ。某はこの地に留まりて、もうしばらく事の推移を見守りとうございます。

「あの下級藩士どもが決起いたすと申すか」

わかりませぬ。わかりませぬが、用心するに越したことはないかと。事起こった時には、繋ぎの者を用いてすぐに御報《おしら》せいたしまする。故に、あと三月《みつき》、いや、ふた月ほどの時間を頂戴いたしたい。

「お主の仕事の細やかさは、今回の件で十分に理解したつもりじゃ。気の許すまでこの地で働け。上には儂の方から言っておこう」

なにからなにまで有難うござりまする。

九

〝沈香堂書店　通称馬さんの述懐　五日目〟

「お身体の方はもういいんですか」

ちいと熱の出て床から起きれんかったとばってん、もう大分よか。疲れん溜まっとったとやろ。こうしてあんたの話し相手になってやれとるとやけん、もう大丈夫たい。

「そう言われますけど、少し顔色が悪いみたいですよ」

あんたは本当にしつこか人やね。あてが大丈夫て言いよるとやけん、大丈夫ったい。そいより、今日は山ん話ばするけんね。

「おっ、やっと山笠の話ですか」

えらい嬉しそうやね。

「そりゃ、私が馬さんの所に来たのは、もともと旧幕時代の山笠の話が聞きたかったからですからね」

そう言や、そうやったね。もう大分、昔ん話やけん忘れとったばい。

「忘れないでくださいよ。私は」

わかっとる、わかっとる。ちゃんと覚えとるけんが、いまから山ん話ばしようて言いよおとやろうもん。本当、冗談のわからん人やね。

「でも、九蔵さんや月形洗蔵のことも気になります。だって洗蔵は職を解かれ、藩から遠ざけられたんでしょ」

その後んことは、あんたも少しは知っとるとやろうもん。

「そりゃ、このあたりでは有名な話ですからね。でも、洗蔵が捕えられて処罰を受けるまでには、もう少し時がありますよね」

ちっとは勘働きが鋭うなってきたやなかね。

「えへへ」

どうしたとね、いきなり妙な笑い声ば出してから。そげな顔で他ん場所でも笑いよるとやなかろうね。

「え、おかしかったですか」

黒目が上がって舌ん先が口からぺろっと出とったばい。そりゃ気持ちん悪か顔やった。あんた褒められて笑うとそげな顔になるとやね。本当に気持ち悪かばい。

「そんなに妙でしたか」

はっきり言うばってん、あげな笑い方ばしよる者ばあてぇはじめて見たばい。

「そこまで言われるとなんだか心配になりますけど」

心配したっちゃどうにもならんやろうもん。心配なんは儂ん方たい。あげな顔ば見たせいで、胸の動悸《どうき》が止まらんとばってん、どげんしてくれるとね。

「知りませんよ。というか、私の顔の話はもういいじゃないですかっ。それよりも、早く山笠の話をはじめてくださいよ」

おっ、自分の顔んことば誤魔化《ごまか》すために、話ば元に戻したね。

「見透かさないでくださいよ。さぁ早くはじめてください」

これ以上いじめるとも可哀そうやけん、こんくらいにしちゃろうたい。

じゃあはじめようかね。

「よろしくお願いします」

そもそも山笠っちいう行事は、櫛田神社ん祇園会の一環としてはじめられたとばってん……。

＊

左右に家並が連なる往来の、細長く切り取られた空をいまにも突き破らんとする勢いで、山がそびえている。横に六本並んだ昇き棒の前に立ち、心太はきらびやかに飾られた山を見あげていた。

壮観だった。

商家の二階の屋根の一番高いところでさえ、山の半分ほどにしか達していない。ひしめき合うようにして家々が建つ博多の町の瓦屋根のなかに、彩《いろ》も鮮やかな六つの山だけが突きでている。山よりも高い建物は、町にはひとつもない。赤や緑や青、それに金と銀。およそ町の風景にはそぐわない色に溢れた六つの頂は、博多に夏を報せる巨大な剣である。おそらく山の姿は、遠く離れた村々からも見えるはずだ。実際、父が生きていた頃に心太が暮らしていた箱崎のあたりからでも、山は見えた。その時期になると、父は手伝いと称して博多の町に入りびたりとなり、家にはまったく帰ってこなかった。いまにして思えば、九蔵や蓑次などと楽しくやっていたのだろう。あの寡黙だった父が、どんな風に九蔵と接していたのだろうか。興味はあるが、いまとなっては知る由もない。

「なんばぼけっとしとるとや」

いきなり隣から声が聞こえた。いつの間にか九蔵が立っている。九蔵は腕を組んだまま山を見あげていた。義父の顔には微笑が貼りついている。山の飾りつけの時からずっと、この男の顔は笑顔のまま固まっていた。山笠がはじまるのが嬉しくてたまらないのだ。飾りつけの時も誰よりも率先して動いていたのは、言うまでもない。

「今年は俺《おい》たちが当番町やけん、どこん者よりもしゃんとしとかないかん」

目を爛々《らんらん》と輝かせ、九蔵が自分で吐いた言葉に応えるように力強くうなずく。

「どげんや」

答えに窮していると、九蔵が焦《じ》れったそうに言葉を繋いだ。

「今年ん山たい」

「あぁ」

ぼんやりとした相槌に、九蔵はいっそう焦れた。

「なんか言うことはなかとか。見てみらんか、あん人形ば。今年ん人形は人形師ん仁兵衛《にへえ》さんも特に気ば入れて造ってくれんしゃったとぞ。見てみんかあん目ば。いまにも睨み殺されそうやろうが」

言いながら九蔵が指さす先に、絵馬に描かれている神様の姿を模したような人形が飾られていた。黒い冠の下にある太い眉毛に貼りついたようにして真ん丸な目がふたつ並んでいる。その白い目玉の中央に、これまた真ん丸な黒目が浮かんでいた。たしかに誰かを睨んでいる。

見あげると、あたかも自分が睨まれているように思えた。が、しょせんは人形である。本当に心太を睨んでいる訳ではない。とてもではないが九蔵が言うような殺されそうな心地にはなれなかった。

「なんとか言わんか」

無理矢理に頭を押さえつけられ、少しだけ息が止まる。

山々の間を滝が流れ、所々に唐風の屋敷の形をした飾りが付けられている。髭面《ひげづら》の神様や女の神様が立っていて、滝には山と山を繋ぐようにして橋が架けられていた。方々に花が咲き乱れ、まことにきらきらと賑やかである。こうして部分だけを見てゆけば、説明もできるが、全体を見てどうかと問われてもなんと答えたらいいかわからない。

「凄い」

結局、口にした感想はその程度のものだった。案の定、九蔵は心太の答えに落胆したようで、溜息をひとつ吐き、がくりと肩を落とした。

「おい九蔵」

背後から義父を呼ぶ声がする。振り返った心太の目が、見知った老人の顔を捉えた。

「はじまるけんが、さっさと並ばんか」

九蔵の大工の親方である伊兵衛だ。

「すんまっせん」

頭をさげた九蔵が、心太の両肩をつかんだ。

「お前はそこら辺で大人しゅうしとけ」

ごつごつとした指が、路地の隅をさす。

「大人しゅうしとけよ」

もう一度念を押すと、義父は伊兵衛たちとともに山の前に横一列に並んだ。すると、心太が立っている真向かいの家から、神主のような男が出てきた。神職にも宮司、禰宜《ねぎ》、権禰宜《ごんねぎ》などという職階があるが、とうぜん心太はそんなことは知らない。とにかく頭に筒のような冠を被り、浅葱色《あさぎいろ》の袴と、袖に紐のついた刺繡入りの衣を着けた神人《しんじん》が現れた。その姿は、褌姿の九蔵たちと並べると、なんとも物々しい。

神人が山笠の前に立ち、恭《うやうや》しく礼をした。すると、後ろに並んだ九蔵たちも、それに倣《なら》って頭をさげた。束の間の静寂の後、鼻から抜ける声が場を包んだ。粘つくようなまったりとした言葉を、鼻から抜ける甲高い声が発してゆく。妙な抑揚のため、どこからどこまでがひとつの言葉なのか解らない。

ご神入《しんい》れ。

九蔵は今目の前で行われる神事のことを、そう言って心太に説明した。飾り付けを終えた山に、神様を招き入れ、神様の〝よりしろ〟にするのだそうである。よりしろというのが、どういうものなのか解らなかった心太は、素直に義父に聞いたが、どうやら九蔵もよく知らないらしく、神様の家だとかなんだとか言って適当にはぐらかされた。とにかく、こうして御櫛田さんの神主に祝詞《のりと》をあげてもらうことで、山に神様を入れるのであろう。

「んっ」

襲ってきた違和に、思わず声が漏れた。人の目を気にしながら、心太は尻の割れ目のあたりにそっと触れる。

締め込みがきついのだ。日頃の褌と違い、山笠の時に着ける締め込みは、股を固めるようにしてしっかりと締める。そのため尻の割れ目に食いこんでしまうから、慣れていないとどうにも落ち着かなかった。しかも馬鹿力の九蔵が思い切り締めたから、布と肉の間に遊びがない。殖栗《ふぐり》が逃げ場を無くしていまにも潰れそうである。脚の付け根と締め込みの間に指を入れ、少しだけ緩めた。するとわずかながら逃げ場を見出《みいだ》した袋が、ゆるやかに弛緩してゆく。股間の気持ちを代弁するように、心太の口から溜息が漏れた。

神人が細長い白い紙が何枚も付いた棒を左右に振っている。心太は知らなかったが、神人が振っている物は大麻《おおぬさ》という。規則正しい動きで大麻を振る神人の祝詞は止《や》まない。

いつまでつづくのかと、いささかうんざりしながら、心太は上目遣いで九蔵たちを見た。当たり前だが誰一人として動こうとしない。みなが揃って頭をさげたまま、指一本たりとも動かさない。あの落ち着きのない九蔵ですら、瞑目したままじっと祝詞に聞き入っている。

心太はなぜか九蔵のことを見直している。この男にもこういう神妙な一面があるのかと、不思議な好感を持った。

長々とつづいていた祝詞が終わり、物々しい姿の男が退出する。すると、男たちが輪を描いてなにやら話しはじめた。これからの動きを確認するためであろう。

今日はご神入れだけで終わりではない。夕方になると、今度は各流の今年の当番町の男たちが揃って、お汐井《しおいと》取りを行う。博多の東の玄関口である石堂橋から、筥崎宮の参道の西にある箱崎浜まで往復で一里ほどの道程を流ごとに列を成して走る。そして、お汐井と呼ばれる浜の真砂《まさご》をてぼという小ぶりな竹の籠や枡《ます》に入れて持ち帰るのだ。このお汐井は、山笠が行われている間、男たちが出かける際に身体に振りまき清めの砂とする。

「待たせたな」

話を終えた九蔵が心太のもとに戻ってきた。

「夕方まではまだ時間があるけん、お前は家に戻っとけ」

「おいちゃんはどげんするとね」

「俺は皆と詰所ん準備とかするけん忙しかったい」

ならばどうしてご神入れに連れてきたのかという疑問が湧く。忙しいのならば、家にいる心太をわざわざ呼びにくる必要などなかっただろうに。締め込みだってお汐井取りの時に締めればよかったのだ。こんなに朝早くに締めてしまっては、外すに外せない。夕刻までこの慣れない尻の感触に耐えつづけなければならないかと思うと、気が滅入った。

「なんや、俺と一緒におりたかとや」

どうやら不服が顔に出ていたらしく、それを寂しいのだと勘違いした愚かな義父が問うてきた。この男は今日の朝からずっと笑顔である。おそらく追い山が終わるまで、この調子なのだ。そして山笠が終わると同時に、腑抜けになる。

「おいちゃんは怖くなかとね」

「なんがや」

唐突な問いに九蔵が小首を傾げる。

「御上に逆らって山ば大きゅうしたとやろうもん。御侍がなにか言いにくるかもしれんとに、なんでそげんやって笑っとけるとね」

「きた時はきた時やろうもん。そげんかことで、気ば重うしよる暇はなか」

言って九蔵が心太の頭に掌を置いた。

「どげんすっとか。俺とおるとか、そいとも家で待っとくとか」

上滑り気味の機嫌のよさをひけらかすように、掌で頭をぐりぐりと回す。無理矢理頭をこねくり回されて、心太の視界が上下左右に激しく揺れた。

「い、家で待っとるけん」

吐き捨てるように言いながら、九蔵の手を払いのけた。そして素早く後ろに退く。

「やったら先生ん所に寄ってから、締め込みは俺がしてやるけん、お汐井取りまで待っとってくれんねって伝えといてくれ」

「先生もくるとね」

驚きを言葉にした心太に、あん人も博多ん町人やろうもん、と快活に答えた九蔵は、若者が屯《たむろ》している方へと小走りに去っていった。

*

おっしょい。

おっしょい。

おっしょい。

頭のなかで掛け声が延々とこだましている。風馬は自分が置かれた状況を理解するので精一杯だった。とにかく足を動かしつづけていなければ、たちまち置いてゆかれる。石堂町の男たちが老いも若きも勢ぞろいして、箱崎にむかって進んでいた。その中に風馬もいる。九蔵に締めてもらった締め込みが、足を動かす度に尻の肉を擦る。露わになった尻に風が当たる度に、なんとも心細い気持ちになる。

自然と内股になってゆく。

「女ごたる走り方ばせんで、しゃきっとせんかっ」

尻に熱い衝撃が走った。それと同時に、乾いた音が、掛け声の群れを掻き分けて夕空に轟く。いつの間にか九蔵が隣にいた。そのむこうには心太の顔もある。機嫌よさそうに笑っている九蔵に対し、仕方なく走っているという様子の心太の曇った顔がやけに気にかかった。

「こんくらいでへたばっとるっちゃなかろうね先生」

「い、いやそんなことは」

答えながらも風馬の息は、少しだけ上がっていた。往復で一里あまりの道程である。しかも走っているとはいえ、小走り程度の速さだ。日頃から幾何《いくばく》なりと身体を動かしていれば、別に疲れるような行程ではない。しかし博多に来てからというもの、まったくといっていいほど身体を動かしていない。昼間でも大半は長屋でごろごろとしながら本を読んだり、子供たちに字を教えたりしているだけだ。動くといえば博多の町をぶらぶらと散歩する程度である。締め込みだけしか着けず半ば露わになった身体は、引き締まっているとはいえ、九蔵に比べれば数段劣る。生白い風馬と違い、九蔵の身体は、どこでどうしたらそんなに黒くなるのかというほどに褐色の肌に、肉という肉が隆々と盛りあがっている。九蔵が履いた草鞋が地面を叩く度に、太股《ふともも》の筋がぎんと張った。

どう考えても、同じ生き物だとは思えない。どちらかといえば、風馬は心太に同族の縁のようなものを感じる。心太が身体を動かすことを好まないことは、風馬も知っている。字を覚えるのは早く、最近では風馬の部屋に来て、戯作《げさく》などを楽しんで読むようになっていた。

身体を動かすよりも頭を使うほうが好きな所は、己と似ていると思う。頼りない身体つきも相俟《あいま》って、心太をどこか他人と思えなかった。

「そろそろ箱崎に着くけんね」

九蔵の言葉を耳にし、心太から目を逸らし前を見た。道の先に巨大な鳥居が立っている。

「懐かしいなぁ」

思わず言葉が漏れた。

一年前、筥崎宮の茶店から、はじめて博多の町を見たのだ。瓦屋根から突き出した六本の彩《いろどり》豊かな角《つの》を想いだす。そう言えばあれが、山笠との出会いだった。まさか一年後、己が山を舁く身になろうとは思ってもみなかった。

振り返って博多の町に目をやる。あの日のように屋根から六本の角が突き出ている。清々しいほどに威容を顕示する山たちを見ると、自然と顔がほころんでゆく。

「おっしょいっ」

耳の傍で九蔵が大声で叫んだ。耳の奥から脳天まで届いた声が、頭蓋を裡から揺らす。目が眩《くら》みそうになる。

「おっしょいっ、おっしょいっ」

横目で風馬を見ながら九蔵が掛け声をかけつづける。催促だということに気づいた風馬は、みずからも声を出した。

皆の声に風馬の掛け声は掻き消された。己の耳にすら届かないのだから、本当に声を出したのかどうかすらわからない。

もう一度言う。

「お、おっしょい」

やはり聞こえない。

「もっと腹に力ば入れんねっ」

巨大な掌が露わになっている風馬の痩せた腹を叩いた。小気味いい音とともに、臍《へそ》のあたりに掌の跡がついた。

熱を帯びた辺りに力を籠める。

「おっしょいっ」

「もっと出ろうもんっ」

九蔵が挑発してから声を出す。逞《たくま》しい腹から押し出された掛け声は、周囲の男たちの声をねじ伏せるほどに巨大であった。隣から聞こえつづける盛大な掛け声を聞いていると、次第に気持ちが昂ってゆく。

負けるか。

どこからそんな想いが湧きあがってくるのか己でも不思議であったが、とにかく風馬は九蔵の声に負けてはならぬと思った。そして、じょじょにだが己の吐いた声を耳が知覚しはじめる。全身が熱を帯び、荒波に呑まれる。それが、たまらなく心地よい。自らの裡にこれほど昂るものがあるとは思いもしなかった。

もっと。

自分を燃やすのだ。

「おっしょい、おっしょい、おっしょい」

気づいたら無心で叫んでいた。もう九蔵も風馬に声をかけない。一緒になって叫びながら、箱崎浜へと走る。筥崎宮の参道は本殿からまっすぐ浜へと延びていた。参道に行き当たると、右方にある本殿に背をむけて浜のほうへと進む。すると、すでに着いていた者たちが風馬らの到着を待っていた。

「今年は石堂流が一番山で、金屋町が当番町たい。やけん俺たちが最初にお汐井ば取るとばい」

眼前に広がる玄海にむかって胸を張り、九蔵が誇らしげに言った。

「さぁ、先生もお汐井ば取らんね」

九蔵が小さな籠を目の前に差しだす。

「こんてぼに、皆がやっとるごと浜ん砂ば入れるったい」

見とかんねとつぶやき、九蔵が浜にしゃがんで己のてぼに浜の砂を入れはじめた。その横で心太も見よう見まねで砂をつかんでいる。風馬もしゃがんで浜の砂に指を入れた。海の水にさらされた砂は、湿ってべたついている。それを丁寧に掬《すく》いあげ、静々と籠に入れてゆく。

「こいはお清めの砂やけん、山笠ん間は外に出る時は必ず、籠から取って身体に撒《ま》いて出ないかんばい」

「砂を身体に撒くんですか」

「そいで身ば清めるったい」

「なるほど」

のぼせもんにとって、この砂はただの砂ではないのだ。力が宿った神聖な砂なのである。

それを聞くと、よりいっそうおろそかにはできなくなった。無事にこのままなにごともなく追い山を終えられますように。そんな願いをこめながら、風馬は砂を籠に入れてゆく。

「そんくらいでよか」

六分ほど入ったのを見計らって、九蔵が風馬を止めた。

「さぁ、帰るばい」

言って九蔵は立ちあがる。つられるようにして風馬も立つ。

「九蔵さん」

「なんね、改まった声ばして」

風馬の顔を見て、九蔵が小首をかしげた。おそらく神妙な顔をしていたのだろう。己《おの》が気持ちを思い、みずからの表情の変化を悟る。

「有難うございます」

「なんねいきなり」

重々しい口調の風馬とは違い、九蔵の声は明るい。

「この前はすみませんでした。あんなことを言って」

山笠を自重せよという御達しの一件において、洗蔵を疑うようなことを言ってしまった。その時、九蔵ははじめて風馬にむかって怒りを露わにした。もう長崎にいったらいいのでは、とまで言われた。

「あんなことを言ったのに、こうしてまた親身になってくれている。私を山笠に誘ってくれた。本当に有難いと思っているのです」

「もう忘れたばい」

九蔵は朗らかに笑った。

「先生は先生なりに、俺たちんことば心配してくれたとやろ。あん時は俺も目の前んことで必死になっとったけん、先生の気持ちまで考えられんかった。先生が謝るとなら、俺だって謝らないかん。すまんかったね」

「いえ、そんな」

二人の会話を心太が黙って見守っている。風馬を心配するような心太の眼差しが痛かった。

「もうよかけん。さっさとせんと次ん流ん者が来るばい」

言った九蔵が背中を押す。熱い掌にいざなわれるようにして、風馬は箱崎の浜を後にした。

主に口にするものは酒、塩梅、こぶ、するめ、あさり貝、もだまという鮫《さめ》を湯引きしたもの、豆腐の吸い物、鯨汁に焼きちくわ、そして善哉《ぜんざい》。胡瓜《きゅうり》と四足のもの、そして油ものは決して食べない。

別火といって火を使う時は、かならず女と分け、食べるものも一緒には作らない。

詰所の前には〝不浄の者入るべからず〟と書かれた札をかけ、注連縄《しめなわ》を張る。不浄の者とは女や両親の喪が明けていない者のことを言い、女の不浄を赤不浄《あかふじょう》、男の不浄を黒不浄《くろふじょう》と呼ぶ。黒不浄は親の喪の他にも、怪我や腫《は》れ物ができている者のこともいった。

当然、山笠の間は女に触れることは禁じられている。喧嘩などの諍《いさか》いごともいっさい禁じられ、破ると名簿から外されてしまう。

決まりごとは数え切れぬほどあった。それらを風馬は覚えられるだけ頭に詰めこんだ。一度、頭に入れると忘れない性質《たち》であるから、覚えたものは馬鹿正直に守っている。普段からいっさい女っ気のない暮らしをしているし、荒事は元来苦手だから、そのあたりの禁を守るのは容易だし、食べ物に関しても詰所で出されるもののほうが日頃よりよほど豪勢であるから、なんの不満もない。胡瓜などはじめからあまり好きではないから、食べずともよい。

しかしただひとつ、苦労していることがあった。

酒だ。

山笠の間、のぼせもんたちは神人のごとき暮らしをみずから進んでするのだが、なぜか酒だけは山ほど呑む。それは御神酒《おみき》などという生易しいものではない。詰所に顔を出せば、昼日中でも誰かが呑んでいる。

のぼせもんにとっては、世間の身分よりも山の序列こそが絶対だ。金屋町の一員として舁き手の末席を穢している身としては、呑めといわれれば断るわけにはいかない。まぁ、世間の身分としても町に居候のようにして住み着いている身なのだから、底辺中の底辺なのであるが、山の序列も当然最下層である。否応《いやおう》なく酒に付き合わされ、ふらふらになるまで呑まされた。

しかも最悪なのが、風馬のもっとも近しいのぼせもんが、町一番の酒好きなのだ。

九蔵は喧嘩も強いが酒も滅法強い。呑ませても呑ませてもいっこうに酔わない。まともに付き合っていては一刻と保たなかった。

風馬は酔っては吐き、そしてまた呑むを繰り返している。

若者組に入ることになったのだが、風馬は長崎へむかう途中の逗留である。いずれは博多から出ていく身だ。そのあたりのことを鑑《かんが》みた九蔵は、伊兵衛たち年寄組の面々に、風馬を客分のような立場で参加させることを提案した。もともと博多の周辺の村々にも、舁き手の加勢を頼んでいる。これは主に、博多の町の商人たちが取引のある者を伝手《つて》として集められることになっている。心太の死んだ父親も箱崎の木地師であったが、博多に品を卸していた縁で加勢を務めていたらしい。そのこともあって、心太の父は生前、九蔵とは大層仲がよかったという。

とにかく風馬は若者組の客分扱いとなった。客分とはいえ、特別扱いはされない。町の若者たちとともに働く。

今日はふたりの若者とともに、町を回っていた。詰所で使う食材を調達するための買い出しである。

「風馬さんは俺たちちん後ろで黙って見といてもらったらよかですけん」

後ろを歩く風馬を肩越しに見ながら、まん丸い瞳が弓形になり、笑みをかたどった。男の名前は作平《さくべえ》という。金屋町の若者頭を務めている。年は二十五で、風馬よりも年長だ。

なのに作平の風馬への言葉遣いは馬鹿に丁寧だった。

山の序列こそが絶対である。若者頭である作平と下っ端中の下っ端の風馬では立場には天と地ほどの開きがあった。本来ならば対等に話すことすら不遜なのだ。

「今日はいろいろと買いますけん、なんやかやと荷物が増える。風馬さんはそん時のために呼んだとです」

「持てるだけ持ちますから、お願いします」

「気張りすぎてから腰ばやって、肝心な時に使い物にならんごとならんでくださいよ」

言うと作平は、隣をいくもうひとりの若者と快活に笑いあった。

この男はどうやら九蔵に対して崇拝に近い想いを抱いているらしい。幼い頃からずっとあの生粋ののぼせもんを間近で見てきて、己もああいう風になりたいと願い必死に精進を重ねてきたのだという。そして、今年の騒動である。公儀に遠慮して山を半分にしようとしていた年寄たちと相対し、博多じゅうの若者を集めて本来の山のままでやることを、九蔵は年寄たちに承服させた。この一件によって、作平はすっかり九蔵に参ってしまっている。

その九蔵が連れてきた風馬なのだ。しかも医者の倅で、自身も長崎へ医術修業にいくという。そのうえ九蔵の息子や町の子供たちに字を教えている。

否定する間もなく、作平のなかで風馬という人間の幻想が一気に膨らんだ。どうやら作平のなかで、〝流の下っ端〟ではなく〝九蔵さん直々の客分〟という名目に風馬は落ち着いたようだった。

左官をしている作平は、九蔵には劣るが、それでも風馬なんかより何倍も逞しい。全身からは若さだけではない覇気がみなぎり、若者を束ねていることも納得の貫禄である。この男に町で因縁でもつけられようものなら、泣いて謝るであろう。

「豆腐ば買うていきますけん」

急に立ち止まった作平が、振り返って告げると、そのまま往来脇の暖簾を潜った。

「こんちはっ」

大豆のほっこりとした匂いに包まれた店内に、作平のみずみずしい声がこだました。

「おっ、今年も待っとったよ作平」

小太りの年増女がにこやかに言った。どうやらこの豆腐屋の女将《おかみ》である。

山笠の間は、博多の男たちは山に夢中で仕事など手につかない。のぼせもんたちは仕事もそっちのけで山につきっきりとなる。そのため、女たちが町を支えることになる。おそらくこの店の主人も、いまはどこぞで流の仲間たちと呑んでいるのだろう。

「うちのがおらんごとなって、あんたが豆腐ば買いにくると、あぁ、今年もはじまったとやねぇっちしみじみと思うばい」

「そげん言うてくれると嬉しかとばってん、もしかしたら俺がくるとも今年で最後かもしれんとよ」

「なんでねっ」

女将が目をむいて作平を怒鳴った。どうやらこの年増は、作平に好感を持っているらしい。邪《よこしま》な気持ちではなく、よい若者という意味での好感である。鼻の頭をかきながら作平が舌を出す。

「こん山が終わったら所帯ば持つことになったとです」

「なんね、あんた中年になるとね」

「そうなるごたるです」

若者は二十五くらいからは所帯を持てば、中年組に入ることになると、九蔵から聞いた。買い出しは若者の仕事であり、中年になるとやらないのだそうだ。だから作平は今年で最後だと言ったのである。

「寂しゅうなるばってん、そりゃおめでたかことやね。よかったやなかね」

「有難うございます」

首から上だけをこくりと下げて、作平が年増に礼をした。

「そいで今日はどんくらいいるとね」

「とりあえず、詰所で作る吸い物の分ですから、十丁で」

「はいよ」

言うと年増は豆腐を一丁ずつに包丁で丁寧に切りはじめる。その間に、作平は締め込みに紐を挟みこんでぶら下げていた帳面を手にした。買い物帳と呼ばれるそれは、若者頭に任されている。年寄たちが町内から出してもらった金を使い、山笠で必要な物を買うのだが、作平が取り出したのは、その時に用いる帳面である。

「はい十丁」

笊《ざる》に並べられた豆腐を年増が差しだすと、作平の目が風馬を見た。意を悟るとすぐに身を乗りだして、年増から笊を受け取る。作平が年増に帳面をわたし、なにやら書いてもらった。それを作平が返してもらう時、帳面の中身がちらりと目に入った。

「ん」

風馬はとっさに笊のなかの豆腐を見た。

十丁入っている。

作平が頼んだ数に間違いはない。

「そいじゃ、またきます」

「今度は嫁さんば連れてこんね」

「はい」

照れ臭そうに作平は小さな辞儀をしてから、暖簾を潜った。風馬も年増に頭をさげ、若者頭を追う。往来に出ると、笊を抱えたまま作平の背中に声をかけた。

「あの作平さん」

「なんですか」

振り返りもせずに作平が答えた。風馬は言葉を選ぶようにして、胸に渦巻く疑問を舌に乗せる。

「すみません、さっき豆腐屋の女将さんと作平さんが帳面をやり取りしてるのが見えたんですが」

「そいがどげんかしたとですか」

作平は後ろ暗い所などなにひとつないといった様子で平然と答えた。胸の鼓動が激しくなる。腹の底に何度か息を深く吸いこむ。

「どげんしたとですか」

作平が急かす。

意を決した。

「帳面には十五丁と書かれていました。これっていったい」

買ったのは十丁。しかし帳面に書かれていた数は十五丁。これが意味する事実はひとつ。

着服である。

買い物は売掛《うりかけ》だ。支払いは後に町内から出してもらった金ですることになるのだろう。実際には十丁しか買っていないのに、帳面に十五丁と記しているということは、五丁分の差額が浮く。この分はどこにいくのか。女将なのか、それとも作平なのか。

「こ、こんなことが九蔵さんたちにばれたら」

そこまで言った時、作平ともうひとりの若者が顔を見合わせて大声で笑った。

「そげなことは九蔵さんも若か頃にやっとったとですよ」

「えっ」

「上手に石ば引くことも若者頭の立派な務めとですよ」

「石を引くですか」

まだ二人は笑っている。なにがなんだか風馬にはわからなかった。いまの作平の話から類推するに、昔から代々、若者頭たちは不正を行っているらしい。そしてそれは半ば公然となっており、若者頭の腕を評価するひとつの要因ともなっているらしかった。

「帳面と品物の数の差ば付けてもらうことば石ば引くて言うとですよ。石ば引いてできた金ば使うて、山が終わった後ん打ち上げとかばやるとです。別に浮かせた金で俺が楽ばしようとか、儲けちゃろうてことはなかとですよ。こいは代々、若者頭んなった人たちが受け継いできたことやけん、九蔵さんだっちゃ立派にこなしよったとですよ」

「そ、そうなんですか」

「そいけん、そげん顔ば真っ青にせんだっちゃよかとですよ」

「私はてっきり作平さんと女将さんが、よからぬことをしているのだと思いました」

「九蔵さんにどげん言おうて考えたとでしょ」

「は、はい」

またふたりが大笑した。

呆れるというか逞しいというか、さすがは商人の町と呼ばれる博多の町人である。買い出しひとつとっても、右から左への餓鬼の使いではないのだ。動いたからにはしっかりと利を得る。どれだけ上手に利を得ることができるかということが若者に求められ、その才覚もまたのぼせもんたちの力量となる。山を舁く力だけでは、のぼせもんは一端《いっぱし》ではないのだ。山というものを知れば知るほど、九蔵という男の物凄さを実感してしまう。石堂流だけではなく、博多ののぼせもんたちから一目置かれるということが、どれほどの意味を持つのか。目の前で笑うふたりの若者たちに、のぼせもんのしなやかな逞しさをまざまざと思い知らされた風馬は、この町の奥の深さに圧倒されている。

笊のなかで揺れる生白い豆腐が、まるでひ弱な己のようだった。

＊

侃々諤々《かんかんがくがく》。

月形邸に集う男たちは誰もが悲愴な面持ちであった。部屋を埋め尽くす熱気が、汗の臭いと相俟って洗蔵を不快にさせる。皆を放って退出したかったが、立場上そういうわけにもいかない。皆が洗蔵を頼っている。煩《わずら》わしいが見捨てることはできなかった。

司書の家老職罷免によって、保守派の勢いは増し、藩政において洗蔵たち勤王党の出番はまったくといっていいほどに奪われてしまっていた。

誰もが藩主長溥に疑問を持ちはじめている。藩主は尊王攘夷の志など持ち合わせておらず、自分たち勤王党の面々を都合のいい駒として使い捨てにするつもりではないかというのだ。

長州が都で力を持っていて尊王攘夷の思想が時流に乗っていた頃は、このまま幕府は倒れ、朝廷を中心にした世がくるのではと、藩主も思っていたのであろう。新たに出来《しゅったい》するかもしれぬ権力機構の中枢に、黒田家も食いこんでおきたい。そんな長溥の下心が、勤王党や司書を駒として使わせたのであろう。

しかし長州は力を失い、尊王攘夷はもはや風前の灯《ともしび》である。いま、一番現実的な道は幕府と朝廷の融和による公武合体であった。幕府が権力の座を失わぬまま、朝廷と手を携えて政を行ってゆくことになれば、藩内に勤王党を抱えていたという事実だけでも重大な背反行為となる。

時流の変遷が、長溥の変節を促したのか。それとも元から長溥に尊王攘夷の志など一片もなかったのか。直接目通りすることすら叶わぬいまの洗蔵には、藩主の本意など知る由もなかった。とにかく現在、筑前勤王党の置かれている状況は極めて不安定であることに変わりはない。

「月形さんっ」

若い声が洗蔵を思索の渦から引きずりだす。眼前で聞こえる雑言《ぞうごん》から耳を塞ぎたい一心でみずから思索に耽溺《たんでき》していた洗蔵にとって、男の声はただただ煩わしい物だった。不快を面《おもて》に出さぬよう、努めて平静を装いながら男を見る。その視線を催促と捉えたのか、頬を上気させた男が熱っぽい声を吐いた。

「こんまま黙っとれば、そんうち勤王党は保守派に潰され申す。我らはそいばただ指をくわえて見とくしかなかとですか」

「指ばくわえて見とかんとやったら、なんばするて言うとな」

「そいは」

男が口籠った。言いたいことの見当はついている。男は洗蔵の口から、指をくわえずにいる方法を聞きたいのだ。おそらくそれはこの場に集う者たちに共通する想いである。

どれだけ期待されようと、彼らの望み通りの言葉を吐くつもりはなかった。

「なにするて言うとか聞きよるとぜ」

「そいは月形さんもわかっとるとやなかとですか」

そうじゃそうじゃと、主すら定かならぬ声が群れをなして部屋を覆う。溜息をひとつ吐き、腕を組む。背筋を伸ばして、顎を引き、一度大きく息を吸った。それを時をかけて鼻からゆっくりと吐いてゆく。胸の奥にくすぶる怒りの焔を、そうやってじっくりと抑えていく。

「月形さんがやるて言うてくれれば、俺たちは皆、やるつもりです」

「やから、なんばやるとな」

「司書様が家老職ば追われ、藩の中枢は保守派で固められてしもうた。もう俺らのごたる下《か》士《し》の出る幕はなかとです」

男の言うとおりだ。もはや藩政において、勤王党の出る幕などない。司書が家老職を解かれた時点で、長溥の意志は国じゅうに明確に示されている。

わかっている。

わかっているのだ。

皆の苦衷を洗蔵は十二分に理解している。このままではならぬという想いは、誰よりも強い。

「月形さんがやらんて言うとなら、俺らだけでもやり申す。なんなら司書様に直接掛け合《お》うてもよか」

「先刻《さっき》からやるやる言いよるが、そいはいったいなんのことかて俺はずっと問いよるとやなかとな」

「藩ば敵に回して決起するてこと以外に、俺らのやることはなかでしょう」

男はやっと、肝心な箇所をはっきりと口にした。決起という言葉が、皆の顔にいっそうの熱を与えた。血走った目に、狂気が閃《ひらめ》きはじめている。逃げ場を失った鼠が切羽詰まって猫を嚙む時のような、悲愴の滲むなんともいえぬ目つきである。

窮鼠《きゆうそ》猫を嚙むといえば、鼠が猫を屠《ほふ》ったかのように聞こえるが、現実ではそう上手いようにはいかない。どれだけ洗蔵たちが牙を剝いたとしても、数で勝る保守派の敵ではない。運命に抗う鼠は、結局猫の反撃によって完膚なきまでに叩かれ、無残な骸《むくろ》を晒すのだ。

目の前の男たちの熱の本質は怯えだ。勤王党が弾圧を受け、みずからに害が及ぶのではないかという漠然とした恐怖が、皆を駆り立てている。

それでは勝てない。

洗蔵のなかには、もっと強烈な熱を発するものが明確に見えていた。そしてそれを一番激しく己にぶつけてきた者のことも、脳裏に明確に思い描けている。

怒りだ。

命を奪われるほどの怒りこそが、この状況を一変させるだけの力を持つ。この男たちは司書が家老職を奪われようと、洗蔵が職を解かれようと、みずからの命を失うほどの怒りを抱いてはいない。結局、皆にとって勤王党とはその程度の存在でしかなかったということだ。一生芽の出ぬ暮らしをつづけるしかなかった下士にとって、勤王党はみずからを浮上させうる唯一の手立てであった。皆は勤王党に縋《すが》ったにすぎない。しかしそれは荒波の上の船のごときものである。底が抜ければ逃げだすだけ。運よく岸に辿りつければ、命を失うこともない。目の前の男たちはいま、船の底が抜け、みずからが岸に辿りつけるかを心配しているだけだ。死をおそれるが故に、なんとか船の底を保とうと必死にもがいている。船が沈んだ後、荒波に逆らうような気概はない。

そんな者たちに己の命を託すことなどできぬ。

怒りこそがみずからを託すことのできる唯一の感情だ。

命と同等のものを奪われることで、怒りの焔を昂らせる者たちを洗蔵は知っている。彼らの命を奪うのだ。そうすれば、彼らは死兵となり、それこそ最後の一人になるまで戦いつづけるだろう。この国に強烈な一撃を見舞うには、それしか手はない。

友などという甘い感傷が、本質を見誤らせていたのだ。望みどおりの結果を得るためならば、手段を選んでいる余裕などないのである。

己は甘かった。

大義も崇高な志もわかり得ないあの愚鈍な藩主の目を醒ますには、この国を根底から揺さぶる必要がある。高杉晋作が長州で行ったように、己も戦わねばならぬのだ。

「洗蔵さん」

男の声が震えている。

「どげんしたとですか」

心配そうに問う男の目は怯えていた。

己が笑っていたことを、洗蔵は吊りあがったみずからの口角で悟った。

心に狂気が芽吹いている。

口角がますます吊りあがってゆく。

「本当に其処《そこもと》許らはやるつもりなんやな」

「え」

さっきまであれほど熱に浮かされていたはずの男が、素っ頓狂な声をあげた。洗蔵は瞳を逸らすことなく男に問う。

「こん国ば敵に回して戦うつもりがあるとかて聞きよおとぜ」

「そ、そんつもりです」

「そん言葉忘れるなよ」

男の喉仏が大きく上下するのを見ながら、洗蔵はただただ笑っていた。

＊

「御手前《おてまえ》が残られると申されるので、某もこの国に残ることになり申した。手足と思うて御使いくだされ」

御助勢、かたじけない。

「某は御目付殿に命じられた故、この国に残ったまでのこと。御手前が畏《かしこ》まることではござらぬ」

しかしそれでもやはり有難い。某には付き合いがござりまする故、なかなか博多を離れることができ申さぬ。其処許が動いてくれるのであれば、これほど心強いことはない。

「御手前もなかなか面妖な御仁にござりまするな。何故、それほど親身になって町人どもと付き合われまするのか。某には到底理解できぬことにござる」

この町の町人どもは付き合《お》うてみると、存外よき心根をしておりまする。某はどうやら居心地がよくなったようでござる。

「居心地でござるか」

左様。

「そのようなもののために、帰京を断り未だこの国に留まっておると申されるか」

勿論《もちろん》、それだけではござらん。某には某なりの道理というものがござる。この国の下士どもは未だ叛意《はんい》を棄《す》ててはおらぬ。いつ何時、乱が起こるかわからぬと某は見ております。

「その点については某も同様の見方をしておりまする。御目付殿は十分であると申されたが、まだこの国は完全に憂いを取り払ったとは言えませぬ」

なにやらよからぬ動きでもございましたか。

「いや、いまの所は仲間の屋敷に集いて愚痴を垂れておるだけにござる。が、皆で集まり暗きことばかりを申しておると、次第に邪念が凝り固まって気づかぬうちに大きな流れを生むこともありまする」

乱の芽は育まれておるということか。

「左様」

某の憂慮しておることは、その乱の芽が町人どもに及ぶこと。

「見張りを怠らぬようにいたしましょう」

お頼み申す。

十

雨が屋根を弱く叩く。止めどなくつづくか細い音色を聞きながら、月形洗蔵はただ黙って男を見つめていた。雨雲に覆われた空は、夕刻になり暗さを増している。そろそろ灯火がなければ、四畳ほどの室内を見通すのが困難になってきていた。それでも洗蔵は明かりのない部屋で、男に視線を注ぐ。先刻まで頑迷な面持ちで黙していた男の顔が、黒色に染まって悲愴をより際立たせている。

「そげなことば、貴公は本当にやろうて思うとおとな」

闇が問う。

洗蔵は黙したままうなずく。すると闇は、重い溜息をひとつ吐いた。闇が凝り固まってできたようなその息は、懊悩《おうのう》に満ちた部屋の気をまた少しだけ重くする。そうやって目の前の男が吐く陰気が凝り固まって作りあげられたであろうこの部屋は、晴れた日であってもやはり暗い。この場所に、陽光は射しこまないのだ。

「貴公が言うごと都合よう進めばよかが、あまりにも」

口籠った。

「司書様」

洗蔵は急かすように闇の名を呼んだ。

「貴公の言うとおり、こんままでは勤王党は近いうちに崩壊するやろ」

いまの言葉を仲間が聞いたらどう思うか。洗蔵は腸《はらわた》の煮えくり返る思いを、腹の底に必死に封じこめながら、平静を装う。

司書こそが洗蔵の、いや勤王党に集った下級藩士たち全員の夢であった。司書という旗頭があったからこそ、勤王党はひとつにまとまり、尊王攘夷の志に邁進《まいしん》したのである。

それがどうだ。

藩主長溥によって家老職を免じられると、司書は途端にかつての威勢を失った。長州征伐の折に縦横に働いたのは別人であったのではと思うほど、いまの司書は萎《しぼ》み切っている。役を免じられたため、ずっと屋敷にいる。蟄居や閉門を命じられた訳でもないのに、みずから望んで家に閉じこもっているのだ。

まるで裁きが下るのを待つ罪人のようである。

そんな司書のことを慮《おもんぱか》ってなのか、それとも見限ったからなのか、勤王党の面々もすっかり屋敷には近寄らなくなった。四月《よつき》ほど前には司書の家老就任を祝う党員たちで賑わっていた広間も、いまは障子を閉ざし沈黙している。

栄枯盛衰と呼ぶには、司書の栄華はあまりにも短かった。

男の一生だ。浮く時もあれば、沈む時もある。洗蔵だって、司書に拾われるまでは閉門の憂き目にあっていた。沈んでいたとしても堂々としていればよい。

一度、沈んだ身を浮かばせるには、それなりの努力がいる。

「司書様はあくまで知らんかったてことにしとってつかぁさい。すべては我らが勝手にやったこと。事成った暁には、司書様に出てきてもらいますが、そいまではこの家でじっとしとってつかぁさい」

うむ、と重い声で答えてから、司書が腕を組んだ。陽はすっかり沈んでしまい、部屋は濃い闇に包まれている。家人が灯火を持ってこないのは、この部屋から発せられるただならぬ気配を悟ってのことであろう。

「いつやるとな」

司書が問う。

「朝山《あさやま》と他流《たながれ》舁《が》きで一日に二回山ば舁く十一日の夜に」

「町人が疲れておる所をやるてことな」

司書の声に嫌悪の情が滲んでいた。この期《ご》に及んでなお、この男は清廉さを求めている。弁解などする気にはなれなかった。洗蔵はただうなずきだけを返す。苛立ちが掌を震わせていた。悟られまいと、膝を力強く握りしめる。袴の上からでも痛いくらいに、指先が膝頭にめりこんでいた。程よい痛みが、気持ちをわずかに誤魔化してくれる。

「山ば打ち壊したからていうて、本当に町人たちが福岡に雪崩《なだれ》こんでくるか」

「そう仕向けるとが某の務めち思うとります」

「やれるとな」

「やらねばならんとです」

司書が腕を組んだまま、ふたたび深い溜息を吐いた。

苛立ちが極まる。

「そげんやって座ったまんま考えるだけなら、誰にだってできるとです。今動かんと、司書様が言わしゃったとおり、勤王党は直に崩壊してしまい申す」

「わかっとる。わかっとるが」

「都では天誅《てんちゅう》によって多くの者が殺されよったとです。高杉さんのごと、城に弓引いて戦ったたっちゃ、勝てばよかとです。窮地に立たされとるからこそ、派手に動かないかんっちゃなかとですか」

それまで溜めていた感情が、一気に爆発した。洸蔵は前のめりになるようにして、司書を責める。

「やからて言うて、町人たちば騙して城ば攻めさせるて言うとはどげんとな」

「博多んのぼせもんには山笠しかなかとです。山笠ば奪われたら、生きとる意味すらなかち男たちばかり。あん男たちが山ば奪われた時ん力は、儂らが思うとるよりも何倍も激しかはず。そん力ば、城にむけるとです。お前らの山ばぶち壊したとは城ん者らじゃっち騒いでから、のぼせもんば博多から福岡に導き入れる。そん流れん乗って我ら勤王党も起《た》つ」

「正気や洗蔵」

「藩主と家老連中ば屈服させんと、我らはこんまま潰されっしまう。そいば指ばくわえて黙って見とるとなっ」

息が触れ合うほどに近くまで寄った洗蔵の目が、闇に沈んだ司書の顔を捉える。朧《おぼろ》だった目鼻が像を結び、闇は容《かたち》を得た。

哀れなほどに怯えている。

見開いた目は涙で潤み、瞼をふるふると震わせていた。筋の通った鼻は、孔《あな》をだらしなく広げている。強硬な意志がみなぎっていた凜々《りり》しい唇は、悲しいほどに弛緩していた。

これが一度は己が主とまで思った男なのか。

洗蔵の口の端が奇妙に吊りあがる。笑っているのだろうが、洗蔵自身にはそのつもりはない。感情として知覚しているのは、司書に対する怒りと、失望故の悲しみである。負の感情が洗蔵のなかで複雑に混ざりあい、面の皮に笑みを刻んだ。楽しいからでも面白いからでもない。

訳もなく洗蔵は笑っていた。

「わ、儂は本当に知らんぞ洗蔵」

「最初からそげん言うてるやなかですか。司書様はなんも知らんかった。そいでよかとです」

「そん代わり、もしこん企みが上手く行ったとしても、儂んことは見捨ててもらってよか」

「そいは勤王党から抜けるて、言いよるとですか」

「そげん思うてもろうても構わん」

司書は今にも泣きそうな顔で、洗蔵に答える。

「なんば言いよるとですか、司書様は筑前勤王党の党首やなかですか。こいからも我らば率いていってもらわないかん御人でしょうもん」

「儂は」

司書は口籠った。洗蔵は笑みを浮かべたまま言葉を待つ。

「もう貴公らんことがわからんようになった」


司書の屋敷を辞してなお、洗蔵は闇の只中にいた。集っている面々は皆、仲間である。先刻、司書に見限られた同志たちだ。

「月形さん」

灯火のない広間に、仲間が車座になっている。漆黒の人型が連なる輪の何処《いずこ》かから、声があがった。洗蔵は声を発することなく、つづきを待つ。

「司書様はなんて言われたとですか」

「自分は知らんことやと仰《おお》せやった」

落胆の溜息が場を包む。誰しもが予想していたことなのであろうが、こうして実際に洗蔵の口から聞いたことで、失意は明確になった。

誰かが鼻で笑う。

「司書様が動かんやろうっちことは、最初からわかっちょったことやろうが。のって、そげん気落ちすることはなか」

闇に不似合いなほどに明るい声が、皆を励ますように言った。

「司書様がなんて言おうと、俺たちはやりまっしょう」

「当たり前ぜ」

簡潔に答えた洗蔵に、仲間たちがいっせいにうなずく。

「俺はもう迷わん。勤王党が生きるためなら、神だろうが仏だろうが、俺は斬るつもりぜ」

＊
力の奔流にただただ翻弄《ほんろう》されていた。右を見ても左を見ても男、男、男。おいさおいさという掛け声の渦に呑まれながら、風馬は前をむいて必死に走りつづける。

六月十日、石堂流はついに動きだした。

流《ながれ》舁《が》きとよばれるこの日の行事では、山が初めて担がれ、各流の区域内を走ることになっている。

風馬は動く山を初めて間近で見て、完全に肝を抜かれてしまっていた。

屋根よりも高い飾りを右に左に揺らしながら、山は前へ前へと動いてゆく。舁き手が担ぐための舁き棒は六本。一本の舁き棒を四人が持つ。山を挟んで前後左右に二人ずつである。前後ともに六かける二の十二人、棒だけで総勢二十四人が担ぐ。これに、飾りが乗る山笠台自体を舁く者たちが左右に二人ずつつく。全部で二十八人という大人数である。

しかしそれでも少ないくらいだと風馬は思う。

相手は商家の二階屋根の倍を優に超すほどの巨大な山である。いくら竹組みと軽量な飾りだけで作られているといえど、これだけの量になれば、かなりの重さになるだろう。舁き手が多ければ多いほどいい。しかし走りながら人は替われど、二十八人で舁くというのは変わらなかった。

山の造りは統一されている。舁き手の数も増減はない。どの流も条件は同じなのである。

舁き棒付近で小さな揺れが起こっただけでも、山の頂辺りの揺れは凄まじい。少しでも舁き手の息が乱れれば、立ち並ぶ家々に激突してしまう。九蔵から聞いた話によれば、実際に山が激突した家はあるという。山が中ほどから折れ、そのまま舁きつづけたということもあったそうだ。山によって屋根を壊されたりした場合でも、当番町の者が手拭を持ってゆけば、それ以上の謝罪は必要ないという。山笠は博多に住む者にとって、何物にも代えがたいもの。少しくらい家を壊された程度で文句を言う者などいないのである。

「先生っ」

蓑次の声が聞こえた。熱気と汗と男たちの波のなか、宿屋の主人の顔を捜す。山の後方を走る風馬へ近づいてきた蓑次が腕を取った。

「後押しばせんね」

「え」

「山ん後ろで背中ば押しよる者らがおろうが。あそこんいって前ん人ん背中ば押すったい。付いてこんね」

言った蓑次が腕をつかんだまま山の後方へと走り寄った。

「ほら」

風馬をうながす。誘われるままに前を見ると、必死になって目の前の背中を押す褌姿があった。

「ほらっ、さっさとせんねっ」

叫んだ蓑次に尻を叩かれ、痛さに急かされるようにして、目の前の背中を押す。背中を押す掌が幾重にも連なっている。その先にあるのは後方の舁き棒の先端だ。前の人を押しながら、皆で舁き手を助けている。

顔を伏せ前のめりになりながら、無心で押す。

「しっかりきばらないかんばい、先生っ」

聞き知った声が降ってきた。思わず顔をあげる。

「なんばしよっとかっ、ぼけっとせんで背中ば押さんかっ」

山の台に上がっているのは九蔵の大工の親方、伊兵衛だった。山が飾られているあたりの、舁き棒をまたぐようにして座っている。一尺よりわずかに長い太めの赤い棒を右手に持ちながら、おいさっ、おいさっと大声で叫んでいた。その合間に、さっき風馬にかけたような言葉を吐いて皆を叱咤《しった》し、また指揮をしている。

台上《だいあ》がりと呼ばれる役目だと九蔵は言っていた。男たちの疲れ具合や山の軌道などを見抜き、的確な指示を出す役割だ。そのうえ厳しい叱咤をしても〝この人に言われるとやけん頑張らないかん〟と思わせるだけの魅力がなければいけない。流のなかでも経験と人望のある者にしか務まらない重要な役目なのだそうである。

伊兵衛は疲労の色などいっさい見せず、途切れることなく叫びつづけていた。皆を気迫の籠った声で叱咤しながらも、顔には穏やかさ優しさが滲みでている。厳しさと温かさの両面を感じさせる心地よい表情だ。こういう顔をする者でなければ、台上がりという役は務まらぬのであろう。伊兵衛の堂々とした台上がりを見つめながら、身をもって九蔵の言葉に納得していた。

天から水が降り注ぎ、身体を濡らす。男たちの熱気で汗みずくになっていたから、すこぶる気持ちがいい。

勢《きお》い水だ。先走りの男たちが道の脇に用意された桶から水を掬い、山と舁き手にかけてゆく。

おいさおいさおいさおい……。

延々と繰り返される掛け声が風馬の心を揺さぶる。前をいく男の背を押す手に力がこもってゆく。煩わしい身の上や、面倒事、己という存在自体までもが、のぼせもんの波に呑まれていると、綺麗さっぱり剝げ落ちてゆくようである。おいさおいさの掛け声に身をまかせながら、風馬は一個の熱の塊になってゆく。

前へ前へ。

ただひたすらに男の背を押す。

のぼせもんの一員になっているような気がする。博多の町に引き寄せられていることが、やけに心地よい。

「風馬さんっ」

忘我の境地に至らんとしていた風馬を、瑞々《みずみず》しい声が現世へ呼び戻す。うつむいていた顔をあげて声のした方に目をやると、後押しの男たちのむこうで、こちらに手を振っている若者の姿があった。

作平だ。

手招きしている。

男の背から手を離し、風馬は後押しの流れからはずれた。すぐに別ののぼせもんが、風馬がいた場所に入る。ひと時たりとも舁き手と後押しの秩序は乱れない。

「なんでしょうか」

走る作平の隣で問う。

「前にこいて九蔵さんが言いよります」

言いながら作平は山を追い越した。風馬も後につづく。

山の前方に出ると、一際大きな掛け声を吐いている背中が目に入る。注連縄のごとき太い縄を、一心不乱に引っ張っていた。左右両端の舁き棒の先には鼻縄《はななわ》と呼ばれる縄がつけられている。前後で計四本だ。この鼻縄を引っ張る者を鼻取《はなと》りという。前後左右四人の鼻取りたちが、山の行方を決める。彼らはいわば山の舵取り役だ。左前方の鼻取りが、威勢のいい声の主であった。屈強な男たちのなかにあって頭ひとつ飛び出ている。

「九蔵さんっ」

作平が鼻取りの背に声をかけた。鼻縄を引っ張りながら肩越しに振りむいたのは、九蔵である。

「先生ば連れてきましたっ」

「昇かせろっ」

「え」

戸惑いの声をあげた風馬を無視するように、作平は九蔵に承諾の返事をし、風馬の腕を取った。

「昇き縄ば」

作平が締め込みの結び目のあたりに手をやった。そこには昇き縄と呼ばれる縄が挟まれている。

「えっ、舁くんですか」

「はい」

快活な声に誘われるようにして、風馬は己の舁き縄を締め込みから引っ張り出して手に取った。

「付いてきてくれんですかっ」

叫んだ作平が、前方の台上がりへと視線を送った。すると台上がりを務める壮年の男は、鉄砲《てっぽう》と呼ばれる赤い棒で、九蔵の後方の舁き棒を示す。頷いた作平が、鉄砲で指示された舁き棒へと駆け寄る。

「風馬さんっ」

出遅れた風馬を作平が呼ぶ。気のいい若者頭は、すでに舁き手と交代している。

「早《は》よせんね先生っ」

わずかに振りむいて九蔵が叫んだ。

「わかりましたっ」

風馬は答えつつ、作平を追って舁き棒へと駆け寄った。作平の後ろにいた男が風馬を認める。

「ここたいっ」

蓑次である。後押しに誘った宿屋の主は、いつの間にか舁き手に加わっていた。平素は気の抜けた顔をしている蓑次も、この時とばかりに真剣な面持ちだ。風馬を見る目に、覇気がみなぎっている。よろよろと近づいた風馬の腕を、蓑次がつかんだ。一気に山に引きこまれる。

「ほら、ここに舁き縄ばかけんね」

さらりと体《たい》を変えて風馬を舁き棒の下に潜りこませ、蓑次が舁き縄を棒に回した。

「死ぬ気で舁けっ」

蓑次が背中を思いっきり叩く。痛みと衝撃が全身を貫き、背筋が伸びる。その刹那、風馬の肩に山の重みが伸《の》しかかってきた。

己の他に十一人いる。

風馬一人が呆気に取られて足を止めようと、山は止まらない。棒にかけられた舁き縄を手にした瞬間から、身体は物凄い勢いで前進しつづける。まるで山自体が巨大な一個の生き物であるかのようであった。煌《きら》びやかに飾られた山が、己の心の赴くままに駆けていて、その神がかった力に翻弄されている。そんな心地であった。

「しっかりと舁かんかぁっ」

天から叱咤の声が降ってくる。

先刻の台上がりの声だ。

「先生っ」

「風馬さんっ」

九蔵と作平の声も聞こえる。

皆が風馬に気をむけていた。

完全に足手纏《まと》いである。

流の一員として山笠に加わったのは、はじめてのことだ。流の名簿に名を記したわけでもない。己は客分である。しきたりだって覚えきれていない。突然山を舁けといわれても、どうすることもできなくて当たり前だ。

そんなことを考えていると、たまらなく泣けてきた。

己が情けなくなってくる。

勢い水が降り注ぐ。

視界がぼやける。
「おいさっ、おいさっ」
とにかく無心で叫ぶ。
掛け声とともに必死に足を前に運んでゆく。
いまだに山の勢いのほうが勝っている。つまり、まだ己は足手纏いだということだ。
勝たなくてもいいから、勢いに負けぬように駆けたい。
九蔵の背を見る。
生粋ののぼせもんは、天が裂けんばかりの勢いで、掛け声を吐きつづけていた。
「左に曲がるばいっ」
台上がりの声だ。
見ればいく先で道が左に折れている。
九蔵がちらと背後に目をやった。
鼻取りにとって山を曲げる時が、一番の腕の見せ所である。
舁き手たちの様子を瞬時に見遣《みや》った九蔵が、最後に風馬に視線を送った。
のぼせもんの口許が笑みをかたどる。そしてわずかにうなずいた。
やるばい。
九蔵の心の声が聞こえたような気がした。

「はいっ」

すでに前方に顔をむけていた九蔵の背中に叫んだ。

全身に気が満ち、濡れた肌から湯気が立ちのぼる。

先走りの面々が先に角《かど》を折れて駆けてゆく。そのなかに締め込み姿の心太を見つける。まだあどけなさを残した少年の目が、前だけを見据えていた。義父とは比べものにならない細い足でしっかりと大地を踏みしめ、家屋の陰に消えた。

己も頑張らねば。

風馬は気を引き締める。

「曲がるばいっ」

九蔵が叫ぶ。

一瞬、がくんと山が動きを止め、次第に左へと回っていく。風馬はみずからの意志ではなく、流れに身を任せるようにして足を動かす。

角を綺麗に左に折れ、ふたたび視界が開けた。

「おいさっ」

走れと言わんばかりに九蔵が一際大きな声をあげた。それに呼応して、風馬の周囲の舁き手たちも叫ぶ。

山がまた前進をはじめる。

ものである。

道の脇から女の声が聞こえた。周囲の歓声を突き破って聞こえた声は、風馬の聞き知った

「あんたぁっ」

視線を声にむけた。

九蔵の妻が大きく手を振っている。

鼻縄を引っ張るのぼせもんは、己《おの》が妻に目をむけることなく駆けつづけた。そんな夫のことを頼もしそうに見つめる妻の目が、今度は風馬を捉えた。

「しっかりやらないかんよ先生っ」

己にむけられた声援に、風馬は微笑を返す。

九蔵とは大違いである。

そんな自分がやはり情けない。

もっと気を研ぎすまさなければ。

思ってみても身体がいうことを聞かない。疲れた足は重く、声を吐きつづけた喉は焼きついてからからに渇いていた。勢い水をどれだけかけられようと、熱を帯びた身体は冷えることはない。

朦朧《もうろう》としてくる。

おいさおいさ。

おいさお。

おい。

聞こえているのが己の声なのか、それともまわりの者のなのか。それすらもわからなくなっている。

「風馬さんっ」

作平の声が聞こえたのと、身体が山の外へと弾き出されたのは同時だった。

いつの間にか棒から手を離している。己がいた場所には、違う誰かがいた。作平はまだ山を舁いている。

がくがくと震えて力の入らない足でなんとか立っていた。

ゆっくりと山が去ってゆく。

なんだかひとり取り残されたような気がして、急に寂しくなった。

「大丈夫ね」

誰の声だ。ぼんやりとした頭で考えながら、顔を左右に振ると、心配そうにこちらを見つめる蓑次が隣に立っていた。

「蓑次さん」

「ほら走るばい」

蓑次の手が風馬の尻を叩く。

そうだ、走らなければ。

思いだしたように足を動かし、山を追う。疲れて震える身体では、思うように駆けることができない。それでもこの場に取り残されたくはないという想いだけで、必死に身体を前に進める。そんな風馬を気遣うように、蓑次が隣に並んで小走りで付いてきた。

「どげんやったね」

「はい」

うまく言葉で言い表せない。そんな風馬の心を慮《おもんぱか》ったように、蓑次は声をあげて小さく笑った。

「初めてにしちゃ上出来やったばい」

「見てたんですか」

「あんたが倒れそうになった時は、助けてやってくれて九蔵から言われとったけん、ずっと見とったばい」

「そうですか」

また蓑次が笑った。どうやら笑って間を保っているらしい。

「九蔵のかみさんば見つけてあんた笑ったやろ」

「はい」

山笠の間は、のぼせもんたちは女を寄せつけない。そういえば九蔵も妻の声援にもいっさい耳を貸さなかった。

微笑みかけたのが禁忌に触れたのだろうか。

少し不安になった。

「あんだけ疲れとってから、九蔵のかみさんに笑いかけるとやもん。俺ぁ助けにいくかどうか迷ったばい」

そう言って蓑次はまた笑った。どうやら禁忌ではなかったらしい。胸を撫でおろす風馬に、蓑次が語りかける。

「長崎とかいきたくなくなったっちゃなかとね」

「い、いや」

曖昧な言葉で濁したが、本心では頷きたかった。しかし、この町に留まるわけにはいかない。風馬にはやらなければならないことがあるのだ。

「大丈夫ね先生っ」

行く手の方から快活な声が聞こえた。山の方から九蔵が駆けてくる。

「九蔵さん」

足に力をこめ、少しだけ速く走った。全身を勢い水と汗で濡らした屈強なのぼせもんがぐんぐんと近づいてくる。

「疲れとるね」

隣に並んだ九蔵がそう言って笑った。風馬は首を左右に振る。

「大丈夫です」

強がった。

なんとなくそうしたかったからだ。この男に弱い所を見せるのが嫌だった。

「しっかりやっとったばい」

蓑次が友に告げる。すると右の眉を思いっきり吊りあげて、九蔵が風馬を見おろす。

「もう嫌んなったっちゃなかとね」

「そんなことはないですよ」

左右に並ぶのぼせもんたちの前に出る。九蔵と蓑次はふたたび平然と横に並ぶ。

また一歩だけ前に出る。

並ばれる。

「なんねまだ走れるやんね」

「当たり前ですよ」

答えながら走りだした。足の震えはまだ止《や》まない。息も荒い。それでも風馬は走る。

「追いつくばい」

背後から九蔵が言った。

「わかってますよ」

風馬は遥か前方を行く山めがけて、ひたすらに走った。

＊

いきなり呼びだして、どうなされたのですか。皆に不審がられずに抜けてくるのに、往生いたしました。

「申し訳ございませぬ。しかし一刻も早くお聞かせしたいことでございました故、無理は承知で参上仕《つかまつ》りました」

怪我をされていますね。いったいどうされたのです。

「月形の屋敷を去る時に手間取ってしまい、勤王党の面々に気づかれてしまいました。なんとか逃げて参りましたが、追手に手傷を。なんとか動けるようになるまで三日ほどかかってしまい、申し訳ありませぬ」

見せてみなさい。

「手当は終えておりまする」

某のことは知っているでしょう。今度《こたび》のために多少は学んだ。見せるのは無駄にならない。

「面目次第もございませぬ」

よくぞこの傷で某の所まで……。

「それほどの大事にござりまする」

死ぬことはないが深傷《ふかで》には変わりない。早う手当を。

「我が身を案じていただくなど」

其処許は某の我儘のために、こうして黒田に残ってくれておるのです。いわば其処許は某にとって同志同然。

「そこまで申していただき、恐悦至極に存じまする。されど……」

何ですか。

「あなたはこの町に来て、どこか変わられた。前よりも人らしくなられたような」

そのようなことを話しておる暇はありますまい。さぁ、早急な用というのをお話しくだされ。そして手当を。

「承知仕りました」

ついに勤王党が動きますか。

「はい」

＊

けたたましい笑い声を前に、心太はうんざりしていた。

酒臭い。そこに汗の臭いまで混じっているから、余計にたちが悪い。右を見ても左を見ても褌姿のむさくるしい男ばかり。石堂流金屋町の詰所であった。山を舁いていない時も、のぼせもんたちは詰所に集まっている。山笠の間は大体の男たちが仕事をしていないから、酒を呑んで馬鹿騒ぎだ。こういう光景が、博多の町のいたる所で見られる。

遠くのほうで九蔵が仲間たちと騒いでいた。なにが楽しいのか、しきりに笑っている。とにかく山笠が嬉しくて仕方ないのだ。

心太にとって二度目の山笠である。一度目よりも少しは楽しめるかと、ささやかな期待をしていたのだが、駄目だった。この快活で上っ調子な雰囲気が性に合わないのであろう。皆が活気づいていけばいくほど、威勢がよくなればよくなるほど、心太は沈んでゆく。

天邪鬼《あまのじやく》なのかもしれない。

心太は詰所を見回す。九蔵や蓑次たちがいる時は大抵、すみっこのほうで笑っている風馬が、今日は珍しくいなかった。

風馬は博多の男たちとは違う。それまで心太の周りにいた大人の男たちは、どれも粗雑で押しが強かった。風馬は真逆である。押しが弱く、繊細だ。身体を動かすことよりも、頭を働かせることを好む。そういうところが己と似ていた。

大人のなかにも話がわかる者がいる。

風馬に文字を教えてもらうのが、楽しみになっていた。この大人ならば、心太のぼんやりとした鬱屈を理解してくれる。いつしか風馬は心太の心の拠り所となっていた。

しかし、そんな風馬が山を心底楽しんでいる。それが心太には悔しくてならない。いつもへらへらしているが、風馬には風馬なりの芯がある。それがわかったのは最近だ。九蔵たちが山笠を心の芯にしているように、風馬にも何かがある。それは医者となることなのかもしれない。が、聞いたことがないから本当のところはわからない。とにかく風馬のなかで揺るがないものがあるから、楽しんでいられるのだ。心太には芯がない。だから揺らぐ。揺らぐから楽しめない。

風馬も心太同様、九蔵になかば強引に誘われ、石堂流に加わった。強引な九蔵の申し出には、断るという選択肢が最初から無い。否という間すら与えずに、ひたすら喋りつづける九蔵と、苦笑いを浮かべる風馬という絵が、目に浮かぶ。なのに風馬は楽しんでいる。走らせても飯を作らせても酒を呑ませても駄目。屈強な男たちに囲まれて悪戦苦闘しているが、つねに笑顔なのだ。

本当は自分も風馬のように楽しみたかった。

一気に酒を呑み干した九蔵が、詰所の端で息を潜める心太のほうを見た。なにかを命じられる前触れだ。買い物か、それとも母への言付けか。いずれにしても餓鬼の使いだ。が、九蔵は心太を呼ばなかった。

むけていた視線が心太の背後へと移っている。気づけば九蔵だけではなく、詰所に集う男たちのすべてが心太の背のむこうを見ていた。

ゆるゆると振り返る。

風馬だ。

走っている。

なんだあの顔は。

目が血走り、眉間に皺が寄っている。

怒っているのか。

それとも、おそれているのか。

とにかく尋常ならざる顔色だった。

「九蔵さんっ」

転がるようにして風馬が車座に座る九蔵たちのもとへと駆け寄った。空樽《あきだる》を椅子代わりにしている九蔵たちの前にひざまずくようにして、地面に直《じか》に座りこんだ。

「どげんしたとね、そげん息ば切らしてから」

「た、大変」

「なんね」

風馬は息も切れ切れである。荒い呼吸の隙間を縫うようにしてつぶやく声に、九蔵が顔をしかめて耳を寄せた。あまりにも鬼気迫る風馬の姿に、九蔵たちの周囲に詰所じゅうの男たちが集まってくる。

心がざわめく。気づけば心太は立ちあがっていた。おそるおそる男たちの輪へと近づいてゆく。

「しっかりせんねっ先生っ」

九蔵の怒号が輪の中央から聞こえた。林立する男たちの身体の隙間から、うずくまった風馬と、その肩に手をおいてしゃがんだ九蔵の姿が見えた。

「わ、わくろうどんが」

「なんね」

「侍たちがきます」

「どういうことね」

九蔵は静かに問うたが、男たちはざわめいている。

心太は山が始まる前に起こったひと悶着を想いだした。

御上が自粛を命じようとしている。その報を受け、博多の男たちは文字通り命を懸けた。

心太はこの時まで忘れていたが、九蔵は今回の山笠に己が命を懸けて参加しているのだ。山を通常通りに決行するというのぼせもんたちの決意が籠った血判状に、九蔵は名を連ねている。もし侍がなにか言ってきた場合は、真っ先に矢面に立つのは九蔵たち血判状に名のある者たちなのだ。

「そげんぶつ切りに話したっちゃわからんやろうもん。ゆっくりでよかけん、最初から話さんね」

言いながら九蔵は風馬の肩をつかんで立ちあがらせた。そうして己が座っていた樽に風馬を誘う。

「水ば持ってこんか」

九蔵が誰にともなく叫ぶと、若者のひとりがすばやく水を湯呑に入れて持ってきた。

「飲まんね」

「すみません」

こくりと礼をすると、風馬は一気に湯呑を傾けた。激しく上下する喉仏が、細い首の真ん中で鋭く尖っている。水を飲み終えた風馬は湯呑を両手で包みこみ、おおきな息をひとつ吐いた。その姿を九蔵は傍らに立って見守る。いつの間にか二人の近くに伊兵衛や蓑次も集まっていた。

「侍が来るっちゃなんね」

猫背気味の背に手を添えて、九蔵が穏やかな口調で問う。その声にはおそれはいっさいなかった。

「朝山と他流舁きという一日に二度山を舁く日がありますね」

「明日やなかね」

「あ、明日……。皆さんが疲れた夜を狙って、侍たちが河をわたり博多にきます」

「そいがどうしたとね」

侍がくる。それだけを聞けば、たしかにおかしいことではない。しかし風馬の様子を見れば、ただならぬ事態であることは解る。

「山を壊すつもりなんです」

男たちがどよめいた。

「いつもと変わらん山ば作ったことへの仕打ちっちゅうわけかい」

九蔵の隣で蓑次がつぶやいた。風馬が首を横に振る。

「やったらなんでそげんかことばするとや」

今度は伊兵衛が問う。

「それは」

風馬がうつむいた。

「ちょっと待ってくれんね」

九蔵が流れを止める。顔を伏せる風馬と目を合わせるため、九蔵はしゃがんでから見あげた。

「なんで先生はそげなことば言いだしたとね」

「えっ」

「侍たちが山ば壊してなんになるとね。それに、もしそいが本当のことやったとして、なんで先生はそげなことば知っとるとね」

風馬が九蔵から目を逸らす。顔を横にむけたから、心太と正対する形になった。男たちの尻の間から見つめる心太と、風馬の視線が交わった。先生は微笑んだ。そして、小さくうなずくと、ふたたび九蔵へと顔をむけた。

「まずはひとつ目の疑問にお答えします。侍というのは勤王党の面々です。彼らはいま、藩の中枢から遠ざけられ窮地に陥っています。その状況を打破するために、彼らは山を壊すつもりです」

「どうしてそげなことになるとか、まったく意味がわからんばい」

伊兵衛の声に、風馬が顔をむけた。

「皆さんは山を壊されたらどうしますか」

「そげなことは絶対になか」

蓑次が強がる。しかし風馬は引かない。今度は蓑次へと顔をむけて、言葉を吐く。

「もし、壊されたらどうしますか」

「そ、そりゃ壊した者はただじゃ済まん」

「ひとつではなく、博多じゅうの六つの山すべてが同時に壊された。そしてその下手人が城の侍たちだと知ったら、あなたたちのぼせもんはどうしますか」

一気にまくしたてた風馬に気圧され、男たちが黙りこんだ。おそらく誰もが、いま風馬が言ったことを真剣に考えている。九蔵が立ちあがって腕を組んだ。

「当然、勤王党だということは隠されたままです」

風馬が付け加える。

心太は考えをめぐらせた。

山が壊される。

それが侍たちの仕業だと知る。

勤王党ということはわからない。

となれば。

「御城下に流れこんでもおかしゅうはなかかもしれん」

煩悶《はんもん》の末に伊兵衛がつぶやく。それは心太が導き出した結論と大差なかった。親方の言葉に、九蔵も同意の声をあげる。

「頭ん血が昇っとるところに、城へと導くような者が出てくれば、そげんかことになるっちゅうこともあるかもしれんです」

九蔵と伊兵衛は見つめあい、小さくうなずいた。

「ふたつ目の問いについてですが」

沈黙する男たちを見わたしながら、風馬が言った。皆が黙ったまま青白い顔の男を見おろしている。

「それについてはここでは言えません」

「なんやて」

蓑次が風馬を睨む。

「すみません」

「どうしても言えんとね」

九蔵は穏やかな口調で問う。風馬は口を固く結んでうなずいた。

「侍たちが明日ん夜に山ば壊しんくる。ばってんどうしてそれば知ったとかは言えん。そげなことば信じろっち、先生は言わっしゃるとですか」

「はい」

見おろす九蔵と目を合わさず、風馬はうつむいたまま固まっている。己が膝に置いた掌をじっと見つめ、今にも泣きだしそうなほどに頬を震わせていた。

「九蔵さんたちが命を懸けて山を守ったように、私も命を懸けます」

決意に満ちた言葉は震えていた。風馬は今、死の恐怖と前に踏みだす勇気の狭間で必死に戦っている。

やはりこの男にも九蔵に負けないくらいの芯があるのだ。

「頑張れ先生」

誰にも聞こえないか細い声で心太はつぶやいた。もちろん風馬には届かない。

「とにかく全流ののぼせもんたちにこの話を伝えてください。もし明日の夜になにもなければ、私をどうしてくださっても構いません。なにかあってからでは遅いのです。お願いです、もう時がありませんっ。私の話を聞いてください」

九蔵がふたたびしゃがんで風馬に顔を近づけた。

「こっちば見らんね」

毅然《きぜん》とした態度で言った九蔵に、風馬が応える。

「あんた本当にどげんなってもよかとね」

「はい」

「そん言葉は嘘じゃなかね」

「九蔵さんに吐く嘘はひとつで十分です」

心太には意味がわからなかった。どうやらそれは九蔵も同じだったらしく、わずかに小首を傾げている。しかしそれ以上は追及しなかった。

「勤王党を率いとるとは誰ね」

風馬が黙って視線を逸らす。

「わかった」

九蔵は答えを待たずに立ちあがった。

「とにかく今ん話ば全流《ながれ》ん者《もん》に話してみましょう」

「し、信じるとか」

蓑次の問いに、九蔵が深くうなずく。

「こん人がここまで本気になっとるとば、無下《むげ》にはできん。もし他ん流ん者が本気にせんかったっちゃ、俺たちだけでん信じてみんか。こん人ん話が本当なら、もう時がなか。大急ぎで他ん流ん者にも知らせないかんっ」

「九蔵さん」

風馬が顔をあげた。

九蔵が微笑む。

「あんたんこと、少し見直したばい」

〝沈香堂書店　通称馬さんによる最後の述懐〟

そん時はあても必死やった。山ば壊させるわけにゃいかんてことで頭がいっぱいで、なりふり構っとられんやった。山ば守れるとなら、自分がどげんなったっちゃよかて本気で思うとった。いまから考えてみっと、あん時、あてはもうのぼせもんやったんかもしれん。

「大丈夫ですか。少し休んだほうがいいんじゃないですか」

心配せんでよか。あてが喋りたかとやけん、あんたは黙って聞かんね。

「そう言っても、さっきからすごい咳ですよ。私のほうはいつでもいいんですから、また身体の具合がよくなってから」

また今度、また今度て言いよう者は、いつまで経ってん最初ん一歩は踏みだせん。やりたか時にやる。あてはそいば九蔵さんに教えられた。

「それとこれとはわけが違いますよ。だって、馬さん本当にきつそうですよ。それに、最初の一歩だったら踏みだしているじゃないですか。私が馬さんから話を聞くのは、これでもう六回目です。もうはじまってるんですから、たまには休んだって」

動きだしたら止まったらいかん。なんも考えず、最後まで走らないかんとばい。あんたはまだ若かけんわからんかもしれんが、時間っちゅうもんはいつも後になって過ぎたことに気づくもんばい。あん時あげんしときゃよかったて思うた時はもう遅か。過ぎた時間は戻ってこん。あては今日、あんたにどうしても話しておきたかて思うとる。そいがすべてばい。

「でも」

迷っちゃいかん。

九蔵さんは、あてば見こんで信じてくれた。やけんあてもあん人んためなら、命も惜しゅうなかて思えた。男が男ば見こむっちゅうとは、そげなことばい。

あてはあんたば見こんどる。

「有難うございます。その言葉、本当に嬉しいです。だけど」

まだぐじぐじ言うとね。

「言わせてもらいます」

優男《やさおとこ》ばってん、あんたも頑固《がんこ》やね。まぁ、そげな所があるけん、あてはあんたに聞いてもらおうて思うたとやろ。

「馬さんが見こんでくれたからこそ、私には果たさなければならない義理があるんだと思います。私は馬さんに一日も早くよくなってもらいたい。病気なんか早く治して、また前のように元気な姿に戻ってもらいたい。そう思うからこそ、今日は止《や》めにしませんか。ねぇ馬さん」

この世にはどげんもならんこともあるったい。

「そんな気弱なことを言うのは、馬さんらしくもないですよ」

あてはもともと、気弱な男たい。なにやらせても駄目で、いつもぐじぐじ考えて、一歩も踏みだせん男やった。あてんなかにあんたが見とる男ん部分は、全部九蔵さんの物たい。あん人になりたかて思うて生きてきたあてが、心んなかに造りあげた九蔵さんを、あんたはあてって思うとるだけたい。

「それでも馬さんは馬さんです。あなたが自分のなかに九蔵さんを見ていたとしても、私にとっての馬さんは、いつも悪態ばかり吐《つ》いてて、ひ弱な私を叱ってくれる気風《きっぷ》のいい男です」

あんたがそげん言うてくれるとなら、あても少しは九蔵さんに近づけたとかもしれん。そいは素直に嬉しか。ばってん、気弱なんもあてたい。そん気弱なあてに言わせてくれんね。この世にはどうにもならんことはある。あてん病気はもう治らん。そいは自分がようわかっとる。あんたがどれだけあてんことば思うてくれとっても、どげんもならんったい。

そいけん。

「なんですか」

あてん話ば聞いてくれんね。

こん博多ん町に生きた男たちの、どげんしようもなか莫迦らしか話ば。博多ば愛し、山ば愛した男たちん生き様ば。そいば語っとかんと、あては死んでも死にきらん。

「死ぬんですか馬さんは」

死ぬ。

「そんな……」

勿体ぶったっちゃどげんしようもなかろうもん。人間死ぬ時は死ぬったい。やっとあても九蔵さんの所にいける。そげん考えると、不思議と怖くもなか。

「本当に九蔵さんのことが好きなんですね」

あん人はあてんとって太陽んごたる人やった。

「聞きますよ」

そげん言うてくれると思うとったばい。

「今日は馬さんの気が晴れるまで、聞きます。帰れって言われるまで聞きつづけますよ」

そいじゃあはじめようかね、年寄りの昔語りば。

十一

目を凝らしてみても、闇はいっこうに晴れなかった。隣に立つ九蔵に悟られぬように、風馬は息を深く吸いこんだ。湿り気を帯びた気が腹の底にしばし納まり、ゆっくりと鼻の穴から漏れだしてゆく。雨の訪れを感じさせる匂いをほのかに鼻腔に残しながら、息は虚空に消えた。

中洲に立っている。博多の町と福岡の町の間を流れる那珂川の真ん中に浮かんだ浮島を、福岡の者は中洲と呼んだ。武士と町人の住処《すみか》を分かつ境にあるこの島は、人家もまばらで夜ともなればおそろしいくらいの静寂に包まれる。朝山と他流舁きが終わった六月十一日の真夜中、風馬は九蔵とふたりで闇を睨んでいた。ふたりとも締め込みに舁き縄を挟み、水法被《みずはっぴ》を着けている。のぼせもんの装束のまま、ふたりは待っていた。

「九蔵さん」

眼前にたゆたう闇が沈黙を望んでいるようだったから、風馬は抗するように声を吐いた。

名を呼ばれたのぼせもんは、風馬の臆した声に答えもせず、腕を組んだまま闇を睨みつづけている。

「どうして信じてくれたんですか」

のぼせもんは答えない。

中洲と博多を結ぶ橋のむこうには、博多じゅうの男たちが集っている。若者を中心としたのぼせもんだ。山の危機を告げた風馬の言葉を信じた九蔵は、すぐに全流に大事を伝えた。福岡の侍たちが山を壊しにくるなどという荒唐無稽な話に、はじめのうちは半信半疑であった町人たちも、九蔵をはじめとした金屋町の男たちの熱心さに押され、次第に態度を変えていった。疑わしい。が、用心に越したことはない。流の年寄たちの判断によって、厳選された若者たちが、博多の南、中洲と新川端町《しんかわばたまち》を繋ぐ橋の前に集っていた。その数二百。ちょっとやそっとのことでは侍も手が出せない人数である。

それでも。

風馬は考えをめぐらせ、身震いする。もし侍たちとのぼせもんの間で衝突が起こったら、山笠どころの話ではない。相手は帯刀している。ちょっとでも事態が悪いほうに傾けば、死人が出ることも容易に想像ができた。山の期間中、のぼせもんたちは喧嘩を禁じられている。

しかし侍たちにはそんな禁などない。混乱が混乱を呼び、死人が出る。そうなったら、いくら九蔵でものぼせもんたちを押さえられるとは思えなかった。

「九蔵さん」

押し寄せてくる不安に耐えきれなくなり、風馬はもう一度隣に立つのぼせもんを呼んだ。

血気に逸《はや》る町人たちに、九蔵は風馬と二人で中洲にいくと言った。この騒ぎの張本人である風馬と一緒に、中洲で見張りをすると皆を説得した結果である。もし侍たちが中洲に現れたら、まず自分が説得を試みる。それでも駄目な時は、風馬を走らせ加勢を頼む。そういう手筈になっていた。誰もが九蔵の喧嘩の強さを知っている。のぼせもんとしての力量も認めている。だからこそ、九蔵の申し出は認められたのだ。

みずから侍たちがくると報せておきながら、風馬は侍たちがこないようにと祈っている。もしこなければ、風馬はどんな処罰でも受けると皆に明言していた。血の気の多いのぼせもんである。山笠の期間中、ただでさえ気が立っている連中を、無闇に騒がせた罪は重い。袋叩きくらいで済めば、いいほうである。下手をしたら殺されてしまうかもしれないのだ。それでも、侍たちがこないに越したことはなかった。自分一人が犠牲になるだけで済めば、安いものである。

「そうやった」

不意に九蔵が言葉を吐いた。緊迫した状況であるにもかかわらず、普段となんら変わりない明るい声に戸惑いを覚える。思わずといった調子で横をむいた風馬の目に、しゃがんだ九蔵の姿が映った。

足許に置かれた風呂敷包みを手にしている。

「これ」

言って風馬の前に掲げる。誘われるように両手を差しだすと、風呂敷包みは腕のなかに落ちた。

「そんなかに着物が入っとる」

紺色の包みに目を落としたまま、風馬が黙していると、九蔵は快活な声でつづけた。

「俺《おい》のやけん、先生には大きかろうけど勘弁してくれんね。先生の部屋ん入って取ってくるってわけにもいかんかったけん」

「どういう意味ですか」

「誰もこんかったら、そいば着て町から逃げんね」

「なんで逃げるんですか」

風馬は包みを胸に抱いて問うた。九蔵は闇に目をむけたまま腕を組んでいる。そのままの姿勢で、穏やかな声で言う。

「少しばってん銭も入っとる。博多ん方に戻らんでこんまま中洲ば南にいって、町ば出らんね。先生がこん町にきた時に言うとったごと、長崎にいくとならそいでもよかし、別にいく所んあるとなら、そこんいってもよか。町から消えた後んことは知らんけん、どこにだっちゃいけばよか」

「なにを言ってるんですか」

九蔵は口許に微笑を湛えたまま答えない。

「そのために私を中洲に導いたんですか」

答えは返ってこない。

「どうしてそこまで」

包みに目を落としたまま、つぶやいた。風馬のなかにひと言では表せない感情が渦巻く。助けてくれようとしている九蔵への感謝。この男は逃げると思われた悔しさ。この町を離れることになる悲しみ。いろいろな想いが浮かんでは消えてゆく。が、どれもよい心地のするものではなかった。暗い情念に支配された心が、風馬を揺さぶる。駄目だと思いながらも、目の奥から熱い物がこみあげてきて下瞼の縁《ふち》から染みだす。

「九蔵さん私は」

「用心に越したことはなか。そんだけのこったい。あんまり深く考えんでくれんね」

「でも」

包みを抱く腕に力がこもる。皺が寄った紺地の布に、頬から落ちた滴が濃い染みを作る。

「私はこの町が好きです」

「嬉しかことば言ってくれるやなかね」

九蔵の目は闇にむけられたままだ。

「だからこそ逃げません」

「侍がこんかったら、あんたなんばされるかわからんばい。わくろうどんが襲ってくるて思うて気ば張っとる連中の想いが、全部あんたに降ってくるとばい。いくら俺だっちゃ、そげんなったら止められん。大体、あんたは自分でどげんなってもよかて言うたとやけん、文句は言えんとばい」

「あの言葉に嘘はありませんよ」

「ばってん」

そこではじめて九蔵は風馬を見た。風呂敷で涙をぬぐい、のぼせもんを睨む。おおきく開いた鼻の穴から、九蔵が息を吸った。少し臆しているように見えた。

「峰吉んごたるとが、寄ってたかって殴ってきたら、あんたどげんするとね」

「覚悟のうえです」

「口じゃあなんとでん言えるばってん、あんたそげんか目に遭《お》うたことたなかろうもん」

「ありませんよ」

己が猛り九蔵が息を呑んでいる。おかしな状況だ。燃える心の片隅にある冷えた所で、風馬はそう思っていた。そして、熱を帯びた想いを言葉に乗せる。

「私は言いましたよ九蔵さん。あなたが山に命を懸けるのなら、私も今回のことに命を懸けると」

「そりゃ言うたばってん」

戸惑いながらつぶやく九蔵を、風馬はなおも押す。

「私はあなたに嘘を吐きたくないんです。だからもしなにごともなく朝を迎えたら、二人で博多の町に戻ります。そして正々堂々、皆さんからの責めを受けます。その覚悟はできています」

自分でも不思議なくらい、言葉が口から溢れだす。身中に籠る熱に導かれるようにして、一気に畳みかける。

「もしそれで死んだとしたら、それが私の限界なんでしょう。不満なんかありません。それよりも、皆さんをおそれて逃げて生き存《なが》らえる方が、いまの私にはおそろしい。悔やんでも悔やみきれない傷を、私は一生抱えて生きていかなければならなくなる」

「本当によかとね」

戸惑いに歪んでいた九蔵の顔が、急に引き締まった。厳しい視線を投げながら、のぼせもんは問うてくる。風馬は口を真一文字に結び、深くうなずいた。

「やったらこれ以上は言わん。好きにすりゃよかたい」

「有難うございます」

風呂敷包みを足許に置いた。

「九蔵さん」

「なんね」

「どうして私を信じてくれたんですか」

「仲間んことば信じれんで山ば昇けるわけがなかろうもん」

ふたたび闇に目をむけていた九蔵が、簡潔に答えた。

仲間。

九蔵にそう言われたことが素直に嬉しかった。

「私はのぼせもんなんでしょうか」

「そげなこと聞かんでっちゃよかろうもん」

「有難うございます」

礼を述べ、風馬は闇を見た。二人ののぼせもんが一寸先すら見通せぬ夜を睨む。

緑、藍、灰、そして黒。

闇とひとくちに言ってはいるが、風馬が見ている夜は、単色ではなかった。無数の色が斑になって夜気のなかを揺らめいている。見つめているだけで邪な気配を感じさせる嫌な景色だ。が、怖くはなかった。隣に立つ男の覇気が全身を包んでいる。雄々しい九蔵の気配が傍にあるだけで、風馬は身中に巣くう気弱の虫を押し殺すことができた。

「先生」

漆黒を睨んだまま九蔵が言った。

「はい」

風馬も変化に気づいている。

「どうやらあんたが皆にやられるっていうとは無くなったごたるね」

答えず行く末を睨む。

さっきまで黒に準じる暗色のみで形作られていた闇に、綻びが生じていた。

紅、橙《だいだい》、黄。

それが綻びの元凶だった。まだ遠くに見える小さな点でしかないそれらは、ふたりが会話を交わしている間にもぐんぐんと大きくなっている。松明《たいまつ》の焔であるとはっきりわかるようになった頃には、その下にくぐもっている闇よりも濃い影もまた風馬の視界は捉えていた。群れ成す人影が近づいてくる。すべての頭に髷が乗っていた。誰がどう見ても侍の群れである。

「あんたが言うたとおりやった」

「そうですね」

風馬の祈りは破られた。やはり侍どもが山を壊しに来た。喉が鳴る。その音が耳に届き、己が唾《つば》を呑んだと自覚した。

「大丈夫、先生はなんもせんでよか」

「走りますか」

町で待っている皆に報せるためだ。

「俺が言うまで動かんでくれ」

「わかりました」

ここは九蔵に任せる。すでに死ぬ覚悟までした風馬だ。いまさらじたばたしない。この町で一番信頼のおける男が隣に立っている。なにがあっても怖くはなかった。

影が近づいてくる。松明の明かりに照らされた顔が、闇にぼんやりと浮かびあがっていた。どれも神妙な面持ちである。どの顔も、焔に照らされてなお、蒼白《そうはく》であった。思いつめた様子で黙々と歩く姿は、冥府《めいふ》を歩む亡者のごときである。

彼等はすでに風馬たちに気づいているのだろうか。背後に待つ仲間たちは、中洲に揺らめく松明の明かりを知覚しているのか。風馬には黙って立っているしか術はない。

亡者の群れが近づいてくる。皆の視線が風馬の横のほうにむけられたまま固まっていた。九蔵である。亡者たちは九蔵を見ているのだ。

すでに九蔵と侍たちの間合いは、ひと駆けするだけで互いの身体に触れられるほどにまで近づいている。侍たちの中央に立っていた男が右手を挙げた。亡者たちがそれを合図にして一斉に歩みを止める。九蔵は腕を組んだまま、それを漫然と眺めていた。

「何故」

右手を挙げている侍がそれだけを言った。九蔵に問うている。

「聞きたかとは俺ん方《ほう》です」

「そうか」

中央の侍がつぶやいて風馬に目をむけた。

「俺の読みは間違っとらんかったとやな。やはり貴公はただの医者の倅じゃなかったとやな」

風馬は答えない。黙ったまま侍を見つめつづける。

「そげなことはよかやなかですか。そいよりも、なんでこげな真夜中に、こげな大人数で博多に行こうってしよおとですか」

風馬を睨んでいた侍の目が、ふたたび九蔵にむく。その口許に、笑みが浮かぶ。焔に照らされ凹凸が際立つ顔は、濃い影を孕み禍々《まがまが》しい。見開いた目に浮かぶ瞳は小さく、九蔵を射たまま動かない。

「貴公に知られる前に、なんもかんも終わらせるつもりやったとやが」

「なんば終わらせるつもりやったとですかっ」

九蔵が叫ぶ。

侍は微笑んだまま答えない。

「なんばしよっとですか月形さん」

九蔵が侍の名を呼んだ。

＊

母が止めるのも聞かず、家を飛びだしてきてしまった。

高鳴る鼓動に急かされるようにして、心太は夜の町を走る。

風馬が言っていた日は今日だ。山を壊しに侍たちがくる。風馬はそう言った。

そして。

九蔵は戻らなかった。

風馬も長屋に戻っていない。

山の期間内である。大人たちが詰所で夜通し酒を呑んでいるなどざらであった。九蔵が戻ってこないことはなんら不思議ではない。風馬だって付き合わされているのかもしれないではないか。

言い訳だ。

自分を納得させるために、己に嘘を吐いていた。本当はわかっているくせに、見ようとしないだけなのだ。

大人たちは戦っている。

いや。

心太の義父は今、命を懸けた場にいるのだ。

敵は侍。

九蔵が得物《えもの》など持たぬ男だということは、心太もよく知っている。相手が刀を抜いたとしても、絶対に義父は得物など持たないはずだ。

死ぬ。

そう考えると、いてもたってもいられなくなった。そしてその次の瞬間には、またさっきのような理屈で自分自身に嘘を吐く。

きっと朝になれば九蔵は戻ってくる。酒を呑みすぎてふらふらになりながら、暫《しば》しの休息のために母のもとに帰ってくるはずだ。

違う、大丈夫、違う、大丈夫。

その繰り返し。

寝られるわけがない。

隣にいる母も起きているようだった。母は侍のことなど知らない。それでも朝、家を出る時の九蔵の態度に、なにかを悟ったのであろう。長屋の狭い部屋に身体を横たえたまま、母はまんじりともせず起きていた。

九蔵への想いに、母を心配する気持ちまでが加わり、胸は張り裂けんばかりである。

なにがどうなったのか自分でもわからなかった。

気づけば身体を起こし、土間に走っていた。どうせ朝には締め込みだけで詰所にいくからと、寝る時でも衣は着けていない。褌一丁で土間に下り、そのまま草履を突っかけ、往来に出た。

母は必死になにかを怒鳴っていたが、心太の耳には届かなかった。止めているということだけはわかったが、言葉として受けとめたものはひとつもない。

闇夜を走る。

町は不思議と静かだった。

山の間は町内ごとに詰所があり、夜中でも大人たちが集って呑んでいる。そういう場所が至る所にあるのだから、博多じゅうが夜通し騒がしい。しかし、今日はどこの詰所も大人しかった。そういえば集っている面々に、若い者がいない。どれも中年か年寄である。活気がないのが、中年年寄の所為だけではないことも、心太はすぐに気づいた。

酒を呑んでいない。

山の期間内はとにかく男たちは酒を呑む。山を舁くのと同じくらい、酒を呑むことも大事だと言わんばかりに、ひたすら酒を呑みまくる。そんな男たちが、今夜に限って誰も酒を口にしていないようだった。顔を赤らめた者もなく、笑い声もいっさいない。誰もが神妙な面持ちで、なにかを待っているようだった。そんな風だから、真夜中にひとりで走る子供に誰もが気づいた。なかにはあまりにも必死な心太の姿を心配して、声をかけてくる者もいる。しかしそのいっさいを無視して、走りつづけた。

九蔵と風馬が語っているのを聞いていたから、場所はわかっている。

博多の南、櫛田神社脇の橋だ。

金屋町を南に走り、官内町を右に折れ、東町《ひがしまち》に入る。それからふたたび南に足をむけ、北船町《きたふねまち》、金屋小路《かなやしょうじ》と行き、左手に聖福寺を見ながらひたすら駆ける。聖福寺前町《まえまち》、御供所町《ごくしょまち》で右に折れ、馬場新町《ばばしんまち》、祇園町上《かみ》、祇園町下《しも》と駆け抜けると、やっと櫛田神社が見える。

無数の灯火が見えた。

男たちが集っている。

詰所にいなかった若者たちが、櫛田神社の裏手に屯《たむろ》していた。

今日は十一日の真夜中だ。追い山まではまだ三日もある。こんなところに若者たちが集っているのは不自然だ。

やはり間違っていなかった。彼等は侍たちを待っているのだ。

人波のなかに見知った顔を見つけた。

「蓑次さんっ」

心太が叫ぶと、面長な宿屋の主人の目がこちらにむいた。

「坊主っ」

驚く蓑次が、目玉を落とさんばかりに瞼を開き、両手を広げた。飛びこむようにして宿屋の主の胸にぶつかる。

「なんばしにきたとかっ、ここは子供んくるところじゃなかっ」

「ばってん」

「なんも言わんで帰れっ」

心太を見おろす蓑次の目が厳しい。

「おいちゃんは何処におっとですか」

「九蔵はなぁ」

蓑次の顔が強張る。わずかに笑っているのは、この男が誤魔化す時の癖だ。目を逸らしているのは、後ろ暗いことがあるからである。

心太は両手で蓑次の細い身体を押した。

「何処におっとですかっ」

どうして叫んでいるのか、自分でも不思議だった。

「お願いしまっす。教えてください」

「ここにはおらん」

「そげなわけなかでしょうもんっ」

心太は無心に蓑次の身体を揺さぶる。

「おいちゃんはどこにおっとですかっ」

「言えん」

蓑次は頑強に拒みつづける。

不意に肩を誰かにつかまれ、心太は細い身体から引き剝がされた。

強い力で振りむかされる。峰吉が立っていた。間近で見ると、九蔵よりも大きい。強面《こわもて》の顔が憮然《ぶぜん》としているから、より一層厳《いか》つく見える。

「峰吉」

蓑次が男の名を呼んだ。峰吉の両の掌が、左右の肩に触れた。巨体がしゃがむ。心太の頭の位置に、峰吉が己の頭をあわせた。

「お前ん父ちゃんは、いま大事な役目ば果たしよる最中や」

鋭い視線が心太を射た。強烈な圧を持つ峰吉の眼光に、息が止まる。腹に力をこめて、臍の下に溜まった気を喉の外へと押しだす。すかさず吸う。そうして無理矢理、息をすることで目の前の男に対するおそれを払拭《ふっしょく》しようとする。

退かずに睨む。

「どこにおっとですか」

急に峰吉の顔が崩れる。あまりにもぎこちなく頰の肉が吊りあがったから、笑ったのだと理解するまでに若干の時がかかった。

「知りたかとか」

口許に笑みをたたえたまま峰吉が問う。

睨んだ視線は逸らさずにうなずく。

「なんやかんや言うても、九蔵さんの子やなお前は」

肩をつかむ手に力がこもる。痛いくらいに指が肉に食いこむ。堪えながら心太は峰吉を睨みつづける。

「お前も博多ん男や。話してやるけん、よう聞いとけよ」

「はい」

峰吉は一度小さくうなずいて語りはじめた。

「お前ん父ちゃんは、医者ん倅と二人で中洲で侍たちば待っとる。できるだけ大事《おおごと》にせんごと、最初に九蔵さんが話ばするてことになったたったい」

「えっ」

話し合いが決裂したらどうなるのか。九蔵の頼りは風馬のみ。とてもではないが助《すけ》っ人《と》になるような男ではない。

「心配すんな。なんかあったら医者の倅が走ってくることになっとる」

「で、でもその間に」

「そげなことはさせん」

強い言葉で峰吉が答えた。

「九蔵さんは儂等んとって大事な人や。どげんかことがあっても死なしちゃならん。敵が刀ば抜く前に走ってこいって、医者ん倅にはきつく言うとる」

「そんなのっ」

肩をつかむ両手を払いのけ、心太は峰吉と蓑次の間をすり抜けるようにして走りだした。

「心太っ」

蓑次が叫ぶ。

聞かない。

男たちの間を掻《か》い潜りながら、橋を目指す。

「なんばしよっとかっ」

最前列で中洲を見つめる男たちが声を吐く。

掻きわけて走る。

橋。

一気に抜ける。

中洲だ。

真っ直ぐ。

息が荒い。
なぜ走る。
父のため。
違う。
血など繋がっていない。
他人だ。
「畜生っ」
嫌になる。
でも走っていた。
足が止まらない。
たくさんの松明の明かり。
居た。
「父ちゃんっ」
思ってもみなかった言葉が、口から滑り落ちた。
九蔵が振り返っている。
傍らにいた風馬もまた同様に心太を見ていた。
義父のもとまで走る。

なにかが身体にぶつかった。

「なにをしてるんですかっ」

鬼気迫る風馬の声が脳天に降ってくる。身体が言うことを聞かない。どうやら風馬に全身を抱かれているようだった。強烈に頭を押さえつけられているせいで、視界がぼやけている。見えているのはどうやら風馬の腹で、それもただの黒い塊にしか見えていない。無理矢理足を動かしてみるが、なぜか一歩も前に進まなかった。華奢なはずの風馬に押さえられて、まったく身動きが取れない。ともすれば峰吉の掌よりも、風馬の力は強いようにも思えた。

「そいつをしっかり押さえとってばい先生っ」

「わかってます」

「放さんかっ」

心太は躍起になって風馬の腕を振り解こうとする。

「仕方のない子だ」

急に視界が回転して開けた。目の前にあったはずの風馬が消えている。

「大人しく見ていなさい」

背後から優しく語りかけられた。風馬だ。心太の身体を後ろから抱きながら、風馬は九蔵の背中を見つめている。

「九蔵さんがいけと言ったら、私は走ります。心太さんも付いてくるんですよ」

「蓑次さんたちん方にですか」

「そうです」

風馬の腕に力が籠る。

「あの人のことをしっかり見ているんですよ」

「はい」

細い腕に抱かれながら、心太は目の前の父を見つめる。

邪魔な想いは綺麗さっぱり消え去っていた。

*

この男にだけは、すべてが終わるまで知られたくなかった。目の前に立つ九蔵を見ながら、月形洗蔵は心の底から思っている。

懸念はあったのだ。党員との謀議を聞かれた気配があった。若い者が数名で追い、不審な者を斬ったという報告を受けている。殺したかどうかわからぬが、那珂川に落ちたという。あれでは助かるまいと楽観の声を吐く党員たちを尻目に、洗蔵は不安を押し殺していた。

やはり漏れていたのだ。元凶はあの男。風馬とか名乗る医者の息子だ。

「こんまま大人しゅう帰ってくれんですか」

九蔵が笑いながら言った。この期に及んでも、まだこの男は昔の仲を忘れずにいる。

「嫌だて言うたらどうするとな」

洗蔵は一歩踏みこみ問う。すると、背後に控える党員たちも九蔵にむかって間合いを詰めた。

「動くな」

九蔵を見たまま党員たちに告げる。

「こん場は俺に任せっしゃい」

威圧に満ちた声で補足する。党員たちがどう思っているかなど関係ない。九蔵と己の間に余人が関わることが許せなかった。

「貴公らだけな」

「橋ばわたった所に、博多ん者たちが集まっとります」

「俺らば止めるとな」

「そんつもりです」

ゆるりと一歩踏みだす。

「どけ」

「どきまっせん」

二歩三歩と近づいてゆく。仲間たちは先刻の喝で動きを止めている。

「どかんて言うとなら、無理にでも押し通るが、そいでもよかとな」

「そげんか脅しに退くくらいなら、はじめからこげな所で待っとらんですよ」

そうだ。この男がここにいるということは、死んでも洗蔵たちを止めるつもりである。

「やったら」

鞘に左手を添える。九蔵は唇に笑みをたたえたまま、こちらを見つめて動かない。刀を抜いた所で、怯《ひる》みはしないのは洗蔵自身がよくわかっている。

「もう一度聞くぜ」

ゆらゆらと間合いを詰める。

「俺らと一緒にこん国ば変えるために働くつもりはなかとな」

九蔵は答えない。

二人の身体が近づいてゆく。あと数歩洗蔵が歩めば、刀の間合いに入る。

「お前が一緒に戦ってくれるて言うとなら、俺らはこんまま戻ってもよかとぜ。山も思う存分昇かせちゃる。山笠が終わってからでよか」

「国とかどげんでもよかっち、何度言ったらわかるとですか。俺は山があればそれでよか男です。そげな者に捉われんで、月形さんは月形さんの思うことばやればよかやなかですか」

「答えは変わらんとな」

「変わらんです」

「最早《もはや》話しても無駄っちゅうことか」

立ち止まり、腰を深く落とす。鞘をつかんだ左手に力をこめ、鍔《つば》にかけた親指をそっと離した。

柄に右手を添える。

「なんで」

九蔵の目がわずかに歪んだ。

「なんでそげんなったとですか月形さん」

己が変わったことは洗蔵自身気づいている。国を変えるためと必死になって働いた頃の純粋な想いは、優柔不断な藩主と変化を拒む重臣たちの邪な力によって捻《ね》じ曲げられてしまった。

力には力を。それしかなかった。だから九蔵を欲した。博多の町人たちの熱い魂を欲した。

「俺はお前だけは斬りとうなか」

「俺だって月形さんば殺しとうはなかです」

九蔵の目がいっそう激しく歪む。涙をこらえている。

しかし洗蔵に感傷はなかった。これから目の前の男を斬ろうとしている。心の底から欲した男だ。身分の垣根を越えたところで、友だと思っていた男である。なのに、涙を生むような熱い情動はまったく湧いてこなかった。

乾いている。

なにもかも。

「相手が素手だろうが容赦はせんぜ」

「四の五の言わんで来たらよかやなかですか」

その言葉が呼び水となった。

鯉口《こいぐち》を切る。

右足を踏みだし、間合いを削る。

刀を抜く。

切っ先が九蔵の右の脇腹を目指して飛ぶ。

逆袈裟《ぎやくけさ》にいく。

「父ちゃんっ」

子供の悲痛な叫び。

哀れだとは思うが、それだけである。刀を止めるつもりはなかった。九蔵の身体を切っ先が抜けてゆく。左の肩口から天にむかって、刃が高々と舞いあがる。

手応えはなかった。

血も舞わない。

しかし九蔵はその場に立っている。

身体を反らして避けたのだ。

洗蔵が思った時には、すでに九蔵は駆けている。

刀の間合いの奥へと身体を滑りこませたのぼせもんの右肩から先が消えた。

視界が激しく揺れる。

殴られた。

「月形さんっ」

「動くな」

数歩後ずさって堪えた洗蔵は、殺気立つ仲間たちに吼《ほ》えた。まだ頭がくらくらする。痛みなど通り越した痺《しび》れが、頬を中心にして鼻の奥や歯の隅々まで覆っている。

九蔵の姿を捜す。

目の前にいた。

腹に一撃。

身体がくの字に折れる。地面に押しつけられそうなほどの衝撃が背中を襲う。

両足を踏ん張って堪えた。そして両手に力をこめ、刀を振りあげる。九蔵がどこにいるかなど関係ない。とにかくこのまま暴虐な力に翻弄されつづけていることだけは避けたかった。

顎先を掠めようとした刃を躱《かわ》すように、九蔵が地を蹴って後ろに飛び退く。

わずかに間合いが開いた。切っ先を喉許目掛けて掲げ、正眼に構える。地をつかむ両足が、小刻みに震えていた。

「なんちゅう奴や」

つぶやいた口からねばついた涎《よだれ》が垂れ、糸を引く。

「もう止《や》めんですか」

両手をだらりとさげ、九蔵が悲痛な声を吐いた。

憐れんでいる。

無性に腹が立つ。

舐めるな。

刀を放った。そして腰から鞘を抜き、それも投げ捨てる。

九蔵が驚いたように目を見開き、洸蔵を見ていた。

背後で草履が砂利を擦る音が聞こえた。

「動くなて言うたぜっ。なんべん言うたらわかるとなっ」

狂気を孕んだ洸蔵の甲高い叫びに、勤王党の面々は今度こそ本当に動きを止めた。

「なんばすっとですか」

茫然と問う九蔵の声を無視しながら、やんわりと開いた両の掌を己が顎のあたりまで掲げる。それが答えだ。洸蔵の想いを、九蔵も悟った。

「本当によかとですか」

これで対等だ。もう好きにはさせない。九蔵を睨みながらうなずく。そして走る。

「があぁぁっ」

大きく開いた口から獣のごとき咆哮がほとばしる。

右腕を振りかぶる。

九蔵は身構えもせず立っていた。

四角い顎に拳を打ちつける。

止まるか。

斜めになった顔を左の拳で殴る。

目の前の男はびくともしなかった。

九蔵を呼ぶ男たちの声が、博多のほうから近づいてくる。

「待っとけて言うたろうが」

まだ見えぬ仲間たちにむかって九蔵が言った。その平然とした物言いが、己の拳の無力さを思い知らせる。

それでも洸蔵は止まらなかった。

左右の拳で友の顔を殴りつづける。

幾度も幾度も。

すでに両手の感覚は無くなっていた。

風馬と子供の背後に締め込み姿の男たちが駆け寄った。

「動かないでくださいっ」

風馬が叫ぶ。

「ばってん」

「九蔵さんは今、一人で戦っているんです。邪魔をしないでやってください」

「よう言った先生っ」

九蔵が叫ぶ。

「なんでお前は」

殴りつづける洗蔵の口から嗚咽が漏れる。

「そげんわからず屋となっ」

首を左右に振りながら拳を浴びつづける九蔵は、悲痛な問いに答えもしない。じっと洗蔵を見つめつづける瞳からは、輝きはいっさい失われていなかった。

「こん国は変わらないかんっ」

殴る。

「こんままじゃあこん国は、夷狄に支配されることとんなるっ。いま俺らが戦わんと、本当にどうしようもなくなるとぜっ」

殴っても殴っても九蔵は動じない。すでに頬は赤黒く腫れあがり、口からは血が溢れだしている。それでもこの男が崩れる姿を、洗蔵は思い描けなかった。

「なんでそれがお前にはわからんとなっ。重臣どもはわからんとなっ」

想いが口から漏れつづける。言葉を止めようという自我すら、洗蔵はすでに失っていた。胸に渦巻く感情が言葉となって、次から次へと溢れだす。

「山がなんやっ。幕府がなんやっ。そんな物よりも大事なことがあるやろうがっ」

目の前の九蔵の姿が蕩《とろ》け、なにがなんだかわからなくなる。いま己が戦っているのはいったいなんなのか。博多の町人か、それとも黒田家の重臣たちなのか、藩主か、司書か、幕府か、夷狄か。とにかく目の前に立ち塞がりつづける者すべてにむかって、洗蔵はひたすら拳をぶつけつづける。

拳を振るう。

「俺たちと一緒に戦え九蔵っ」

頬が熱い。

濡れている。

「頼むっ、頼む九蔵っ」

この国を一緒に。

「もう十分わかったです」

穏やかな声が降ってきた。

「ばってん、俺はただののぼせもんやけん」

天地が逆転した。

身体じゅうの力が抜ける。

空が見えた。

黒い雲に覆われた空から、冷たい物が降り注いでいる。

いつの間にか雨が降っていた。

雨雲をなにかが覆う。

九蔵の顔だ。

「すんまっせん月形さん」

この男が中洲で待っていた時から解っていた。

洗蔵の想いは叶わないのだと。

この男を斬ったところで、のぼせもんたちは動かない。勤王党と町人たちが衝突したところで、藩主も重臣たちもびくともしない。山を壊せない時点で、洗蔵の希望は潰《つい》えていたのだ。

この男は博多のために動いたのではない。おそらく、祭のためでもないだろう。

山だ。

ただそれだけのために、この男はみずからの命を懸けて戦ったのである。それがのぼせもんという名の生き物の性分なのだ。そんな男が国のため藩のために動くわけがない。

腕をつかまれた。不意に身体が軽くなり、浮いたと思った時には座らされている。

隣に九蔵が座っていた。

二人を挟むようにして睨み合っている勤王党の同志たちとのぼせもんは、心配するような眼差しでこちらを見ている。

静かだった。

雨の音だけしか聞こえない。

「九蔵、俺たちは」

「もうよかやなかですか」

九蔵がこちらを見る。疲れて重くなった口を、無理矢理笑みの形に歪めた。そして小さくうなずく。

「山のぼせっちゅうのは、煮ても焼いても喰えんな」

黙って笑う九蔵が、洗蔵には少し寂しそうに見えた。

十二

夏の晴天が、梅雨の湿った気をどこかへ流しさっていった。うだるような暑さのなかに、心太は立っている。

六月十五日、追い山だ。

朝日が昇る前から走りだした男たちは、一刻あまり経ったいまも、山を舁きながら博多の町を巡っている。一番山から六番山まで順に櫛田神社へ参拝し、そのまま町に出る。追い山の時は前の山を追うように、各流が速さを競いあう。

二百年ほど前、土居町の娘が竪町に嫁に行き、それが元で両町が酒の席で大喧嘩になった。夏の山笠の際、奇《く》しくも土居町が三番山、竪町が四番山となった。その時、昼飯の休息をせずに、竪町の四番山が三番山を散々に追いあげたのだという。それが元で、前の山を追ういまのような形になったのだそうだ。

九蔵から聞いた話である。

二階建ての商家の二倍もある巨大な山であるから、人が走るようには追えない。それでも血相を変えた舁き手たちが、この時とばかりに走るものだから、山同士は追いつ追われつ白熱する。男たちの熱気が伝わり、博多の町は異様な気を孕んでいた。

今年は、心太の住む金屋町が一番山の当番町である。山を作ることから人の差配にいたるまで、当番町の責任は重大だ。そのうえ、最初に走りだし、皆の注目を一身に浴びる一番山ともなれば、舁き手の気合も尋常ではない。先走りという山の前を走る子供たちの群れのなかにある心太は、舁き手の気迫を背後に感じながら、足を動かすだけで精一杯だった。

「おっしょい、おっしょい」

この半月ほどで幾度言ったかわからない言葉を、延々と繰り返す。意味不明な言葉であるから、考えずにただ口にする。山を舁く時はおいさとなるのだが、まだ子供である心太は、一度もそれを言ったことがない。

町は賑わっていた。近隣の村などからも人が集まり、大勢の人が山の到来を今や遅しと待っている。そんな見物人を当てにした出店なども出て、町全体が夏祭の境内と化していた。

「早う走らんかっ」

物思いに耽っている心太の耳に、甲高い少年の声が突き刺さった。同じ金屋町の子供組に名を連ねる少年だ。年は心太の方が上だが、名簿に記された序列は下である。

「はいっ」

大声で叫び、足を速めた。これまで何度も心太の皮肉交じりの言葉を受けていた少年は、素直な物言いにわずかに眉を震わせて、硬い笑みを浮かべる。

「おっしょいっ」

天を見あげて叫ぶ。

「そん調子たい」

少年が、屈託のない笑みを浮かべて答えた。それを見て、心太も笑みを返す。

おっしょい、おっしょい、おっしょい……。

いつしか二人の声は混ざりあってひとつになっていた。足が軽い。隣で走る仲間がいるだけで、これほど気持ちが楽になるとは思ってもみなかった。のぼせもんたちの熱気に押されるようにして、子供組の面々が必死に先走りを務める。

「お前ん父ちゃんは凄かな」

少年がおもむろに言った。行く手を見据えたまま、心太は言葉を待った。

「町ん大人たちは誰も詳しかことは教えてくれんとばってん、九蔵さんが山ば守ったてことは博多じゅうの噂ばい」

あの日のことは、大人たちの秘密になっていた。心太も九蔵から、誰にも話すなと言われている。

「なんがあったとか、お前は知らんとか」

「知らん」

首を振って答える。

「そうか、お前も知らんとかぁ」

「うん」

「ばってん、九蔵さんのことやけん、山ば守ったて言うとは本当のことやろう。あん人が嘘ば吐くこた無かし、嘘やったらこげん広まることも無かもんね」

なんだか自分が褒められているような気がして、嬉しくなった。できることなら、あの夜のことをいまここで大声で語ってきかせてやりたかった。

突然、往来から歓声が湧き起こる。皆の目が心太の背後に集まっていた。肩越しに山の方を見る。

「いかんっ」

同じ所を見ていた少年がつぶやいた。

心太たち一番山の背後に、別の山が迫っている。二番山、西町流だ。西町流には古渓町も入っている。そこには峰吉というのぼせもんが住んでいるはずだ。

九蔵さんは儂等んとって大事な人や。どげんかことがあっても死なしちゃならん。

中洲へとむかう橋で、心太にそう言った峰吉の言葉を思いだす。すべてが終わり、九蔵と風馬と三人で中洲から戻った時、一番はじめに迎えてくれたのが、峰吉だった。背後に迫る西町流の山が、峰吉の達磨《だるま》のような顔と重なる。

「もっと速《は》よ、走るぞっ」

少年の言葉にうなずき、必死に足を動かす。子供たちよりも先に背後からの圧を感じた石堂流の男たちは、すでにぐんぐんと心太たちに近付いてきている。露払いの役目もある先走りが、山に追いつかれては元も子もない。二番山に追われて勢いづく一番山に急き立てられるようにして、心太たち子供組も必死に走る。

「声ば出すぞっ」

「おっしょいっ」

少年の言葉が終わるよりも先に、心太は叫んだ。それに他の子供たちもつづいた。みっつがふたつに、ふたつがひとつにと、声が段々と重なってゆく。すべての声がひとつの大きな塊になった時、皆の足取りもひとつになっていた。

「心太ぁっ」

往来の歓声を掻きわけて、一際大きな声が轟く。それは己の名を呼ぶ声だった。思わず声のした方に目をむけると、観客のなかから頭ひとつ飛び出た男の姿を見つける。

「九蔵さんやなかか」

ともに走る少年が男の名を呼んだ。

「後ろからきよるぞ心太っ」

隣に立つ母を置き去りにして九蔵が観客を掻きわけて心太たちの傍まで躍りでる。

着流しだ。

山笠の間の喧嘩は御法度である。それがのぼせもんたちの掟《おきて》だ。自分が気に喰わないと思えば侍にだってたてつく九蔵だが、山の掟には従順だった。侍と殴りあいの喧嘩をした九蔵は、その日から締め込みを脱いだ。九蔵が喧嘩をしたことは、あの時中洲の前に集っていた者たち以外は知らない。不思議と侍たちも騒ぎ立てなかった。誰も咎める者などいなかったのに、九蔵はみずから山を離れたのである。

一番山の当番町など一生に何度も訪れるものではない。そんな大事な年の追い山を、九蔵は棒に振ったのである。なのに義父は、晴れ晴れとした顔であった。

「走れぇっ、心太」

嬉々として叫びながら、心太の傍を着流し姿の九蔵が走る。ところてんではなく心太と呼んだ。しかし当の本人はそんなことなど頭にはないのだろう。ただただ叫び、走りつづけている。

「九蔵さんに負けてられんばい」

少年が気合を入れる。心太は父から目を逸らして前をむく。

「おっしょいっ」

叫んだ。

駆けた。

たかが神輿……。

そう思っていた。いまでもそう思わないこともない。それでも山笠は、九蔵という男が、命を懸けて守ったものなのだ。

莫迦莫迦しいことに命を懸ける。

下らない。

では何故、心太はこんなにも必死に走っているのか。死んでもいいと思いながら、ただひたすらに身体を動かしつづけているのか。何故、こんなに笑っているのか。

「それでよかっ、いけ心太」

気づけば九蔵の声が、後ろから聞こえていた。肩越しに背後を見る。立ち止まった九蔵は、やはり笑っていた。

おもむろに手を挙げる。

笑みを浮かべたままの九蔵の右手が、ゆっくりと挙がる。そして大きく振りおろされた。

いけ……。

声にならない声が、心太の背中を押す。

「西町が遠くなってきたばい」

「まだまだっ」

少年の声に逆らうように、心太は叫んだ。

掛け声はいまもひとつにまとまっている。皆の歩調も揃っていた。仲間たちの熱気が全身を包み、頭がふうっと軽くなる。それを見越したかのように、天から勢《きお》い水が降ってきた。熱に浮かされた頭を冷気が引き締める。声が掠れるほどの喉の渇きも、身体の疲れも、なにもかも心地よかった。

熱くなる目を、勢い水を払うようにして掌で撫でる。

これが追い山。

これが山笠。

心太はのぼせていた。

＊

「山が終わって、町もすっかり静かんなった」

月形洗蔵はつぶやいた。正面に座る男は、はいと簡潔に答えてから小さくうなずく。

「終わったて言うても、もう大分前のことやけどな」

今日は七月十三日である。慶応元年（一八六五）の追い山が終わってからすでにひと月近くも経っていた。

山笠が終わった時、洗蔵の祭も終わった。

九蔵を散々に殴りつけ、すべてを一発の拳でひっくり返されたあの日、洗蔵の志を支えていた見えない柱が折れた。

すべてを曝けだし、叫びながら殴った。それでも微動だにしない九蔵の姿が、どうやっても砕けない藩という名の壁に見えた。幾度も殴られぼろぼろになりながら、それでも壁は目の前に立ちはだかりつづけた。博多の町人たちを巻きこんで藩の転覆を図るという策が水泡に帰した時、洗蔵の祭は終焉を迎えたのである。

いまは清々しいほどに穏やかだった。

己が家の居室にいる。目の前に座る男は、藩から遣わされた役人だ。部屋はみずからの手で、隅々まで掃き清めている。もう二度と戻ることはないだろう。立つ鳥跡を濁さずだ。

異国の脅威から国を護《まも》るためには尊王攘夷しか在り得ない。そう信じた若者たちの力が大きな流れとなり、一時は朝廷をも巻きこんだうねりとなった。この流れに黒田藩も置いてゆかれてはならぬ。そう信じ、加藤司書とともに勤王党を結成した。しかし攘夷派であった公卿たちが都から追放されると、状況は一変。順風満帆であった攘夷という名の船は、急に逆風にさらされることになった。

長州の決起と、幕府の討伐。四ヶ国連合と長州の戦いでは、その圧倒的な技術力の差をまざまざと見せつけられる結果となった。

そうして尊王攘夷の波は止《や》んだ。

幕府による長州征伐の折、洗蔵は司書とともに尊王攘夷の火を消してはならぬという一心で、懸命に働いた。長州と幕府の間に立ち、和議の周旋《しゅうせん》という大事を成し遂げたのである。都を追われた五人の公卿を太宰府に引き取るという話も、洗蔵たちがまとめたものだ。彼等が馬関海峡を越えて黒田に入ったのは二月のこと。今年は閏五月があった。それを入れてもまだ、七ヶ月あまりしか経っていないのだ。

その間、洗蔵たち勤王党は急激な栄枯盛衰を辿った。

加藤司書が家老を命じられたのを筆頭に、藩の政に多くの勤王党員たちが進出したのは二月十二日のことである。司書が家老職を解かれたのは五月十六日。家老として司書が出仕したのは、わずか三ヶ月あまりのことだった。その後、次第に勤王党は政から遠ざけられ、六月二十四日、洗蔵をはじめとする勤王党三十九人が、謹慎、逼塞《ひっそく》を命じられた。しかし、いまから考えればこの命も、先触れに過ぎなかったのである。

黙ったまま固まった洗蔵の視界の隅に、戸惑うようにこちらをうかがう男の顔がちらついた。放っておいたことを思いだし、洗蔵はおもむろに場を取り繕った。

「貴公は某んことがどげん見えるな」

四十がらみの男は、几帳面《きちょうめん》そうな鋭い顔をわずかに歪める。そしてわずかな逡巡を見せた後、言葉を選ぶようにして口を開いた。

「頭のよか人やて聞いとります」

当たり障りの無い答えである。役人という職は、こうした言葉を使って器用に立ち回らなければ務まらないのであろう。

洗蔵にはそれができなかった。曲がっている物はどこから見ても曲がっている。正すべきは正さなければならない。そう信じ、これまで戦ってきた。策を選んでいる余裕はなかった。いささか急ぎ過ぎたのかも知れない。その結果、この場があるというのなら、洗蔵に後悔はなかった。

「これまで謹慎も、閉門蟄居も食らってきたが、入牢は初めてじゃ」

砕けた口調で洗蔵は言った。口許には微笑を湛えている。なんとなく目の前の男のことが嫌いにはなれなかった。おそらくこの細かそうな男の性根の部分がそう思わせるのかもしれない。

「初めてにござりますか」

そう言って男は笑った。城下ではちょっとは名の知れた洗蔵である。牢に入ったことがないことなど、男ははなから承知なのだ。生真面目な性格で必死に考えた、気の利いた相槌なのである。こういう真摯《しんし》な所が、嫌いになれぬのだ。己を捕縛しに来た相手だというのに、洗蔵はなぜか心を許している。

六月に謹慎を言いわたされた時から、薄々は覚悟をしていた。このまま済むはずはないと思っていた。この日、入獄を命じられた勤王党員は、洗蔵を含め九人。他にも三人が自宅のひと間に幽閉となり、七人が押込《おしこめ》を命じられている。

数日のうちに司書たちにもなんらかの処断が下るだろう。

先刻、男が長々と罪状を述べたのだが、洗蔵にとってはもはやどうでもよかった。

この世を変えるという、身を焦がすほどの志に燃えていた頃は、公儀の名のもとに下される理不尽を、どれだけ憎んでいたことか。異国では入れ札によって国の主が決まると知った時、なんと素晴らしき考えであるかと身が震えた。藩主は生まれながらにして国の長である。そんな馬鹿げた仕組みのなかにいる己が、哀れに思えた。

この国を変える。

それが洗蔵のすべてだった。

燃えていた。

あの狂おしいほどの焔はいったいどこにいってしまったのか。

背筋を伸ばし、奉行所の役人と相対する洗蔵の身体は、心《しん》まで冷えていた。骨と皮だけになった洗蔵には、夏の盛りだというのに御天道様の光は届かない。冷えているのだが、寒くはなかった。凍えてもいない。熱に浮かされ、尊王攘夷の志のために生きていた頃に比べ、心は穏やかなくらいである。なにを言われても、なにがあろうとも、心に波風ひとつ立たない。

死ぬというのはこういうことなのだろうかと、なんとなく思う。たしかにいまの洗蔵にとって、身体はあっても無くても同じようなものだった。ここに身体が存在しているから、心が留まっている。それだけのことのように思えた。身体さえ無くなれば、心は軛《くびき》を離れ自由に天地を彷徨《さまよ》うことができる。その時には大義名分も志もない。ただの月形洗蔵という一個の魂である。風の吹くまま、どこまでも流れるのみである。

「おぉ」

洗蔵は思わず声をあげた。

「如何《いかが》なされましたか」

男が首を傾げる。

「いまやっとわかったぜ」

「なにがですな」

洗蔵につられて男の言葉遣いも砕けてゆく。

「どうやってもわからんかった友ん気持ちが、ようやっとわかった」

「友ですか」

洗蔵はうなずきながら、心に九蔵を思い浮かべていた。

祭だけの男である。

山笠があれば国がどうなろうと、どこで戦が起ころうと知ったことではない。平気で山に命を懸けることのできる愚か者である。いや、愚か者だと思っていた。

しかしである。

己を風になぞらえ、魂を漂わせてみせた時、洗蔵には九蔵の心が理解できた。

あるがまま。

風は吹きすぎるから風なのである。どれだけ行く手に立ち塞がっても、高い壁ならその上を、閉ざされた扉ならば僅かな隙間を駆け抜けるだけ。人が風を止めることなどできないのである。それは、こうあるべきだと風自身が考えていないからだ。風は風として、流れたいように流れている。

九蔵は風だ。

山笠のために生きているのではない。山笠に命を懸けているのでもない。九蔵が山笠なのである。風がただ吹いているように、山笠はただ走るのだ。誰に止められても、必ず走る。それが山笠、いや九蔵なのだ。人が刀を抜いてどれだけ斬りつけてみても、風は斬れない。ふたつに割ったと思っても、背後で混ざりあいふたたびひとつになる。

「そげなもんば曲げようてしたとが悪かったとぜ」

己につぶやく。目の前の男はなんのことやらさっぱりわからないといった様子で、目を見開いている。

「ではそろそろ」

男が丁重にうながす。

罪人である洗蔵に対し礼を失しない男に、深々と頭を下げた。

「承知仕りました」

顔をあげる。

眩しい光が障子紙に当たって白く輝いていた。いままで聞こえていなかった蝉の声が、五月蝿《うるさ》いくらいに耳を衝《つ》く。

おっしょい……。

心に唱え、洗蔵は立ちあがった。

＊

十月二十三日、月形洗蔵斬首。

十月二十五日、加藤司書切腹。

慶応元年（一八六五）十月二十三日から二十六日にかけて、黒田では勤王党に対する苛烈な処断が下された。斬首十五名、切腹七名。流罪、牢居は数十名に上った。この四日間で、黒田内の勤王党は完全に排除された。

そして。

風馬がこの町にいる理由もなくなった。

「なんね先生、こげんか所に呼びだしてからくさ」

左右の肩を近づけその間に首を挟みながら、九蔵が砂浜を歩いてくる。夏も終わり、季節は秋すらも越えようとしていた。初冬の博多の海に吹く風は冷たい。風馬は身震いひとつせず、波打ち際で九蔵を待った。

「おぉ、寒かねぇ」

隣に立って九蔵が笑う。

「すみません」

「なんがね」

「寒いのに、こんな所に呼びだしたりして」

「本当ばい。風邪引いたら俺《おい》ん代わりに仕事にいってもらうばい」

「それはできそうにありません」

強張る顔で必死に笑みをかたどり、風馬は答える。その様子に不審を覚えたらしく、九蔵が眉根を寄せた。

「どげんしたとね」

「博多を去ることになりました」

一瞬、九蔵が息を止めた。そして小さな声で、そうねとつぶやき海を見る。

「長崎にいくとね」

「いいえ」

予想していた答えだったらしく、九蔵は驚かなかった。

「私は九蔵さんに嘘を吐いていました」

「山ん時もそげなことば言いよったね」

「はい」

「なんね」

静かな声だった。なにを言われても動じない。そんな覚悟が見える。しかしこれから風馬が話すことを聞いてもなお、九蔵は平静でいられるだろうか。

「大坂の医者の息子で、長崎への旅の途中に金を盗まれた。私は九蔵さんにそう言いました」

のぼせもんは黙っている。沈黙に誘われるように、風馬は言葉を継ぐ。

「私は医者の息子じゃありません」

「侍やろ」

「見抜いていましたか」

「そら一年以上一緒におるっちゃけん、なんとなくはわかるばい」

「まだまだですね私は。ここに来る前の準備として、一応医術も学んだんですが」

うつむいた風馬の目に、波に洗われる砂が映る。寄せては返す波に身を任せるように、砂が海に溶けてゆく。

「仰るとおり、私は侍です」

「なんで医者ん息子とか言って博多ん町に紛れこんだとね」

この男の勘の鋭さは、身に染みている。明確な答えは持っていなくても、ある程度の予測はできているのだろう。それでもこれまでなにも言わず、医者の息子という嘘を受け入れてくれた。詰め寄ろうと思えば、いつでもできたはず。そう思うと、九蔵の情けが有難かった。

「私の父は、本当は公儀の人間です。もともとは江戸にいたのですが、数年前に上方へ。私たち家族もそれに従いました。そして父の死とともに私は家督と職を継ぎました」

望んだことではない。兄弟がいなかったから、己が継がなければならなかっただけだ。しかしそれが自分自身をこれほど苦しめることになろうとは、父が死んだ時には思ってもみなかった。

「隠密という言葉を知っていますか」

「なんねそら」

「身分を偽り諸藩に隠れ住み、公儀に対するよからぬ企てを目論《もくろ》んではいないか、不正を働いていないかなどを調べる者のことです」

「そいが、あんたの本当の役目ね」

「はい」

黒田家に圧力をかけ、筑前勤王党の動きを封じる。それが風馬に与えられた任だった。上役の男と、汚い仕事を請け負う者と三人で黒田に入った。加藤司書が家老職を解かれた際に、上役の男は戻り、汚れ仕事を請け負う者も、勤王党が一斉に取り締まりを受けた七月のうちに江戸に帰った。風馬だけは処断を見届けると言って、この日まで博多に残ったのである。

「博多でなんば調べよったとね」

「月形洗蔵がいた勤王党です」

隣から小さな息を吐く音が聞こえる。洗蔵の死は、すでにこの男も知っているはずだ。動揺を隠しきれぬという様子で、九蔵はしゃがみこむ。風馬は立ったまま言葉をつづけた。

「尊王攘夷の思想は討幕と切り離せません。帝を奉り、幕府を蔑《ないがし》ろにするという流れが大きくなることだけは絶対に避けなければならなかった」

「そげなことはどうでもよか」

「国がどうとか、幕府だ攘夷だなんていうのは、九蔵さんにはどうでもいいことでしたね」

のぼせもんが鼻で笑った。顔を伏せ波を見つめ、風馬に目をむけようともしない。

「私は医者の息子と偽り、博多に入りました。そして勤王党の動きをつぶさに調べました」

「やったら俺が月形さんや円太さんと親しゅうしよったとは都合がよかったたっちゃなかとね」

円太という名を聞き、胸に痛みが走る。

「決して九蔵さんを利用しようとしていたわけではありません」

「言い訳はよか。都合はよかったとやろうもん。そういや、あんたはひ弱な癖に、やけに面倒事に首ば突っこみたがった。そいも隠密とかいう役目があったけんね」

「御役目に対する責任もたしかにありました。しかし半分は違います」

「なんね」

「ただ素直に、九蔵さんという男を見ていたかった」

枝を拾った九蔵が、海のなかに放り投げた。波に浮かぶ枝は、上下しながらゆっくりと風馬たちから離れてゆく。しばしそれを二人で眺めていた。波をわたる風が、音を立てて襲ってくる。冷気が身体を包むが、不思議と寒くはなかった。

これは九蔵との喧嘩である。真正面からぶつかるのだ。一語一語を拳と思い、叩きつけてゆく。身中が熱を帯び、寒さなど感じなかった。

「私はあなたに嘘を吐きました」

「そんおかげで、俺たちは月形さんの企みば知ることができたっちゃけん、別に怒りゃせん」

やはり勘が鋭い。

山を打ち壊し、のぼせもんたちの怒りを煽《あお》り、それを城にむける。その企みは汚れ仕事を請け負っていた同輩から聞いた。その同輩に洗蔵の屋敷を見張れと言ったのは、風馬自身である。

「私の嘘はあなたが許し難い結果を招いています」

おもむろに九蔵が頭を回した。肩越しに風馬を見あげたその目に、感情の色はない。色を無くした瞳に射竦められ、背筋に寒気が走る。浜にきてはじめて感じた寒さだった。

「なんね」

「私は脱藩した中村円太が度々博多に帰ってきていたことを知っていました」

「当たり前やろうもん。あんたん部屋に、円太さんは……」

そこまで言って九蔵が口籠る。色の無かった瞳に、怒りの焔が揺れた。

なにがあっても逃げない。この場所に九蔵を誘った時から決めていた。

そう。

ここは円太が死んだ場所だ。

「中村円太は勤王党にとっても頭の痛い存在でした。どれだけ彼等が筑前に来るのを止めようとしても、あの人は聞く耳を持たなかった。己の志に忠実でありすぎるため、誰の言うことも聞かなかった。あの時も円太は太宰府に下る公卿たちの供をするため、博多の町に」

「ちょっと待たんね」

強張った声が風馬を遮った。しかしここで止《や》める訳には行かない。

「勤王党の仲間たちが、彼を密かにこの浜から逃がすことを私は知りました。そしてそれを同輩の者に伝えたのです」

「そいは……」

「下手人がわからなければ、勤王党の党員たちは、円太を殺したのは敵対している藩の重役たちだと思うでしょう。勤王党の敵対心を煽り、藩主や重役たちとの仲を引き裂く。そうなれば勤王党は起《た》つしかない。そう思った我々は、中村円太を」

そこで止めて、深く息を吸った。

「殺しました」

一瞬、なにが起こったのかわからなかった。なにかが横から風馬の顔を押したのである。その凄まじい力に翻弄されるように、身体が何回か転がり、砂浜に叩きつけられた。気づいた時には、風馬の身体は半分ほど海に浸かっていた。水の冷たさを感じ、それから頬に痛みを覚えた。口のなかで硬い物が舌に触れる。吐きだした風馬が見たのは、血が滲んだ奥歯だった。海に浸かったまま上体を起こし、正座する。そしていつの間にか立ちあがっていた九蔵を見あげた。

わずかに朦朧としている。生まれてこれまで一度として受けたことのない衝撃だった。痛みというよりも、抗することのできない強大な力であった。こんなものを喰らったら、どうすることもできない。有無を言わさぬ力を前に、風馬の身体はただ震えていた。刀を抜いた洗蔵を前にしても、九蔵はまったく動じなかった。そんな男のおそらく全力の一撃である。なにをやっても、抵抗することなどできはしない。

人としてというよりも、獣として恐怖を覚えている身体は、がくがくと震えていた。しかし風馬の心自体はおそれていない。すべてを打ち明けると決めた時から、殺される覚悟はできていた。

尊王攘夷も勤王討幕も、公武合体も佐幕も、実はどうでもよかった。波風の立たない穏やかな一生。それが本当の風馬の望みだった。父が死に、公儀隠密などという職を嫌々受け継いだ時から、そんなささやかな望みは失われたのである。幕府のため、公儀のため、風馬は働くことを余儀なくされた。命を懸けるつもりなど毛頭ない。ただ職務であったからこなしていたというだけだ。

この町に来るまでは。

「私はあなたにとって、友の仇なのです。殺されても文句は言えません」

「立たんね」

九蔵が言った。風馬は無視して波の只中に座りつづける。

「なんでそげなことばいいま、俺に言うたとね」

「それは」

「長崎にいくて言うて町ば去れば、殴られることもなかったろうもん」

「嘘を吐いたまま、九蔵さんと別れたくなかったんです」

真っ直ぐに九蔵を見た。怒りか悲しみかわからぬ暗い光を帯びた瞳が、風馬にむけられている。

「私はこの町で、あなたに教えられました」

「俺はなんも」

「男という生き物は筋を通さなければならない。世の理《ことわり》と違っていても、己の信じた道を曲げずに生きる。それが男なんでしょ」

「俺は難しかことはわからんて言いよろうもん」

「あなたの生き様が、私に教えてくれたんです。だから私は私なりに、男としての筋を通したかった。九蔵さんにはすべてを打ち明ける。それで殺されても悔いはない。そう思ったから」

急に身体が軽くなる。気づいた時には九蔵が目の前に立っていた。脇に腕を差しこまれ、そのまま身体を持ちあげられている。

立っていた。

「寒かろうもん」

「九蔵さん」

「あんたのそん暑苦しい真面目さはどげんかならんとね」

九蔵の口許がわずかにあがる。微笑んでいるのだと気づき、わけがわからなくなった。己は円太の仇である。恨まれて当然の男なのだ。そんな男を前にして、なぜ九蔵はこれほど清々しい笑みを浮かべているのか。わからないが問う余裕もなかった。

「もうよか」

濡れた草履を気にするように、九蔵が片足をあげて振った。そしてそのまま大股で波打ち際まで退く。どうしていいのかわからずに、風馬は茫然と立ちつくしていた。

「先生もこっちに来んね」

「でも」

「せからしか人やね、あんたは。そげな所におったら濡れるやろうもん。これから長旅ばするて言うとに、風邪ば引いたらつまらんばい」

「でも」

「ででも五月蠅かっ。さっさとこっちにこんねっ」

腹から吐きだされた圧の籠った声に、身体が素直に動く。跳ねるようにして足を動かし、気づけば九蔵の隣に立っていた。

「いつ発《た》つとね」

のぼせもんは海のむこうに見える空に目をむけ問うた。

「明日の朝には発とうと思います」

「なんね、やったらなんでもっと早う言わんとねっ。やったら今日の夜は皆ば集めてぱっとやらないかんばい」

「九蔵さん」

「あんたが町ば出ていくて知ったら、心太が悲しむやろなぁ」

「九蔵さん」

「なんね、さっきから同じことばっかり言うてから」

海から目を逸らした九蔵がにらむ。

「私は」

「仇討ちとか侍のやることやろうもん。俺ぁ町人ばい」

「でもそれでは私の」

「あんたがどげん思うとか知ったこっちゃなか。もう俺ぁ、親しか者が死ぬとは沢山ったい」

中村円太、月形洗蔵。九蔵は一年のうちに二人も友を亡くしたのである。

「隠そうっち思えばできたとに、あんたは俺に話してくれた。そいであんたの気持ちはわかったつもりたい」

「本当は戻りたくありません」

江戸に帰っても、また新たな地にむかわされるだけだ。おそらくは都であろう。もう人をだます仕事はうんざりだった。

「父ちゃんから受け継いだ仕事やろうもん」

「ですが」

「やれるところまでやればよかっちゃなかとね。そいでも駄目やて思うたら、そん時は」

背中に激痛が走った。勢いで数歩足が前に出る。驚いて振りむくと、さっきまで風馬の背中があった場所に分厚い掌があった。

「こん町に戻ってくりゃよか」

「私は戻ってきてもいいんでしょうか」

「誰でも歓迎すっとが博多たい」

＊

そうしてあては江戸に戻ったったい。

「馬さん、隠密だったんですか」

昔んこたぁ忘れた。

「忘れてないから、話してくれたんでしょ。凄いですね、隠密ですか」

妙な所に喰いつかんでくれんね。そげな所はさらっと聞き流してくれりゃよか所たい。

「隠密かぁ、それは凄い」

しつこかねあんた。

「すみません。そんな冷たい目で見なくてもいいじゃないですか」

そげなしつこか所も、若っか時のあてん……。

「似とる、ですか」

わかってきたやなかね。

「はい」

こいで話は仕舞《しま》いたい。

「待ってくださいよ」

なんね。

「馬さん江戸に帰ったんですよね」

まぁ、すぐにそれから都にいかされたけん、江戸におったとはひと月くらいやったかねぇ。

「だったらどうして、いま博多にいるんですか」

そげなこたぁどうでもよかろうもん。

「よくないですよ。ここまで話してくれたんですから、最後まで聞かせてくださいよ。どうして馬さんは今、博多にいるのか。知るまで帰りませんよ」

咳が酷うなってきたごたる。今日はこの辺で。

「そんな言い訳は通りませんよ。最後まで聞かないと帰れません」

あてん気は済んだ。もうよか。

「私の気が済んでません」

あんたも物好きな人やね。

「馬さんほどじゃありませんよ」

言うようになったばい。

「馬さんのおかげです」

よかたい。話しちゃろ。

「お願いします」

あてが都で働きよる時に、将軍様が大政を帝に奉還なされた。そいで幕臣たちは、やることば見失った。薩長相手に戦ばするて言う者らや、こんまま将軍様と一緒に大人しく謹慎するて言う者ら。とにかく皆が迷うちょった。ばってんあては、清々しとった。

「清々ですか」

最初から別に幕府んために働きよるっちいう気も無かったけんね。ただ父上ん跡ば継いだからには、やらないかんて思うとっただけたい。もちろん、九蔵さんの言葉もあてんなかでは大きかった。あん人がやれるところまでやれて言うてくれたけん、なんとか保《も》っとったようなもんたい。

「で、いきなり放りだされたというわけですか」

そうたい。

「すぐに博多に」

そげん厚かましかことはできんやった。あてん所為で円太さんが死んだといまでも思うとる。あん時も、こんままじゃ九蔵さんに合わせる顔は無かて思うた。そいけんあては、薩長と戦ばするていう者らと一緒に戦った。

「鳥羽伏見《とばふしみ》での戦ですか」

錦《にしき》ん御旗《みはた》ば掲げる薩長ば相手に、あてらはどうしようも無かった。将軍様はあてらば見捨てて江戸に戻ってしもうたし、あてら幕臣のいく当ては無《の》うなった。

「荒事が苦手なのに、生き残ってよかったですね」

いまはあてもそう思うとるばってん、そん時んあては生き残ってしもうたことば恥じた。

「死にたかったんですか」

そいが九蔵さんへの義理ば通すことんなると信じとった。円太さんば殺し、勤王党の壊滅に力ば貸した。そいは洗蔵さんの死にも関わっとるていうこったい。あん人からふたりも友ば奪った責任ば、あては死んで果たそうてしとった。そいで、あては会津にいった。

「また戦ったんですか」

会津が落ちたら箱館《はこだて》。とにかく戦がある所にいった。

「なんだか馬さんらしくないですね」

あん時はどうかしとったとかもしれん。ばってん死のう死のうて思うとると、人間不思議と死なんもんやね。結局あては箱館でも生き残ってしもうた。

「大丈夫ですか。また咳が激しくなってきましたよ」

あんたが喋らせよるとやろうもん。あては腹ば括ったけん、最後まで聞かんね。

「はい」

箱館でも生き残ったあては、どこばどうやったか知らんばってん、気づいたら博多に戻っとった。死ぬに死ねん身体ば引きずって、心もどっかに忘れてしもうたあてが、最後に辿り着いたとが博多やった。

「呼ばれたんでしょうね」

そうかもしれん。何年経っとったか。二三年は喰うや喰わずで日本中ば彷徨《さまよ》っとった。博多ん辿り着いた時んあては、九蔵さんたちの知っとるあてじゃなかった。

「なんとなくわかるような気もしますが、本当の所では理解できないのでしょうね、その時の馬さんのことは」

わかる必要もなか。聞いてくれるだけでよかったい。

「そうですか」

博多ん町、そいも金屋町。そいがあてん心が最後に求めた場所やった。

「九蔵さんに会えましたか」

あぁ。蓑次さんや心太は最初あてやとわからんかった。髷も落としとったし、痩せ細って髭ば生やして小汚い格好しとったけん、当たり前っちゃ当たり前やけどな。そいでもあん人はすぐにあてて気づいてくれた。そしてなんも聞かず、あん時んごと住む家ば世話してくれたったい。

「よかったですね」

あん人はなんも聞かんやった。あてが博多ん町でなんばしたかも、誰にも話しとらんようやった。そいからあてはこん店の主に気に入られて、娘ば貰うて義父の跡ば継いだったい。

「のぼせもんになったんですね」

どげんやろうかね。ただ、九蔵さんと一緒に毎年山笠に加えてもろうた。明治ん入ってから政府は山ば中止させたり、電線のあるけん小そうさせたりした。そん時も九蔵さんはのぼせもんの先頭に立って戦うた。山が中止させられても決して諦めんかった。

「九蔵さんはいま」

五年前に病で死にんさった。最後までのぼせもんやったばい。最後の一年は病で足腰も思うようにならんかったとばってん、そいでも追い山には締め込み姿で参加したけんね。

「そういう人ですもんね」

そうたい。あん人は山んことしか考えとらんかった。

「暗くなってしまいましたね」

おぉ、本当やね。

「なんだか長居してしまいました」

気が済んだね。

「はい」

あても話せてよかったばい。

「こちらこそ」

あんたんために話した訳やなか。

「もうなんでもいいですよ」

礼ば言うばい。こいであても、心置きなく九蔵さんの所に逝ける。

〝大正三年七月十三日　博多　沈香堂書店前〟

「昔はこれの倍以上もある山を舁いていたんですよね」

父が若い頃は、そげんやったみたいですね。山は小さくなったかもしれんですが、そん分速うなってあっという間に町ば駆け抜けるけん、凄かとですよ。

「そうなんですね」

こげんやって店ん前に流ん人たちが山ば止めてくれて、父も嬉しかっち思います。

「のぼせもんだったんでしょ、馬さんは」

そりゃもう。一年中、山んことしか頭んなか人でした。なんかっち言うと九蔵さんたちと朝まで酒ば呑んで、山ん話ばしとったとですよ。こん店んこととか二の次やったけんですね。

「そうなんですね。私が聞いた話のなかの馬さんは、まだこの町に来たばかりで、九蔵さんたちのような人に必死で付いていく優男でした」

そげんやったとですか。

「馬さんのそんな所は知らないんですね」

私が知っとる父は、弱か所ば人に見せん頑固者《もん》やったけん、そげんか所があったて知らんでした。ばってん、あん人はどっか弱い所もあったけん、言われたらそげんやったかもしれんて思いますね。なんか可笑しかぁ。

「なんだか変な話をしてすみません」

全然。私ん知らん父んことば聞けて、嬉しかですよ。

「そう言っていただけると、有難いです」

心太さんっ、こん酒は祭壇の所に持っていきゃよかとですかっ。

そげんかとは後からでんよかけん、早《は》よ並ばんか。こいから祝いめでたば唄うとぞ。

はいっ。

「あの人は」

金屋町んのぼせもんらば纏めとる心太さんです。そうそう、心太さんは。

「九蔵さんの息子さんですよね」

父から聞いたとですね。

「はい」

祝いめでたが始まるごたるですよ。

祝いめでたの若松さまよ　若松さまよ
枝も栄ゆりゃ葉も茂《しゅげ》る
エーイショーエ　エーイショーエ
ショーエ　ショーエ　ハァ　ションガネ
アレワイサソ　エサソエー　ションガネー

手一本《ていっぽん》で締めてくれますけん。

ヨオ、シャンシャン。
もひとつしょ、シャンシャン。
よーと三度、シャンシャンシャン。

「なんかいいですね」
私もこいが好きとです。父が生きとった時は、なんかっていうと両手ば広げて、手一本で締めよったけんですね。

「本当に馬さんはのぼせもんだったんですね」

はい。

「あぁ、いい天気だ」

博多ん夏は山笠が運んできてくれるとですよ。

「この町でやっていけそうな気がします」

私にも話したことが無か話ば聞いてくれて、父も喜んどったと思います。

「本当に雲ひとつない青空だ」

また暑か毎日の来るばいね。

「有難うございました、馬さん」

解説

縄田《なわた》一男《かずお》
（文芸評論家）

もし、本書『山よ奔れ』に正しい読み方というものがあるとするならば、以下の如《ご》きものであろうと思われる。

何故、このような仰々《ぎょうぎょう》しい書き方をするのかと言えば、本書が、何の偽りも無く、矢野隆が命懸けで書いた一代の傑作だからである。

まず序盤に、私たちは箱崎《はこざき》に姿を現した一人の青年、杉下風馬《すぎしたふうま》を見る。彼は長崎へ医者の修業をしに行く途中にあり金を盗まれ、この地の茶店で休んでいると、今日が六月十五日、すなわち山笠《やまかさ》の日であることを知らされる。山には鎧武者《よろいむしゃ》やら歌舞伎や浄瑠璃の演目から採った題材が飾られており、山笠のことしか頭にない男のことを〝のぼせもん〟と言われているということを知らされる。博多《はかた》の町は七つに分けられ、それぞれの町が各流《ながれ》となり一つの山を出す事になっている。だが実際に担がれている山は六つであり、追い山《おやま》が終わってから御櫛田《おくしだ》さんで能をやる事になっており、それを抜いた六つの流で山はつくられる事になる。

風馬は遠く山笠の声を聴きながら、何故か（あの町に近づいてはならない……）とささやいているもう一人の自分を感じずにはいられない。

読者はここに一人の奇妙な遊子《ゆうし》と出会うわけであるが、普通であったら読者を物語へ誘う男、実はそうではない、結局は博多へと向かっていく風馬をよそに、早くも魅力的な第二の登場人物が現れる。それが心太《しんた》少年である。心が太い男に育ってほしいと二年前に死んだ父が付けてくれた名前だが、ところてんと読むことから始終からかわれている。心太はこの町の男たちは山笠に取り憑かれていると思う。本来であれば義父を見習って良い大工になれというのが、親方が言うべき言葉であろうが、大工仕事は二の次で山笠の良い舁《か》き手になれと言う。確かに義父の九蔵《きゅうぞう》の腕は、並み居る舁き手の中で一際目立って輝いていた。

だからと言って一晩で九蔵が、誰もが一目置く男に転じて、皆の尊敬を集める男となってしまうのが、心太には納得がいかない。

そしてこの後の風馬と九蔵のやりとりを読んでいても、どうにも風馬に主役が務まるとは思えない。それではこの物語は心太という少年の視点で進むのか、それとも心太と距離のある九蔵の視点で進むのか——。読者が迷っているうちに本書には〝大正三年　博多　沈香堂《ちんこうどう》書店　書庫内〟という見出しがつくではないか。物語はいきなり大正三年から元治《げんじ》元年を語ることになり、おまけに謎の多い第三の語り手が登場する。

京では七卿《しちきょう》落《お》ちや池田屋《いけだや》事変が起こり、黒田《くろだ》藩も加藤司書《かとうししょ》を筆頭に筑前勤王党《ちくぜんきんのうとう》が台頭、月形洗蔵《つきがたせんぞう》が司書の懐刀となった。そうした荒々しい政治の季節の中、博多の〝のぼせもん〟と黒田の下級藩士〝わくろうどん〟との喧嘩が起こるが多勢に無勢の九蔵の不敵な笑いに風馬はこの男の恐ろしさを見る。

そして一触即発の修羅場を止めるのが前述の洗蔵で、ある人は彼のことを「こん人は侍や町人やち分ける人やなかけん。来りゃよかろうもん。ねぇ月形さん」と言う。

——国の事が一番大事な人たちがいた、それが尊王攘夷《そんのうじょうい》の志《こころざし》だったと言う人も、家族の事だったと言う人もいた。そして九蔵たちにとって何よりも譲れないものが山笠だった。それだけの事だった。

そしてこのあたりから九蔵が主役として俄《にわ》かにせり上がってくる。九蔵は心太にも喧嘩作法を伝授する——「男には〝いざ〟という時がかならずある。そん時に逃げた者は、二度と本気で戦えんようになる。逃げて逃げて逃げつづけて、なんもかんも人のせいにするようになる。そげんなったら男は終わりぜ」。これは父と子の対話ではない。男と男のそれである。

そして年が明けて下手人《げしゅにん》のわからぬ殺しすら起こるようになる。その殺しは、本当に黒田藩内で争う保守派と勤王党、あるいはそれを心よく思っていない藩主の命《めい》を受けた者の仕業なのか。

そんな折、御上《おかみ》からの命令で山笠の高さを半分にしろと言われる。そんなことを言われても〝のぼせもん〟たちが納得する訳がない。男たちは言う、「国ばどうするとか黒田ん殿様ばどうするとかて言うて、どげんするとや」。「俺たちはのぼせもんやろうもん。山笠が無かったら生きていけん。そうやろうもん」。「俺たちが怒っとるとは、山ば半分にされそうになっとることたい。別に黒田ん殿様のやり方に怒っとるとやなか」。

そして九蔵たちが許せないのは〝のぼせもん〟たちの怒りを政治的に利用しようとする輩《やから》がいることだ。このあたり、九蔵のある人物に対する呼び名の些細《ささい》な変化が互いの間に生まれた心の壁を痛い位に表している。作者の描写はどこまでも周到である。

そして〝のぼせもん〟にとっては世間の身分よりも山の序列こそが絶対である。この物語にもようやくクライマックスが訪れる。破壊されそうになる山笠のために男たちは立つ。心太も走る。走る。走る。血の繋がっていない父のために――。

また、九蔵とある人物との対決をこんな形で締め括れる作家は、おそらく矢野隆しかいないだろう。しかしその男に対する歴史上の締め括りは、身体の中に冷たい風が吹くほど冷酷なものであった。

作者は物語の終盤へ向けて一つの仕掛けを作っており、ここで様々な伏線が回収されることになる。

どこまでも気の抜けない作品だが〝のぼせもん〟の心意気に触れることが出来ただけでも読者にとっては大きな収穫と言えるのではあるまいか。

歴史は変わる。

政治も変わる。

だが、変えてはならないのは庶民の日常と言えるのではないか。

福岡県生まれの〝のぼせもん〟矢野隆は、山笠を通してそのことを命懸けで本書に刻んだのである。

思えば、矢野隆が本書に到達するまでの道のりは長かった。

初期作品はあたかもそれの情熱を無手勝流に書き殴るような情熱の所産であった。その書きっぷりに痛快さをおぼえた人もいれば、拒絶反応をおぼえた人もいるだろう。

私は今まで矢野隆のほとんどの作品につき合ってきたつもりだ。だから、私なりにその良さも悪さも心得ているつもりだ。

だが私はどんな作品を読もうとも、作者の内奥《ないおう》に燃える赤い炎だけは見逃さずにいたつもりだ。でなければ何でほぼ全作品を読んでこられようか。

そして『山よ奔れ』は、作者がその内なる情熱を秘めに秘め、見事なまでにそれと作品のアイデンティティーを一体化させた作品と言えるのではあるまいか。

〝命懸け〟と言ったのは伊達《だて》じゃない。

作家には生涯に何度かそういった作品があるはずであり、矢野隆にとって『山よ奔れ』はまぎれもなくそうした一冊なのだ。

じっくりと味読《みどく》して頂きたいと思う。

地図（四・五頁）制作　デザイン・プレイス・デマンド

二〇一七年五月　光文社刊

初出　「小説宝石」二〇一五年十月号～二〇一六年九月号

光文社文庫

山《やま》よ奔《はし》れ
著者 矢《や》野《の》 隆《たかし》

2023年6月20日 初版1刷発行

発行者 三宅貴久
印刷 KPSプロダクツ
製本 榎本製本

発行所 株式会社 光文社
〒112-8011 東京都文京区音羽1-16-6
電話 (03)5395-8147 編集部
8116 書籍販売部
8125 業務部

© Takashi Yano 2023
落丁本・乱丁本は業務部にご連絡くだされば、お取替えいたします。
ISBN978-4-334-79546-7 Printed in Japan

R <日本複製権センター委託出版物>
本書の無断複写複製（コピー）は著作権法上での例外を除き禁じられています。本書をコピーされる場合は、そのつど事前に、日本複製権センター（☎03-6809-1281、e-mail : jrrc_info@jrrc.or.jp）の許諾を得てください。

組版 萩原印刷

本書の電子化は私的使用に限り、著作権法上認められています。ただし代行業者等の第三者による電子データ化及び電子書籍化は、いかなる場合も認められておりません。

光文社文庫　好評既刊

満月の泥枕　道尾秀介
サーモン・キャッチャー the Novel　道尾秀介
赫眼　三津田信三
海賊女王（上・下）　皆川博子
ポイズンドーター・ホーリーマザー　湊かなえ
ブラックウェルに憧れて　南杏子
告発前夜　南英男
仕掛け　南英男
獲物　南英男
監禁　南英男
醜聞　南英男
拷問　南英男
黒幕　南英男
掠奪　南英男
反骨魂　南英男
悪報　南英男
謀略　南英男

破滅　南英男
刑事失格　南英男
女殺し屋　南英男
復讐捜査　南英男
毒蜜快楽殺人　決定版　南英男
毒蜜謎の女　決定版　南英男
毒蜜闇死闘　決定版　南英男
毒蜜裏始末　決定版　南英男
毒蜜七人の女　決定版　南英男
月と太陽の盤　宮内悠介
博奕のアンソロジー　宮内悠介 リクエスト！
野良女　宮木あや子
婚外恋愛に似たもの　宮木あや子
スコーレ No.4　宮下奈都
神さまたちの遊ぶ庭　宮下奈都
つぼみ　宮下奈都
クロスファイア（上・下）　宮部みゆき

スナーク狩り　宮部みゆき
チ　ヨ　子　宮部みゆき
長い長い殺人　宮部みゆき
鳩笛草　燔祭／朽ちてゆくまで　宮部みゆき
刑事の子　宮部みゆき
贈る物語　Terror　宮部みゆき編
森のなかの海（上・下）　宮本輝
三千枚の金貨（上・下）　宮本輝
ウェンディのあやまち　美輪和音
フェルメールの憂鬱　望月諒子
ミーコの宝箱　森沢明夫
蜜と唾　盛田隆二
美女と竹林　森見登美彦
奇想と微笑　太宰治傑作選　森見登美彦編
美女と竹林のアンソロジー　リクエスト！森見登美彦
棟居刑事の代行人　森村誠一
棟居刑事の砂漠の喫茶店　森村誠一

春や春　森谷明子
南風吹く　森谷明子
遠野物語　森山大道
友が消えた夏　門前典之
神の子（上・下）　薬丸岳
ぶたぶた日記　矢崎存美
ぶたぶたの食卓　矢崎存美
ぶたぶたのいる場所　矢崎存美
ぶたぶたと秘密のアップルパイ　矢崎存美
訪問者ぶたぶた　矢崎存美
再びのぶたぶた　矢崎存美
ぶたぶたさん　矢崎存美
ぶたぶたは見た　矢崎存美
ぶたぶた図書館　矢崎存美
ぶたぶた洋菓子店　矢崎存美
ぶたぶたのお医者さん　矢崎存美
ぶたぶたの本屋さん　矢崎存美

ぶたぶたのおかわり！　矢崎存美
学校のぶたぶた　矢崎存美
ぶたぶたの甘いもの　矢崎存美
ドクターぶたぶた　矢崎存美
居酒屋ぶたぶた　矢崎存美
海の家のぶたぶた　矢崎存美
ぶたぶたラジオ　矢崎存美
森のシェフぶたぶた　矢崎存美
編集者ぶたぶた　矢崎存美
ぶたぶたのティータイム　矢崎存美
ぶたぶたのシェアハウス　矢崎存美
出張料理人ぶたぶた　矢崎存美
名探偵ぶたぶた　矢崎存美
ランチタイムのぶたぶた　矢崎存美
ぶたぶたのお引っ越し　矢崎存美
未来の手紙　椰月美智子
緑のなかで　椰月美智子

生ける屍の死（上・下）　山口雅也
キッド・ピストルズの最低の帰還　山口雅也
キッド・ピストルズの醜態　山口雅也
平林初之輔　佐左木俊郎　山前　讓編
京都不倫旅行殺人事件　山村美紗
店長がいっぱい　山本幸久
ヴァニティ　唯川　恵
永遠の途中　唯川　恵
別れの言葉を私から　新装版　唯川　恵
刹那に似てせつなく　新装版　唯川　恵
バッグをザックに持ち替えて　唯川　恵
プラ・バロック　結城充考
エコイック・メモリ　結城充考
アルゴリズム・キル　結城充考
ブルシャーク　雪富千晶紀
金田一耕助の帰還　横溝正史
臨場　横山秀夫

光文社文庫　好評既刊

ルパンの消息　横山秀夫
酒肴酒　吉田健一
ひなた　吉田修一
ロバのサイン会　吉野万理子
読書の方法　吉本隆明
電氣人間の虞　詠坂雄二
T島事件　詠坂雄二
ずっと喪　洛田二十日
独り舞　李琴峰
戻り川心中　連城三紀彦
白光　連城三紀彦
変調二人羽織　連城三紀彦
青き犠牲　連城三紀彦
処刑までの十章　連城三紀彦
ヴィラ・マグノリアの殺人　若竹七海
古書店アゼリアの死体　若竹七海
猫島ハウスの騒動　若竹七海

暗い越流　若竹七海
殺人鬼がもう一人　若竹七海
東京近江寮食堂　渡辺淳子
東京近江寮食堂　宮崎編　渡辺淳子
東京近江寮食堂　青森編　渡辺淳子
さよならは祈り　二階の女とカスタードプリン　渡辺淳子
迷宮の門　渡辺裕之
天使の腑　渡辺裕之
死屍の導　渡辺裕之
妙麟　赤神諒
弥勒の月　あさのあつこ
夜叉桜　あさのあつこ
木練柿　あさのあつこ
東雲の途　あさのあつこ
冬天の昴　あさのあつこ
地に巣くう　あさのあつこ
花を呑む　あさのあつこ

光文社文庫最新刊

竈《へっつい》稲荷の猫　佐伯泰英

魔界京都放浪記　西村京太郎

白い兎が逃げる　新装版　有栖川有栖

侵略者《アグレッサー》　福田和代

平家谷殺人事件　浅見光彦シリーズ番外　和久井清水

はい、総務部クリニック課です。　この凸凹な日常で　藤山素心《もとみ》

木枯らしの　決定版　吉原裏同心(29)　佐伯泰英

光文社文庫最新刊

夢を釣る　決定版　吉原裏同心(30)	佐伯泰英
山よ奔《はし》れ	矢野　隆
傾城《けいせい》　徳川家康	大塚卓嗣
光る猫　はたご雪月花㈤	有馬美季子
江戸のいぶき　藤原緋沙子傑作選	藤原緋沙子　菊池仁・編
殺しは人助け　新・木戸番影始末㈥	喜安幸夫